D1866333

DROEMER

ALEXANDER OETKER

ZARA & ZOË
RACHE IN MARSEILLE

THRILLER

DROEMER

Besuchen Sie uns im Internet:
www.droemer.de

FSC
www.fsc.org
MIX
Papier aus verantwortungsvollen Quellen
FSC® C083411

Originalausgabe April 2019
Droemer Taschenbuch

Ein Imprint der Verlagsgruppe
Droemer Knaur GmbH & Co. KG, München

Covergestaltung: ZERO Werbeagentur, München
Coverabbildung: © Patrice Blot
Karten: Peter Palm
Satz: Adobe InDesign im Verlag
Druck und Bindung: CPI books GmbH, Leck
ISBN 978-3-426-30715-1

2 4 5 3

Für Jasmin, M. und J.

ZOË

9. JULI 2018
AUTOROUTE 7,
KURZ HINTER MARSEILLE IN RICHTUNG PARIS

Noch sechs Minuten bis zur Mautstelle. Der *Péage de Lançon-Provence*. Sie schmiss die Zigarette hinaus und ließ das Fenster hochfahren. Neben ihr rauchte Ahmed seinen Joint, das Beifahrerfenster stand weit offen. Es war dröhnend laut im Auto. Klar, bei 220.

Sie machte ein unwirsches Zeichen mit der Hand. Er sah sie an, aus fragenden Augen.

»*Putain,* schmeiß das Ding raus und mach das Fenster zu.«

»Is noch nicht fertig«, gab der Algerier zurück.

Sie antwortete nicht, sondern sah schweigend nach vorne.

Augenblicke später rammte sie ihm ihren rechten Ellbogen in die Seite, dann schnellte ihre Hand hinüber, sie riss ihm den Joint aus der Hand, während er sich krümmte, schnippte die Kippe aus dem Fenster und fuhr mit ihrem Schalter sein Fenster hoch. Alles zusammen hatte genau vier Sekunden gedauert.

Als er wieder zu Atem kam, sah er sie wütend an, während er sich die immer noch schmerzenden Rippen rieb.

»Ey, Scheiße. Du Fotze, was soll das? Bist du irre?«

»Fick dich, du Wichser. Ich hab dir gezeigt, was zu tun ist. Und jetzt halt die Fresse, wir sind gleich da.«

»Was machst du'n für Stress? Wird doch alles laufen. Keine Gefahr, Mann.«

Es stimmte.

Das Auto aus der Vorhut hatte sich nicht gemeldet.

Also schien alles glattzugehen.

In den letzten Monaten war das nicht immer so gewesen.

Die Cops waren kompromissloser geworden, ließen nicht mehr jeden *Go Fast* ungehindert passieren. Sie hatten aufgerüstet, mit mehr Maschinengewehren und besseren Straßensperren.

Und seitdem die Terrorgefahr ein wenig gesunken war, hatten die Bullen wieder Zeit für normale Kriminelle.

Aber gut, sie war keine normale Kriminelle.

Ahmed drehte die Musik lauter.

Sie schaltete die Anlage über das Lenkrad ganz aus.

»Blöde Fotze«, murmelte er leise vor sich hin.

Noch zwei Minuten.

Sie fuhr mit starrem Blick auf die Frontscheibe immer geradeaus, das Tempo war seit Minuten unverändert.

Im Rückspiegel sah sie den anderen schwarzen Audi A8, der ihnen folgte. Die Scheiben vorne und hinten tiefschwarz getönt. Wie ihre eigenen.

Im Wagen saßen vier Männer. Alle mit Maschinenpistolen. Sie sah sie nicht, sie wusste es.

Rechts am Fahrbahnrand das Schild *»Péage 2000 m«*.

Noch vier *Péages* bis Dijon, später noch zwei bis Lille. Dann bestand keine Gefahr mehr.

Die Bullen in Belgien und in den Niederlanden schissen sich vor Angst in die Hosen. Die würden nicht im Traum daran denken, sie aufzuhalten.

Morgen würde sie ganz entspannt von Amsterdam zurückfliegen, Business natürlich. Nachdem sie heute Nacht so richtig die Sau rausgelassen hatte. Sie stand auf die großen muskulösen Typen aus Surinam. Dieser dunkle Teint, die glatte Haut. So einer dürfte sie nachher ficken. So, wie sie es wollte.

»Péage 1000 m«, stand auf dem Schild. Und die vorgeschriebene Geschwindigkeit: erst 70, dahinten 50. Dann gleich 30.

Sie hielt die 220, fuhr auf der ganz linken Spur, wechselte dann in die Mitte. Spur 5. So hatten sie es ausgemacht. Am Kassenhäuschen von Spur 5.

Die Mautstelle kam rasend schnell näher. Genau wie Kassenhäuschen 5.

An allen anderen Kassen war viel los. Es war zwar noch früh, aber die holländischen Urlauber waren offenbar zeitig aufgebrochen. Doch an Kassenhäuschen 5 stand kein Wagen. Denn die Anzeige oberhalb des Häuschens war ein rotes Kreuz, bei den anderen war es ein grüner Pfeil.

Nun sah sie, dass die Schranke noch unten war.

Merkwürdig. Warum war sie nicht offen?

Merde.

War das die Falle?

Merde.

Sie bremste nicht. Ahmed dachte wohl nicht mehr an seinen Joint.

Er schaute starr geradeaus, atmete schwer.

»*Putain*, warum ist die Scheißschranke unten? *Putain*, fahr langsamer …«

Sie bremste nicht.

Warum war Xavi im Knast? So eine Scheiße. War er doch tatsächlich besoffen auf seinem Motorrad erwischt worden. Der Depp. Auf Bewährung. Nun musste sie mit seinem Scheißdeppen von Schwippschwager arbeiten, den sie hasste.

Weil sie ihm nicht vertraute.

Er griff mit der einen Hand an den Haltegriff an seinem Fenster, mit der anderen krallte er sich an seinen Sitz.

300 Meter.

220 Stundenkilometer.

»Verdammt, du Schlampe, du blöde Fotze, brems die Karre ab …«

120 Meter.

Sie bremste nicht, raste mit vollem Tempo auf die Schranke zu. Den Blick stur geradeaus. Sie spürte, sie hörte es förmlich, wie Ahmed neben ihr die Augen schloss, die Hände in die beigefarbenen Ledersitze gekrallt.

Zwei Sekunden bevor sie in die Schranke krachte, öffnete die sich wie von Zauberhand. Rasend schnell glitt sie in die Senkrechte, eine Sekunde später waren beide Audi A8 durchgefahren, und sie sah aus dem Augenwinkel, wie sich vom Parkplatz kurz dahinter zwei weitere Audi A8 in den Verkehr einreihten und beschleunigten. In ein paar Minuten würde sie die beiden Wagen überholen lassen.

Damit sie mit 270 Stundenkilometern vorfahren würden und die nächste *Péage* mit zehn Minuten Vorsprung erreichen würden.

Um dann ihrem Mautstellenwärter den Umschlag mit den 5000 Euro zu überreichen. Der dann die Schranke für den Konvoi öffnen würde. Beim nächsten Mal hoffentlich etwas früher als dieses Mal in Lançon.

Hier würden sie sich einen neuen Wärter suchen müssen.

Sie reihte sich kurz in die mittlere Spur ein, ließ die beiden A8 passieren.

Dann drückte sie auf ihrem Handy eine Taste und sprach ins Telefon.

»Vier Minuten später an der *Péage de Vienne*. Muss kurz pinkeln.«

Der Wagen hinter ihr gab Lichthupe.

Erst zwei Minuten später ließ Ahmed den Sitz los. Er schwitzte stark. Die Tropfen liefen seine Stirn herunter, unter seiner hässlichen Halbglatze, der Schweiß tropfte auf den Sitz.

»*Putain*, war das knapp.«

Sie sah ihn an, ganz kurz nur, dann lächelte sie.

»Kann ich einen rauchen?«

Er sah sie an wie ein Hund.

»Bitte ...«

Sie gab ihm ein Zeichen und nickte.

Mit zitternden Händen rollte er einen neuen Joint, gab viel zu viel Marihuana hinein und zündete ihn rasch an.

Sie verkniff es sich, das Gesicht zu verziehen.

Zehn Minuten später kam das Schild, das einen Parkplatz anzeigte. Sie bremste ruckartig und riss das Lenkrad herum, die Geschwindigkeit trug den schweren Wagen fast aus der Kurve.

Dann, auf dem noch leeren Parkplatz, trat sie die Bremse durch. Von 120 auf null.

»Steig aus, du musst Wache stehen«, befahl sie kurz.

Der andere Audi blieb hinter ihnen stehen. Niemand stieg aus.

Ahmed öffnete die Tür und erhob sich aus dem Wagen. Er rauchte draußen weiter, sie hörte die Glut in dem Tütchen knistern.

Sie griff nach hinten auf den Rücksitz und fingerte zwischen den schwarzen Reisetaschen mit dem Kokain herum. Dann, Sekunden später, entspannte sich ihr Gesichtsausdruck.

»Warte hier«, sagte sie zu ihm und ging geradewegs in die Büsche. Niemand war hier. Kein Tourist war bisher zum Picknicken gekommen. Kein Wunder. Es war kurz vor sechs Uhr morgens.

Sie zog sich die schwarze Lederjacke aus und faltete sie sauber zusammen, bevor sie sie ins Gras legte. Dann knöpfte sie die Jeans auf und zog sie herunter. Sie hockte sich hin und sah aus dem Augenwinkel, wie Ahmed versuchte, einen Blick auf ihren Arsch zu erhaschen. Sie wusste, dass er sie beobachtete, genau wie die vier anderen im hinteren Audi.

Sie entspannte ihre Blase, und ganz langsam fing es an zu laufen. Was für ein gutes Gefühl. Sie entleerte sich, atmete dabei tief und sog die frische Luft des Morgens ein. Die Sonne war eben aufgegangen, sie roch den Tau auf dem Gras und sah den Lavendel hinter dem Zaun, ein Stück neben der Autobahn. Ein toller Morgen.

Sie stand wieder aus der Hocke auf und zog die Jeans hoch.

Dann ging sie zurück zum Auto.

»Ahmed?«

Er zog gierig am letzten Rest des Joints.

»Was ist?«

»Siehst du das?«

»Was denn?«

»Na das, du Penner …«

Sie zeigte auf ein Stück Rasen.

»Ich … spinnst du? Da is nichts.«

Er sah wieder zu ihr herüber. Sah, dass sie die Beretta auf ihn richtete.

Und im selben Moment abdrückte. Einmal nur.

Der Schuss zerriss den frühen Morgen, die Vögel verstummten.

Sofort schoss Blut aus seinem Kopf, das Loch klaffte riesig, und Blut und Gehirnmasse verteilten sich auf dem Rasen, noch bevor Ahmed auf dem Boden aufschlug.

Nur Sekunden später öffnete sich die Tür des hinteren Wagens, einer der vier Männer stieg aus.

Sie lief um das Auto herum und stieg auf der Fahrerseite ein. Die Pistole legte sie vorsichtig wieder zwischen die Reisetaschen.

Bevor sie anfuhr, sah sie aus dem Fenster zu Ahmed, der, die Augen weit aufgerissen, auf dem Rasen lag. Der vierte

Mann beugte sich zu ihm herunter und entnahm seinen Hosentaschen Portemonnaie und Handy. Ganz geschäftsmäßig ging das vonstatten. Bevor er in ihren Wagen stieg, sagte sie leise zum Beifahrersitz: »Du hast mich Fotze genannt. Dreimal. Niemand nennt mich mehr als einmal so.«

Außerdem verabscheute sie den Geruch von Joints. Bis Amsterdam hätte Zoë das niemals ertragen.

ZARA

9. JULI 2018
POINTE DU FIGUIER,
12 KILOMETER ÖSTLICH VON MARSEILLE

Rot auf Grau. Banal sah es aus, wie es da auf dem Felsen festtrocknete. An den Rändern bleichte es schon aus. Dazwischen einige Lavendelstängel. Die sanfte Farbe der Blüten biss sich mit dem Rot des Blutes.

Die Sonne im Zenith. So brennend heiß, wie sie es in Frankreich nur hier sein konnte. Scharfe, wütende Hitze. Die keine Flucht zuließ. Mit diesem Anblick eh nicht.

Es musste viel Blut gewesen sein. Doch die Hitze hatte alles verdunsten lassen, geblieben waren die roten Krusten und die Umrisse auf dem heißen Stein.

Zara stand da und schaute nur. Seit zehn Minuten nahm sie jedes Detail des Anblicks in sich auf, still und starr wie eine Statue.

Sie schüttelte nicht den Kopf, wandte sich nicht ab, war nicht angeekelt und blinzelte auch nicht mit den Augen wegen der prallen Sonne. Sie schaute unverwandt auf das Blut und auf den Körper, aus dem es geflossen war.

Niemand wagte es, sie zu unterbrechen.

Zara wusste das. Sie musste nicht auf der Hut sein. Niemand würde sie stören.

Sie hatte vorhin die Fronten schon geklärt mit dem Mann von der Police Municipale aus Cassis. Das hier war kein Tatort der französischen Behörden mehr. Sie würde ermitteln. So einfach war das. Der Mann sah damit recht zufrieden aus.

Diesen Tatort wollte kein Dorf-*flic* als seinen betrachten müssen.

Dort unten tobte das Meer. Hier oben ging kein Lüftchen.

Die Wellen brachen sich an den Felsen der Calanques. Dieser bizarren Felsformationen, rau und karg, obendrauf nur winzige Lavendelblüten und die grüne und braune Macchia, sozusagen als Alibi der Natur. Wieder schaffte es die Gischt einer Welle bis fast hier herauf.

Merkwürdig, dass sie diese Kraft vergessen hatte. Diese Gewalten, die hier so eindrücklich waren, dass sie sie ganz hinter sich gelassen hatte, da, wo sie jetzt war.

Hinter sich hörte sie durch den Lärm des Meeresgebrülls zwei bekannte Stimmen. Sie waren angekommen.

Sie drehte sich nicht um, rief stattdessen gegen den Wind: »Aznar, Isaakson, kommt her.«

Es dauerte nur einen Moment, dann traten die beiden Männer lautlos neben sie. Sie blickten Zara nicht an, sondern betrachteten den toten Körper.

Wieder vergingen Minuten.

»Kann ich?«, fragte der Spanier in die Stille.

Kaum merklich schüttelte sie den Kopf.

Niemand bewegte sich.

Noch zwei Dinge musste sie sich einprägen.

Nach zwei Minuten nickte sie. Wieder kaum merklich.

Aznar trat nach vorn und beugte sich über den Körper. Wie immer in schwarzem Anzug, knapp geschnitten, Maßschneiderei. Die Fliege in Schwarz, dem Anlass angemessen. Er hatte bereits seine Handschuhe angezogen.

Wie Zara ihn kannte, hatte er sie schon kurz nach Barcelona übergestreift, während er in seinem hellgrünen Porsche hierher raste. Er wollte schließlich vorbereitet sein.

Zum ersten Mal sah sie auf und blickte auf den Horizont. Der andere Mann, blond und groß, stand neben ihr.

Sie sagte tonlos: »Endlich hergefunden?«

»Hab den *KLM*-Flieger von Amsterdam knapp verpasst. Musste *Air France* über Paris fliegen. Was für ein Mist.«

Sie lächelte nicht. Sie kannte Isaaksons Abneigung gegen südeuropäische Fluggesellschaften. Und das waren für einen Schweden wie ihn alle außer *SAS* und *Lufthansa. KLM* ließ er gerade so gelten.

»Und wie warst du so schnell hier?«, fragte der Schwede.

»*EasyJet* fliegt direkt von Berlin nach Nizza.«

Wieder sah sie Aznar zu, wie er immer noch über den Leichnam gebeugt dastand.

Dann richtete sie den Fokus auf den Leichnam.

Vierzehn Jahre. Vielleicht dreizehn. Vielleicht fünfzehn. Eine Schwarze. Kleine Locken. Große Augen. Kindliches Gesicht. Vollständig bekleidet. Obwohl das fast egal war. Sie konnte vor lauter Einstichwunden und Rissen ohnehin kaum noch Kleidung sehen. Da waren nur Hautfetzen, Wunden. In diesem unnachahmlichen hellen Rosa schimmerten Teile von Organen, jedes einzelne hätte Zara benennen können, wenn sie danach gefragt worden wäre.

Sie war wohl schon eine ganze Weile tot. Seit gestern Nacht? Hatte sie den Tageswechsel noch erlebt? Oder war sie schon am Abend getötet worden?

»Es ist so eine Scheiße«, sagte Isaakson und brach die Stille.

»Psst«, machte sie.

Er sah sie an. Wütend, entsetzt, sein Gesicht glühte.

»Nein, Zara, wirklich. Was hat dieses junge Mädchen denn mit einem beschissenen *fiche S* zu tun? So ein Mädchen ist doch kein Gefährder, verdammt. Sie war doch noch ein Kind.«

Sie dachte an Amélie zu Hause in Berlin und hätte ihm den Hals dafür umdrehen können, dass er sie auf diesen Gedanken hatte bringen müssen.

BFM-TV

INTERNETSEITE DES FERNSEHSENDERS
VOM 9. JULI 2018

Tödlicher Go Fast auf der Autoroute A7 – keine Spur der Täter

Orange (mit AFP).
Mitten im Sommerreiseverkehr ist es auf der *Autoroute* 7 in Richtung Lyon zu einem sogenannten *Go Fast* gekommen. Augenzeugen berichten, dass zwei oder mehrere schwarze Luxuslimousinen in einem Konvoi mit überhöhter Geschwindigkeit die Strecke passiert haben.
An einer Stelle kurz vor Orange kam es zu einer Kollision, als der Konvoi einen holländischen Kleinwagen zur Seite drängte und die Urlauberin am Steuer dabei die Kontrolle über das Fahrzeug verlor. Niemand wurde verletzt.
Die Vorgehensweise entspricht der üblichen Taktik der Drogenmafia im Bouches-du-Rhône. Mit sogenannten ***Go Fasts*** schmuggeln sie große Mengen von Kokain ins nördliche Europa. Die Police Nationale hat sich in der Vergangenheit machtlos gezeigt, auch diesmal will sich im Commissariat von Marseille gegenüber unserem Sender niemand offiziell äußern.
»Wir haben keine Meldungen über einen *Go Fast* erhalten«, sagte uns ein Commissaire, der nicht namentlich ge-

nannt werden will. Auch an den beiden Mautstellen entlang der A7 gab es keinerlei offizielle Mitteilungen über ungewöhnliche Vorkommnisse.
In der Vergangenheit wurde bekannt, dass die Mafia Mautstellenmitarbeitern Bestechungsgelder zahlt.
In diesem Fall ist im Zusammenhang mit dem mutmaßlichen Schmuggel möglicherweise auch ein Toter zu verzeichnen: Am Rastplatz *Aire de Sénas* wurde ein Toter gefunden. Der Mann starb durch einen Kopfschuss; die Umstände deuten auf eine Hinrichtung hin. Das sagte uns das Büro der Gendarmerie in Avignon.
Demnach ist der Tote ein junger Mann maghrebinischer Herkunft, seine Identität ist unbekannt. Ob er einer der Männer aus den Luxuslimousinen ist, ist ebenso wenig klar wie das Motiv für seine Ermordung.
Die Gendarmerie von Avignon äußerte unserem Sender gegenüber Unverständnis, dass die Kollegen der Polizei von Marseille nicht viel entschlossener gegen diese Fahrten vorgingen.
»Ein neuer Höhepunkt im Drogenkrieg ist das«, sagte uns ein Oberst der Gendarmerie, »und jeder weiß, dass die Drogenmafia auch den Terror finanziert.«

ISAAKSON

9. JULI 2018
HÔTEL DE POLICE,
2, RUE ANTOINE BECKER, MARSEILLE

Sie sprach nicht mehr mit ihm. Seit Stunden. Verdammt. Was hatte er falsch gemacht?

Dabei wusste er es ganz genau.

Er hatte ein Tabu gebrochen.

Er hatte über Emotionen gesprochen. Über seine Wut darüber, dass hier ein junges Mädchen hatte sterben müssen, aus völlig unklaren Motiven. Und über sein Unverständnis darüber, dass ausgerechnet sie sich darum kümmern mussten.

Die Antiterrorbrigade. Bei einem Mädchenmord. Einem so brutalen, wie er es vorher nicht für möglich gehalten hatte.

Sie hatten sie regelrecht zerfleddert. Der Pathologe hatte eben am Telefon von insgesamt 35 Messerstichen gesprochen. Seine Stimme war schwach gewesen, als kämpfe er immer noch mit seinen Gefühlen. Denn er hatte auch noch Würgemale gefunden. Sie mussten die Kleine gewürgt haben, bis sie ohnmächtig geworden war. Aber dabei hatten sie es nicht belassen. Sie hatten sie noch geschlagen – und dann hatten sie sie abgestochen. Wie ein Stück Vieh.

Isaakson war noch kein Vater. Er liebte sein Junggesellenleben. Er war 29.

Aber er wollte eines Tages Vater werden.

Er konnte sich nicht ausmalen, was er mit einem machen würde, der seiner zukünftigen Tochter so etwas antat.

Und Zara? Was machte Zara? Sie redete nicht mehr mit ihm. Als Dank für seine Wut.

Er verstand sie nicht. Er hatte sie noch nie verstanden. Aber er bewunderte sie. Noch wichtiger: Er vertraute ihr.

Obwohl er beinahe nichts von ihr wusste.

Sie war aus Berlin hergeflogen. Von ihrer Familie. Ihrem Mann und ihren zwei Kindern.

So, wie sie für die letzten acht Fälle angeflogen gekommen war. Immer aus Berlin.

Es lief immer gleich ab: Sie wurden gerufen. Er, der junge Schwede, kam aus dem Hauptquartier des Europäischen Terrorabwehrzentrums in Den Haag, wo er am Schreibtisch arbeitete und Akten las, Berichte schrieb und wartete, dass sie gebraucht wurden.

Wenn sie dann gebraucht wurden, kam auch Zara. Keine Ahnung, was sie in Berlin tat, wenn sie nicht gebraucht wurden. Er hatte sie nie gefragt. Er wusste nur, dass sie immer schneller am Tatort war als er.

Und dass ihn der Chef der Führungsgruppe »Terror und explizite Gewalt«, der portugiesische Kommissar Rui Vicente, gebeten hatte, sie nie nach ihrem Leben zu fragen. Nach ihren Gedanken. Oder Plänen.

Sie wollten als Nächstes in die Marseiller Vorstadt.

Die Cité *La Castellane,* aus der das Mädchen kam.

Aber sie konnten nicht direkt dorthin. Nicht ohne Schutz. Und schon gar nicht ohne die Unterstützung der örtlichen Behörden.

So hielt es die Brigade von Europol immer, weil es das Gesetz so wollte: Sie mussten am Einsatzort mit der lokalen Polizei zusammenarbeiten. So stand es im Kooperationsvertrag der Europäischen Union. Und auch wenn Isaakson gerne mal undercover ermittelt hätte: Zara hielt sich immer an diesen Vertrag. Und zwar penibel.

Er verstand es nicht, aber er musste es hinnehmen.

Er betrachtete die Frau an seiner Seite.

Zara.

Wie sie da stand. In ihrem Kleid. Einem schlichten cremefarbenen Sommerkleid. Das ihrer Figur schmeichelte. Ohne dass sie auch nur im Traum daran denken würde, damit zu kokettieren. Sie trug es einfach. Weil es praktisch war. Weil sie es in Berlin angezogen hatte. Und noch einmal genau das gleiche Kleid in ihrem kleinen silbernen Koffer hatte.

Dazu die dunkelblonden halblangen Haare. Die Sommersprossen. Die gebräunte Haut, die immer ein wenig ins Rote überging.

Eigentlich unglaublich, dass sie wirklich Südfranzösin sein sollte. Von hier stammte. Aus dieser Gegend. Sie hatte es ihm nie erzählt. Er hatte in der Kantine in Den Haag davon gehört. Wie sie dort ständig über sie sprachen.

Zara. Die Unberührbare. Die Unfehlbare. Die Unfassbare.

Er war vor zwei Jahren frisch von der Polizei in Stockholm nach Den Haag entsandt worden. Für fünf Jahre in den europäischen Dienst. Danach könnte er als hochdekorierter Kommissar Abteilungsleiter in Schweden werden. Und die wirklich großen Fälle lösen.

Kaum in den Niederlanden angekommen, hatte ihn der Portugiese zu sich gerufen. Und ihm gesagt, dass er Großes mit ihm vorhabe. Zu diesem Zwecke sei er ab sofort Teil des wichtigsten Außenkommandos der gesamten Führungsgruppe.

Und er habe eine neue Partnerin.

Nun ja, keine wirkliche Partnerin, hatte Rui Vicente gestammelt. Es sei vielmehr so, dass er der fähigsten Polizistin von Faro bis Helsinki assistieren würde.

Ob er diese fähige Polizistin, seine neue Partnerin, mal treffen könne, abends auf ein Bier, hatte Isaakson gefragt.

Nein, das sei nicht möglich, hatte der Portugiese geantwortet.

Isaakson hatte ihn mit großen Augen angeschaut.

Bei ihrem ersten Fall würde er sie treffen, hatte Rui dann gesagt.

Wie das denn sein könne, hatte Isaakson gefragt. Er müsse ihr doch vertrauen, seiner neuen Partnerin, das sei das A und O bei einer Zusammenarbeit in einer derart gefährlichen Tätigkeit.

Doch Vicente hatte den Kopf geschüttelt und war gegangen.

Er hatte noch im Weggehen »Sie werden schon sehen« gemurmelt.

Und so war es gekommen.

Isaakson hatte gesehen.

Sie hatten einen Antiterroreinsatz in Deutschland gehabt. Nichts hatte irgendeinen Hinweis auf den Verdächtigen gegeben. Aus Isaaksons Sicht. Der Mann war Flüchtling, Syrer angeblich. In einem Kaff bei Dortmund. Sie hatten keinerlei Hinweise. Und Isaakson hatte keinen Plan, wie sie vorgehen sollten, als sie in seinem Zimmer in der Flüchtlingsunterkunft standen, einem kargen Raum ohne jeden Hinweis. Im Internet hatte der junge Mann mit einem bevorstehenden Anschlag geprahlt.

Sieben Stunden später hatten sie ihn. Weil sich Zara das Zimmer zwar genauso lange angesehen hatte wie Isaakson, aber in diesen fünf Minuten unzählige Informationen gesammelt hatte.

Dinge zur Herkunft des jungen Mannes, zu seinen Vorlieben, zu seinem Geruch und zu seinem Blick aus dem Fenster.

Sie stellten den Mann zusammen mit einem Sondereinsatzkommando am Bahnhof von Dortmund. Keine zehn Kilometer vom Heim entfernt. Er war kein Syrer, sondern Marokkaner. Und er hatte keinen Anschlag geplant, dazu war er gar nicht in der Lage. Er hatte sich vielleicht gewünscht, dazu bereit gewesen zu sein.

Sie hatte den jungen Mann nur angesehen, ihm tonlos seine Rechte vorgelesen, und dann war er im Knast verschwunden. Einige Wochen nur, dann hatten sie ihn nach Rabat abgeschoben.

Wahrscheinlich war er inzwischen schon wieder auf dem Weg nach Europa.

Nach diesen Ermittlungen hatte Isaakson nichts mehr gefragt. Er wusste: Er konnte Zara bedingungslos vertrauen. Sie hatte alles im Blick. Er spürte es. Und konnte trotzdem nicht erklären, wie es ging.

Vicente hatte ihm, als er wieder in Den Haag ankam, nur gesagt: »Sehen Sie?«

Sie war vor ihm gelaufen, seitdem sie am alten Hafen geparkt hatten. Nun standen sie vor dem Hôtel de Police von Marseille. Ein alter Bau, herrschaftlich und trutzig.

Doch das hier war Marseille. Die »nördlichste Stadt Afrikas«, wie man hier sagte. Die Heimat von Islamisten, Drogenclans, der französischen Mafia. Und deshalb sah das Hauptquartier der Polizei aus wie eine Festung. Mit dicken Zäunen, Stacheldraht und vergitterten Fenstern. Polizisten der Spezialeinheit *CRS* mit Maschinenpistolen standen davor.

Zara zeigte ihren Ausweis, Isaakson tat es ihr nach.

»Zum *Commissaire général*«, sagte sie. Der Polizist an der Pforte trat aus seinem Zimmer und führte sie die Treppe hinauf.

Zwei Minuten und vier Flure später standen sie vor einer weiteren Tür. Ein Schild mit zwei Namen: Navarro / Petit.

Sie traten ein.

»*Bonjour*«, sagte Zara, ruhig, gänzlich konzentriert und

dabei so zurückgenommen, als sei sie hier und eigentlich doch ganz woanders.

Ein Blick, eine Präsenz, eine Täuschung, die nur sie konnte.

Der kleine Mann, der an der Tür saß, rauchte, als sie eintraten. Sein Büro war dunkel, geschützt gegen die Sommersonne, die nur durch die Spalten der Fensterläden hineinfiel. Er blickte weiter auf seinen Schreibtisch und fingerte an etwas herum, das wie ein Bündel Papiere aussah. Die Haut dunkel, wie sie es bei den *Marseillais* ist. Eine kleine Narbe auf der Wange, die aussah wie ein abgerutschter Messerstich.

Dann erst fiel der blasse blonde Mann weiter hinten im Raum auf, der sofort den Blick gehoben hatte.

Er stand auf und trat nach vorne, endlich sah auch der Kleine auf.

»Was wollen Sie?«, fragte er, die Stimme einer Hyäne mit dem vertrauten Akzent des Südfranzosen, der die Wörter zusammenzog wie einen alten Kaugummi.

»Den *Commissaire général* sprechen, Monsieur.«

»Krank.«

Er spuckte das Wort aus.

»Und wie erreiche ich ihn?«

»Wenn Sie nicht seine Frau sind: gar nicht. Und selbst wenn Sie es wären, seine Frau, meine ich, bin ich mir nicht sicher, ob er mit Ihnen sprechen will. Burn-out, sagt man. Obwohl ich nicht weiß, wie man in dieser Stadt Burn-out haben kann. Ist doch alles so langweilig hier.«

Er lachte, laut, kehlig.

»Wer sind Sie?«

»Commissaire Navarro. Ich vertrete ihn. In allen Angelegenheiten.«

»Wer ist Ihr Kollege?«

Der Blasse war still geblieben, wandte den Blick aber nicht eine Sekunde ab.

»Petit. Lieutenant Petit. Und wer sind Sie und Ihr blonder Beau?«

Ihre Stimme zeigte nicht eine Spur von Irritation.

»Wir sind von Europol. Sie wissen, warum wir hier sind.«

»Ja. In der Tat.«

Er stutzte, als er sie genauer betrachtete. Isaakson sah seinen Blick und fand ihn merkwürdig. Doch Navarro versuchte, mit zusammengekniffenen Augen, noch genauer hinzuschauen, er schaltete gar die Schreibtischlampe an. Für einen Moment besah er sie nachdenklich. Isaakson bemerkte, dass auch Petit so aussah, als wisse er nicht, was hier vorging.

Der Schwede wollte eben etwas sagen, den Franzosen angehen für seine Starrerei, da kratzte der sich am Kopf und fuhr fort: »Sie glauben also, die Kleine in den Calanques hat irgendwas mit Terror zu tun. Verdammter Quatsch.«

Zara hielt dem Blick des Mannes stand, seinem Zorn, der sich gegen alles und jeden zu richten schien. Kaum, dass man seinen Raum betrat. Vielleicht wurde man so als Polizist in Marseille. Isaakson hätte ihm gerne eine reingehauen.

»Unser Verantwortlicher bei Europol hat uns geschickt, weil es in der näheren Umgebung des Mädchens von *fiches S* nur so wimmelt. Deshalb sind wir hier. Wir müssen in die Cité. Und dafür brauchen wir Sie.«

»Ich habe keine Männer für so einen Mist. *Fiches S,* wenn ich das schon höre. Für Sie im Norden steht doch ganz Marseille unter Terrorverdacht.«

»*Fiches S,* das ist wirklich lächerlich«, sagte nun auch Petit. Es waren seine ersten Worte, und er rückte ein Stück näher an seinen Vorgesetzten heran.

Zara hob nicht die Stimme, senkte nicht den Blick, wurde nicht rot. Stand da wie eine Statue. In ihrem Sommerkleid.

Isaakson fand sie unglaublich sexy. Nicht nur in diesem Moment. Immer. Und dennoch war sie so unnahbar, dass er es nie auch nur gewagt hätte, sie irgendwie machohaft anzusprechen. Einmal hatte er im Auto beim Schalten aus Versehen ihr Knie gestreift. Er hatte die Hand zurückgezogen, als habe er sich verbrannt.

»Commissaire, ich danke Ihnen für dieses Gespräch«, sagte sie und drehte sich um. Es hatte nicht ironisch geklungen.

Isaakson zog die linke Augenbraue hoch und wollte gerade etwas Verächtliches zu diesem südfranzösischen Riesenarschloch sagen. Doch bevor Zara ihn rufen konnte, besann er sich, machte kehrt und folgte ihr.

»Ach, Mademoiselle?«

Navarros Stimme. Sie hielt an. Drehte sich nicht um.

»Sind Sie von hier?«

»Ich bin aus Berlin.«

Dann ging sie weiter.

Aus dem Büro hörte Isaakson nur leises Murmeln.

Kaum auf dem Flur, hatte Zara ihr Handy gezückt.

Den Haag.

»Rui? Ich habe es geahnt.«

Kurze Pause.

»Ja, es läuft ganz anders als in Paris und Toulouse. Marseille eben. Du weißt, was ich brauche?«

Vicente, der Kommandant der Einheit, zählte am anderen Ende der Leitung wohl die Bestellliste auf. Es dauerte etwas.

»Genau. Sprichst du mit Paris? Gleich?«

Diesmal war die Pause wieder ganz kurz.

»Ich habe die *fiches S* in der Umgebung des Opfers geprüft. Wir haben vier junge Männer mit einer Akte wegen Terrorverdachts oder potenzieller Radikalisierung. Einer der Brüder des Mädchens, Lamine. Der Cousin, Moussa. Und zwei andere Jungs in dem Wohnblock, ein Abdel Benkader und ein Mohamed Hadia. Wir sehen uns alle an. *Obrigada.*«

Sie legte auf. Isaakson wusste nicht, wann sie das alles recherchiert hatte. Im *easyJet*-Flugzeug, mit einer Urlaubergruppe auf dem Schoß?

Draußen traten sie in die gleißende Sonne.

Zara marschierte schnurstracks in ein Café, in der ersten Reihe am Hafen.

Früher waren das hier heruntergekommene Spelunken gewesen. Isaakson war mal als Schüler auf Schulfahrt hergereist, bei der sein Lehrer die Klasse die ganzen drei Tage lang nervös im Auge behalten hatte, aus Angst, in den schummrigen Gassen könnten ihm seine Schutzbefohlenen gestohlen werden – oder sein Portemonnaie.

Heute aber war der Gentrifizierungsgott hier durchgezogen wie Meister Proper. Das neue Pflaster glänzte, die Markisen vor den Cafés sahen so teuer aus, wie der Espresso es mittlerweile war, und die Jachten im Hafen glänzten mit der Sonne um die Wette. Dazu das neue Museum da drüben, mit seiner strahlenden Fassade und die Touristenbimmelbahn mit reichen Russen in Joggingbutz.

Marseille. Die Schöne am Mittelmeer. Wenn Isaakson die Kriminalitätsstatistik nicht auswendig gekannt hätte, wäre er versucht gewesen, den gewieften Politikern der korrupten Stadt zu glauben.

Zara bestellte einen *café serré*. Schwarz. Kein Zucker.

Ohne ihn anzusehen, zog sie ihr rotes Notizbuch aus der Tasche. Ein kleines Moleskine, A6. Darin notierte sie alles. Ständig.

Nach jedem Gespräch ging sie in das nächste Café und schrieb zwanzig Minuten ein Protokoll. Er hatte noch nie einen Blick in ihr Buch geworfen, aber von der Dauer und der

Menge an Text ging Isaakson davon aus, dass sie ein Protokoll schrieb.

Nun war er für zwanzig Minuten abgemeldet.

Er betrachtete ihr Gesicht, ihre weichen Züge, das vom dunkelblonden Haar umrahmte Gesicht. Sie schrieb ganz leicht, mit einer gleichgültigen Miene, in der keine Anstrengung lag. Als würde sie ein Tagebuch führen.

Der Kellner kam, brachte den *café*.

»Ich nehme einen *Ricard*.«

Sie sah nicht auf, aber sie schrieb für einen Moment nicht.

Er wusste, dass sie seine Bestellung gehört hatte. Und nicht guthieß.

Sie trank nie. Nicht einen Schluck. Sie konnte keine Südfranzösin sein.

Aber sie würde nichts sagen. Der *Ricard* war kein dienstliches Problem. Und in private Probleme mischte sie sich nie ein.

Der Kellner brachte das kleine Glas mit der gelben Flüssigkeit, dazu eine Karaffe mit Wasser und einen Krug mit Zange und Eiswürfeln.

Isaakson nahm einen, ließ ihn in den *Ricard* plumpsen und goss nur ganz wenig Wasser dazu. Das Eis würde bei dieser Hitze in Windeseile schmelzen, dann wäre der Pastis gestreckt genug.

Er nahm den ersten Schluck. Wunderbar. In Schweden hatten sie dieses Getränk nicht. Es gab aber auch kein schwedisches Wetter, bei dem man es trinken wollte.

Er sah auf den Quai, eben spazierten Studentinnen vorbei. Für Schwedinnen waren sie blond genug, aber zu dick und zu laut, also, schloss er, mussten es Amerikanerinnen sein.

Die Segel der Boote wiegten im leichten Wind, der vom Meer herüberkam. Es hätte das Paradies sein können, wenn er nicht immer wieder die laut knarzenden Roller ringsum hörte, mit den jungen Arabern darauf, ohne Helm, aber mit Basecaps und viel zu viel Mut.

Sie waren das beste Zeichen dafür, dass in den Vierteln ringsum das Verbrechen tobte. Immer noch und vielleicht mehr als jemals zuvor. Weil es die Stadt nur vermocht hatte, das Zentrum zu sanieren, zu verschönern, zu entgiften.

Doch ringsum, in den Cités und an den Rändern, war von dem Geld nichts angekommen. Und zu den Gangs und Verbrechern kamen nun auch noch die radikalisierten Jugendlichen.

Sie waren ihr Job. Der Job von Zara und von Isaakson. Und ihrer Einheit, die von Den Haag aus durch ganz Europa reiste. Den Sicherheitsbehörden eigentlich immer willkommen war. Nur hier nicht, nicht in Marseille.

Genau achtzehn Minuten später packte Zara erst den Stift und dann das Notizbuch in ihre kleine Tasche. Sie legte zwei Euro auf den Tisch und stand auf.

Isaakson zahlte ebenfalls, zusammen gingen sie zurück Richtung *Hôtel de Police.*

Als sie ankamen, sah er, was Zara vorhin bestellt hatte, bei Rui, und was dieser in Zusammenarbeit mit dem Pariser Innenministerium in nicht mal zwanzig Minuten hatte aufmarschieren lassen.

Er sah, was nötig war, um in der Marseiller Vorstadt zu ermitteln. Vor ihnen standen acht Busse der Gendarmerie, daraus stiegen in diesem Moment Dutzende Beamte mit Masken und Maschinenpistolen. Hinter ihnen bremsten vier Landrover der Armee, die *Operation Vigipirate,* die Einheit der Terrorabwehr. Auch aus diesen Wagen stiegen Männer und Frauen, Soldaten in Tarnkleidung, sie hielten schwere Maschinengewehre in den Händen.

Niemals wären Zara und Isaakson ohne Schutz in die Vorstädte gegangen, und doch überraschte es den Schweden immer wieder, wie viele martialische Waffen hier in Frankreich nötig waren, um eine Cité zu betreten.

Rund um Stockholm, wo er gearbeitet hatte, gab es auch schwierige Viertel, genau wie in Malmö. Aber zwei Polizeiwagen hatten in seiner Ausbildung immer gereicht, um sich Respekt zu verschaffen.

Hier wären sie mit zwei Polizeiwagen plattgemacht worden, von den Jugendlichen des Viertels. Und zwar plattgemacht im Wortsinne. Sie hätten es nicht lebend rausgeschafft.

Isaakson wusste das – sie waren schließlich bei den letzten Terrorermittlungen immer wieder in den Banlieues gewesen, hier, in Paris und Toulouse – und er wollte es dennoch nicht akzeptieren. Das hier war Europa. Verdammt.

Zara stieg in ihren Kleinwagen von dem Autovermieter in Nizza. Sie nickte Isaakson zu.

»Fahren wir.«

ZARA

9. JULI 2018
CITÉ LA CASTELLANE,
MARSEILLE

Jeden Schritt, den sie gingen, hatten vor ihnen schon zwanzig Soldaten gemacht. Dann standen sie an der Tür zu dem Hochhausblock.

Zara wusste, dass tausend Augen sie beobachteten.

Aus den Fenstern im ersten, im zwölften und im 28. Stock.

In diesen kargen, hässlichen Blocks aus Fertigteilmodulen, die sie hier in den Sechzigern aus dem Boden gestampft hatten.

In denen die Aufzüge an zwanzig Tagen im Monat nicht gingen.

Wären sie allein hier gewesen, hätten die Späher an der Einfahrt zur Cité längst Alarm geschlagen. Dann würde es in diesem Moment Steine auf sie regnen. Fernseher. Kühlschränke.

Die Drogenhändler und Zuhälter würden die jungen Araber antreiben, die Polizisten mit allem zu bewerfen, was sie finden könnten.

Aber sie waren nicht alleine hier. Zara würde niemals alleine herkommen. Sie wusste, wie es hier war. Sie wusste es nur zu gut.

Um die Eingangstür herum standen sechs Gendarmen, die Schilde hatten sie nach oben gerichtet, um eventuelle Wurfgeschosse abzufangen.

Ein Soldat öffnete mit einem Tritt die Eingangstür aus Metall, das Glas war gesprungen. Einbrechen wollte hier ohnehin niemand.

Sie betraten das Gebäude. Gingen die Treppen hinauf. Langsam, immer vier Soldaten, dann die beiden Beamten, hinter ihnen wieder vier Soldaten, die Maschinengewehre im Anschlag.

Es waren nicht viele Treppen, sie mussten nur bis zur fünften Etage gehen.

Eine Stufe nach der anderen, der hässliche rote Stein, aus dem sie waren, war dreckig und abgeplatzt. Es stank nach Moder und nach Dope. Zara hasste den Geruch von Gras.

Die Soldaten waren schon eine halbe Treppe weiter oben, als in der zweiten Etage plötzlich die Tür aufging. Ein junger Araber steckte den Kopf heraus.

»Was wollt ihr Scheißbullen hier?«, rief er und griff mit einem Arm nach Zara.

Die schlug einen Haken wie ein Hase und stand in Sekundenbruchteilen auf der übernächsten Treppenstufe, während Isaakson sich den Jungen griff und seinen Kopf gegen die Wand drückte.

»Ich hab das nicht verstanden«, sagte er leise zischend auf Arabisch. »Sag das noch mal, du kleine Schwuchtel.«

Zara machte einmal »Psst«.

Sie musste die Treppe wieder heruntergegangen sein, sie stand jedenfalls ganz dicht bei ihm, bei Isaakson.

Sie musste ihn nicht anfassen, nicht ermahnen. Sie machte nur dieses Geräusch. Sofort ließ er ab von dem Jungen, ließ seinen Kopf los und stieß ihn von sich weg, hinein in die Wohnung.

Die Soldaten hinter ihnen schauten nur zu, hielten die Gewehre nach oben und sicherten nach hinten ab.

Sie konnte den Jungen in der Wohnung fluchen hören. Schwuchtel hatte ihn ziemlich sicher noch niemand genannt, der nicht mit ihm verwandt war oder nicht zumindest schon mal mit ihm gekokst hatte.

Sie stiegen die Treppen weiter hinauf. Bis zur Wohnung in der fünften Etage, rechte Seite.

Namensschilder gab es hier nicht. Jeder in der Cité wusste, wer wo wohnte. Und die, die es nicht wussten, hatten hier eh nichts verloren.

Sie klopfte an die Tür. Sehr leise.

Sofort öffnete sich der billige Holzverschlag.

Eine Frau stand dahinter, sie trug einen afrikanischen Turban auf dem Kopf, in Rosa, dazu eines dieser langen westafrikanischen Gewänder.

»Madame Sissoko«, sagte Zara. Es war keine Frage.

Sie nickte und besah sich die Soldaten auf der Treppe. Es lag keine Angst in ihrem Blick. Sie schaute sie einfach nur unverwandt an.

»Ich würde gern mit Ihnen sprechen.«

Die Frau zeigte auf die offene Tür. Ihr Gesicht sah jung aus. Sie musste sehr jung gewesen sein, als sie Aïcha bekommen hatte.

Zara ging zuerst, Isaakson folgte ihr und bedeutete den Soldaten, die Tür von außen zu sichern.

Auf der Couch saßen drei Schwarze.

Ein Mädchen, etwa so alt wie Aïcha. Sie nestelte an ihrem Kopftuch. Keine Haarsträhne schaute darunter hervor. Es war fest gebunden. Sie blickte zu Boden. Still und demütig.

Daneben ein Junge. Vielleicht elf. Seine Haare waren stoppelkurz. Er schaute die Frau und den Mann an, offener Blick, trotzig. Und der Vater. Ein älterer Schwarzer, der die weiße Kappe der gläubigen Senegalesen trug und sie aus blutunterlaufenen Augen ansah.

Sie setzten sich auf die Couch und Zara wollte gerade beginnen, da durchbrach der Vater die Stille.

»Ich habe geträumt, dass Aïcha etwas passiert.«

Er sprach leise, mit diesem tiefen Bass und der breiten Aussprache, die den Senegalesen zu eigen war, wenn sie Französisch redeten.

Sie spürte Isaaksons Blick auf ihr, seine Überraschung über diesen unvermuteten Gesprächsbeginn. Nun wartete er, was sie tat. Zara.

»Darf ich fragen, was ist ihr in Ihrem Traum passiert, Ihrer Tochter?«

Seine Augen blickten durch sie hindurch, sie fanden keinen Halt.

»Sie wurde getötet. Mit einer Machete. Man hat ihr den Kopf abgeschlagen.«

Wieder sagte er das in einer scheinbar inneren Ruhe, doch Zara hörte, wie belegt seine Stimme war.

»Wer?«

»Männer.«

»Und warum?«

»Das spielt keine Rolle. In meinen Träumen spielt das ›Warum‹ keine Rolle.«

»Kannten Sie die Männer?«

Ein Blick zu ihr, jetzt fixierte er sie, wütend, drängend.

»Sie haben keine Gesichter.«

Zara sprach ganz geschäftsmäßig: »Männer ohne Gesichter enthaupten Ihre Tochter. Das ist ein schrecklicher Traum. Haben Sie eine Erklärung für diese Vorahnung?«

»Allah gibt uns Hinweise auf die Zukunft. Er prüft mich, und er prüft meine Familie. Und er sendet mir seine Kraft in diesen Träumen.«

»Sie haben mich noch gar nicht gefragt, was mit Ihrer Tochter passiert ist.«

Eine Stille setzte ein, der Mann sah sie an, wortlos, doch er hatte eine Kraft in sich, in seinem alten Körper, die das zerschlissene Sofa und die heruntergekommene Wohnung vergessen ließ.

»Ich weiß seit zehn Minuten, dass Sie kommen. Ich habe die Soldaten gehört und den Hubschrauber. Und die Jeeps gesehen, unten. Aïcha ist tot.«

Zara nickte.

»Sie ist erstochen worden. In den Calanques.«

Keine Regung in seinem Gesicht, keine Regung in den blutunterlaufenen Augen. Er schaute gedankenverloren, erst zu seinem Sohn, dann zu seiner Frau und dann zu seiner Tochter. Sein Blick ruhte eine Weile auf ihr. Alle drei wiederum schauten den Vater an.

»Das ist sie.«

Eine kurze Pause, nachdem er das wie eine Feststellung gesagt hatte.

»Warum hat Ihnen Allah diese Vorahnung gesandt? Warum sollte er Ihnen Ihre unschuldige Tochter nehmen? Sie auf so brutale Weise aus dem Leben reißen, wie es bei Aïcha geschehen ist?«

Als sie den Namen des Mädchens aussprach, glaubte sie für einen kurzen Moment ein Flackern in den Augen der Schwester wahrzunehmen. Aber schon Sekunden später hatte sie sich wieder unter Kontrolle. Der Vater sah sie noch immer an.

»Allah allein weiß, wer unschuldig ist.«

»Also war Aïcha nicht unschuldig?«

»Sie haben uns die Nachricht überbracht. Wir würden nun gerne unter uns sein.«

»Wo finden wir ihren älteren Bruder, Lamine?«

»Er ist unterwegs. Ich suche ihn nicht. Sie suchen ihn. Viel Erfolg.«

Isaakson, der in einer Ecke des Raumes stand, erhob die Stimme: »Wir sind hier, um den Mord an …«

»Psst …«

Er brach ab, aber Zara spürte, dass er sie diesmal nicht verstehen würde. Auch sie hätte gerne noch Fragen gestellt, aber sie wusste, dass es nichts bringen würde.

Sie stand auf, nickte den vieren zu und verließ das Zimmer, Isaakson folgte ihr dicht. Sie drängelten sich an den Soldaten vorbei, die vor der Tür Stellung bezogen hatten, und gingen die Etagen hinunter. Dicht bewacht von den Männern.

Draußen sah sie hinauf, und sie sah an den Fenstern, in den Wohnblocks rundherum, Dutzende offene Fenster. Daraus schauten Männer, ausschließlich junge Männer. Einige pfiffen, andere zeigte ihnen die Faust oder den erhobenen Zeigefinger. Eigentlich ein muslimisches Gottesbekenntnis, doch die radikalen Islamisten hatten das Zeichen für sich vereinnahmt, auch der IS nutzte es in Propaganda-Videos.

Sie konnte nicht weiter darüber nachdenken. Sie brauchte Zeit.

»Warten Sie«, wies sie den Leiter der Gendarmerie an. Er und seine Männer bezogen Stellung um den Kleinwagen, während Zara einstieg und wieder ihr Notizbuch herausholte.

Sie spürte Isaaksons Blick von der Seite, nachdem er eingestiegen war. Das musste ihr jetzt egal sein.

Sie beschrieb kurz die Szene, die Zitate des Vaters. Die Szene mit der Enthauptung aus seinem Traum. Mit einer Machete.

Sie steckte das Buch wieder ein und sagte leise aus dem offenen Fenster: »Zur Moschee.«

Dann ließ sie den Motor an, während sie beobachtete, wie die Soldaten und Gendarmen zu ihren Wagen liefen, die Waffen stets im Anschlag.

Ein gellendes Pfeifkonzert ging auf sie nieder, als Zara anfuhr.

»LA PROVENCE«

9. JULI 2018
ONLINE-AUSGABE MARSEILLE

Toter Teenager in den Calanques – Opfer des Drogenkrieges?

Marseille (mit AFP).
In der Felsenlandschaft der Calanques östlich von Marseille ist eine Tote gefunden worden.
Die vierzehnjährige Aïcha Sissoko ist verblutet, nachdem ihr zahlreiche Messerstiche beigebracht wurden.
Quellen der Polizei sprachen gegenüber AFP außerdem von Würgemalen am Hals des Teenagers. Die Tat wurde demnach mit äußerster Brutalität ausgeführt.
Angeblich wurden Beamte einer europäischen Polizeibehörde zu den Ermittlungen hinzugezogen. Der Grund dafür ist bisher unklar.
Aïcha Sissoko ist nach Recherchen unserer Zeitung die Tochter von Zuwanderern aus dem Senegal. Sie wurde in Frankreich geboren.
Sie lebte mit ihrer Familie in der berüchtigten Cité *La Castellane* im Norden unserer Hafenstadt. Ihr Onkel ist der Imam einer Moschee in der Cité.
Vor Ort war es für unsere Reporter nur schwer möglich, Einzelheiten über das Leben der Vierzehnjährigen zu erfahren.

Ein Fotograf unserer Zeitung wurde von Jugendlichen bedroht, wir haben daraufhin unsere Recherchen beendet. Augenscheinlich stammte das Mädchen aus einem der Wohnblocks im *Chemin de Bernex*. Im Umfeld dieses Wohnblocks kam es mehrfach zu Gewalttaten im Drogenmilieu. Es besteht daher die Befürchtung, dass es in der Drogenszene der Stadt zu einem neuen Höhepunkt der Gewalt gekommen ist, der zum brutalen Mord an einem jungen Mädchen führte.

BENITO BOLATELLI

9. JULI 2018
MAISON »BELLEVUE«,
LECCI, KORSIKA

Die Flügeltür zur Terrasse stand weit offen, sodass sich die cremefarbenen Gardinen im Wind bewegten und die frische Luft des Meeres hereinströmte.

Der alte Mann schmiss das iPad auf den Esstisch und stand auf. Er schritt durch den großen Salon und trat hinaus.

Die Sonne blendete ihn. Mit zusammengekniffenen Augen beobachtete er, wie die Wellen gegen die Felsen unter dem Haus krachten. Ein Fischreiher drehte über seinem Kopf einsam seine Runden.

Er liebte diesen Ort. Diesen Frieden in der roten Villa auf den Felsen. Da waren nur die Wellen, die Vögel, die Zikaden und das Rauschen der beiden Aleppo-Kiefern im Garten neben den Dattel- und den Mandelbäumen.

Doch heute verspürte er eine große Unruhe, die er lange Zeit nicht mehr gekannt hatte. So unruhig war er zuletzt als junger Mann gewesen, als er noch hungrig und wütend war.

Heute war er alt. Die Wut und der Hunger waren zum Ritual geworden. Sie steckten nicht mehr in ihm. Sie waren nur da, um Macht und Geld zu verteidigen.

Trotzdem war seit Tagen diese Unruhe da.

Seit er eben im Internet von dem Tod des Mädchens gelesen hatte, glaubte er zu wissen, was ihn umtrieb.

Hier stimmte etwas ganz gewaltig nicht.

Die letzten Monate waren auch wirklich zu glattgelaufen.

Er hatte die Absatzmärkte ohne Gegenwehr ausbauen können, seine Transporte hatten ohne Razzien und Beschuss ihr Ziel erreicht, sogar im Hafen von Marseille war alles problemlos verlaufen.

Die Al-Hamsis hatten die Füße stillgehalten.

Und er, Benito Bolatelli, hatte sich nichts dabei gedacht. Er hatte stattdessen besser geschlafen denn je, hatte sich mit niemandem gestritten und stattdessen viele Abende mit Freunden verbracht.

Ein alter Esel.

Das war er.

Sein Instinkt hatte ihn verlassen.

Die Al-Hamsis waren nicht geschlagen. Oder hatten etwa ihre Geschäftsfelder verlagert.

Auf keinen Fall.

Sie hatten die Füße stillgehalten, weil sie etwas planten.

Etwas Großes.

Und er hatte keinerlei Ahnung, was das war.

Es gab nur einen Menschen auf der Welt, der das herausfinden könnte.

Das Problem: Dieser Mensch hasste die Al-Hamsis. Und dieser Mensch hasste es, mit ruhiger Hand Konflikte zu lösen.

Wenn er diesen Menschen losschickte, um mehr zu erfahren, würde es in einem Massaker enden.

War es das wert?

Wo er doch gar nicht wusste, was sie planten?

Er betrachtete die Wellen, die scheinbar gleichmütig auf den kleinen Strandabschnitt unter dem Haus krachten, den er für seine Tochter von Felsen hatte befreien und anschließend mit Sand befüllen lassen.

Es schien, als sei jede Welle gleich.

Aber er hatte die letzten drei Jahrzehnte hier oben verbracht.

Er wusste, dass jede von ihnen verschieden war. Am Morgen, am Abend, in der Nacht, niemals sah eine der Wellen gleich aus. Dafür nahmen alle das gleiche Ende. Wenn sie am Fels aufschlugen und in der kleinen Bucht anlandeten.

Er nahm sein Telefon aus der Tasche seiner Bundfaltenhose und schaltete die Verschlüsselung ein.

Dann wählte er die Nummer, die er nicht gespeichert hatte. Nicht nötig, er kannte sie auswendig.

Es dauerte nur zwei Sekunden, bis abgehoben wurde.

»Ich bin es. Du musst etwas herausfinden, über ein Vorkommnis in Marseille, das mich beunruhigt. Ich weiß, du bist noch in Amsterdam. Aber könntest du es versuchen, wenn du zurück bist, Zoë?«

ISAAKSON

9. JULI 2018
MOSCHEE VON LA CASTELLANE,
MARSEILLE

Es war ruhig vor der Moschee.

Keine Presse, keine Kameras. Isaakson hatte schon das Schlimmste befürchtet.

Zara mochte keine Kameras. Sie mochte keine Öffentlichkeit. Sie wollte in Ruhe ihre Fragen stellen, die Antworten in ihr kleines rotes Notizbuch schreiben und damit die Welt retten. Zumindest den kleinen Teil der Welt, den sie retten konnte.

Als sie aber um die Ecke in die Sackgasse zur Moschee einbogen, verließ ein Mann das Gotteshaus und stieg in einen schwarzen Renault Talisman. Die Limousine der Präfekten, Minister, Bürgermeister. Die Ordnungsnummer 13 im Kennzeichen. Département Bouches-du-Rhône. Also von hier.

Sie waren zu weit weg, um ihn zu erkennen, das Auto fuhr sofort an.

Isaakson bemerkte, wie Zara das Kennzeichen einmal leise vor sich hin murmelte. Sie würde es für die nächsten drei Jahre nicht vergessen.

Der Konvoi aus Jeeps, gepanzerten Vans und ihrem Kleinwagen hielt vor der Moschee.

Obwohl Moschee ein großes Wort war für dieses Gartenhaus in einem Wohnblockensemble, ähnlich dem, den sie eben verlassen hatten.

Auch hier hatte der Neubaucharme der späten Sechziger zugeschlagen. Ein Baum als einziger Farbklecks. Ansonsten nur Beton. Es war grässlich. Isaakson vermisste Schweden.

Sie warteten, bis die Soldaten aus ihren Jeeps gesprungen waren und ein Spalier bildeten, das bis zum Eingang der Moschee reichte.

Die Tür aus Milchglas öffnete sich prompt, als Zara und Isaakson ausstiegen.

Erst kamen acht Jugendliche, Algerier, Marokkaner, vielleicht Tunesier, einer war ein Schwarzer. Sie trugen die Einheitskleidung der Banlieue-Kids: Sporthose, Shirt mit Aufdruck, zwei trugen ein Trikot von Olympique Marseille. Dazu schwarze Basecaps und Bauchtaschen.

Und dann bildeten die Jungs ihrerseits ein Spalier, und heraus trat der Imam.

Ein großer Senegalese, der die Boubou trug, das lange weiße westafrikanische Gewand, mit einer goldenen Schärpe. Dazu die Kopfbedeckung der Imame.

Er war jünger als Aïchas Vater, und er war wesentlich freundlicher, befand Isaakson. Er ignorierte die bewaffneten Soldaten und lächelte sie beide an, die Frau in ihrem Sommerkleid und den großen blonden Mann aus Nordeuropa.

»Bienvenue a la Mosquée de la Castellane«, sagte er von Weitem, und seine laute Stimme hatte einen angenehmen Klang.

»Vielen Dank«, erwiderte Zara und streckte ihm die Hand entgegen, die der Mann nahm. Merkwürdig. Ein Imam nahm die nackte Hand dieser Frau in einem Sommerkleid entgegen, vor seinen Kids. In dieser Gegend. Nicht schlecht.

»Kommen Sie, kommen Sie.«

Er führte sie hinein und rief den Kids im Umdrehen etwas zu. Auf Arabisch. Isaakson verstand jedes Wort.

»Bleibt hier. Passt auf. Und keinen Unfug.«

Angesichts der achtzig Cops vor der Tür eine durchaus ironische Anmerkung.

Drinnen war es dunkel und kühl. Sie durchquerten den langen Flur, vorbei an dem Raum, in dem sich die Männer vor dem Gebet die Füße wuschen.

Es war ruhig, erst am Abend würden die Gläubigen wieder hierher strömen.

»Wollen wir in Ihrem Büro sprechen?«, fragte Zara und wies auf die Tür mit der Aufschrift »Imam«.

»Nein, kommen Sie, der große Gebetsraum ist besser. Wir haben doch nichts zu verbergen.«

Sie gingen weiter den langen Flur entlang, Zara zog ihre Ballerinas aus, Isaakson seine Sportschuhe und dann standen sie in dem riesigen Raum mit den beigefarbenen Wänden und dem roten Teppich, an den Wänden standen Bücher und arabische Gebetssuren.

Wenn Isaakson daran dachte, wie schäbig die Moschee von außen aussah, wäre er nie auf die Idee gekommen, dass die Ausmaße innen so riesig und das Herz der Moschee so prachtvoll war.

»Bitte, nehmen Sie doch Platz.«

Sie setzten sich gegenüber auf den Teppich, Zara strich ihr Kleid zurecht und sah den Imam an.

»Sie sind ein fortschrittlicher Mann.«

Der Senegalese strahlte.

»Ich lehre meine Gläubigen, wie es sich gehört zu leben. Dazu gehört der Wandel. Das müssen wir Muslime lernen.«

»Ich bin nur sehr selten in den Gebetsraum für Männer eingeladen worden.«

»Ach, ich bitte Sie. Wir sind doch keine Hardliner. Genießen Sie es.«

Sein freundliches Gesicht veränderte sich und nahm einen prüfenden Ausdruck an.

»Ganz nebenbei: Ich habe es gleich gedacht, vorhin, als ich Sie sah: Kann es sein, dass ich Sie kenne? Ihr Gesicht kommt mir wahnsinnig bekannt vor.«

Isaakson sah zwischen ihr und dem Imam hin und her. Doch Zara sagte freundlich: »Ich denke nicht, dass wir uns schon einmal begegnet sind, ich kann mich jedenfalls nicht erinnern. Aber sagen Sie: Sie wissen, warum wir hier sind?«

Sein Ausdruck veränderte sich erneut, doch er bewahrte seine Würde, seine Freundlichkeit.

»Ich weiß es. Und ich bin voller Trauer. Es ist ein großer Verlust. Und deshalb verdienen Sie diesen freundlichen Empfang. Weil ich Ihre Arbeit unterstützen will.«

»Sie sind sehr schnell informiert worden.«

Sie betrachtete ihn, nicht aufgeregt, nicht forschend.

Sie hatte den Zara-Ton, der zuließ, hinter jeder Frage entweder alles oder nichts als Antwort zu bekommen.

»Ihre Kollegen aus Marseille haben mich informiert. Wissen Sie, ich bin ein wichtiger Mann in diesem Viertel. Ein Mord an einem meiner Familienmitglieder kann hier im Viertel allerhand auslösen. Deshalb sagt man mir sofort Bescheid. Ich habe Mittel und Wege, die Lage zu beruhigen.«

Isaakson hätte liebend gerne nachgefragt, was das für Mittel und Wege waren. Zara ließ es dagegen einfach dabei bewenden.

»Und der Mann, der eben hier war, kam von der *Police Nationale?*«

»Ein Freund, der kam, um zu kondolieren.«

Sie kondolierten also dem Onkel, nicht dem Vater, dachte Isaakson.

Diesmal fragte Zara nach, die schwarze Limousine hatte sie misstrauisch gemacht.

»Ein einflussreicher Freund?«

»Ein Freund. Mehr möchte ich dazu nicht sagen, wenn Sie erlauben.«

»Können Sie sich erklären, was Ihrer Nichte – was Aïcha – geschehen ist?«

»Haben Sie sie gesehen?«

»Ehrlich gesagt war es ein schmerzlicher Anblick. Ein sehr brutaler Mord.«

»Sie sollten Aïchas Familie, ihre Mutter vor allem, damit verschonen. Keine Details, ich bitte Sie sehr.«

»Das werden wir.«

»Wissen Sie, Aïcha war … Wie soll ich es sagen? Sie war sehr modern. Sie haben mich vorhin fortschrittlich genannt. Aïcha war fortschrittlicher, als ich es jemals sein könnte.«

»Und das ist schlecht gewesen?«

»Das habe ich nicht gesagt. Sie war sehr klug, sehr aufgeweckt, wollte mehr kennenlernen als *La Castellane*. Und sie war auf einem guten Wege.«

»Bis zu den Messerstichen. Es waren 35.«

Sie sagte die Zahl, als würde sie einen Kaffee bestellen.

Der Imam sah zu Boden, er schluckte.

»Es ist … Sie haben mich nach einer Erklärung gefragt. Ich habe einige Sätze gesagt, die nichts mit Ihrer Frage zu tun hatten. Meine Antwort muss sein: Ich habe keine Erklärung.«

»Hatte Ihre Nichte einen Freund?«

»Wissen Sie, junge Frau, dieses Viertel hier, diese Cité, das ist Sünde. Ich versuche hier, der Hort des Guten zu sein. Die Jugendlichen aus der Sünde zu holen, aus den Drogen und dem Sex. Ich bin der Feind der Sünde, und Aïcha wusste das. Sie hätte es mir nicht erzählt, wenn sie einen Freund gehabt hätte. Und außerdem war sie wohl auch noch mehr Kind als Frau. Ich glaube also: Nein. Ich würde sagen, fragen Sie ihre Mutter. Aber ich weiß nicht, ob mein Bruder das zulassen würde. Er ist – nun ja, wie soll ich es sagen – nicht ganz so fortschrittlich, wie ich es bin.«

»Wir danken Ihnen.«

»Ich danke Ihnen und wünsche, dass Allah Sie bei Ihren Ermittlungen unterstützt, so er will.«

»Sagen Sie, noch etwas«, begann Zara, als sie im Flur standen, die Ballerinas hatte sie wieder angezogen.

»Ja? Wir müssen uns beeilen, gleich ist das Nachmittagsgebet.«

»Welcher Polizist hat Sie informiert?«

»Commissaire Navarro. Wieso fragen Sie?«

»Das möchte ich Ihnen nicht sagen.«

»Das ist in Ordnung, junge Frau. Sie sind hier immer willkommen. Und ich bin mir doch sicher, dass ich Sie schon mal hier …«

Er brach ab und machte eine wegwerfende Handbewegung, verscheuchte den Gedanken wie eine lästige Fliege.

Damit standen sie wieder vor der Tür, mussten vorbei an den Jugendlichen, die sie musterten, als seien sie aufregende Zootiere.

Einer schmiss seine Kippe weg und spuckte aus, ganz knapp neben Zaras Füße.

Es dauerte keine Sekunde, dann schnaubte es wütend von der Tür. Der Imam fluchte, die Stimme war ganz anders als vorhin drinnen, als er den jungen Nordafrikaner auf Arabisch anfuhr.

»Verdammter Bastard, nicht jetzt, nicht heute. Ich hab es euch doch gesagt, ihr Hunde, benehmt euch.«

Isaakson war erstaunt. Der freundliche Imam konnte auch anders. Er würde es Zara im Auto erzählen. Sie sprach kein Arabisch. Einer der Gründe, warum sie mit ihm arbeitete, dachte er.

Zara hatte die Unflätigkeit nicht mal bemerkt, so schien es, sie war schnurstracks zum Auto gelaufen. Davor stand der Hauptmann der Gendarmerie.

»Ein Weg noch. Wir müssen zur Schule. Ich will mit den Lehrern sprechen. Und wenn es geht, auch mit den Schülern.«

Der Hauptmann griff sich kurz ans Barett. Die Annahme des Befehls.

»Darf ich fragen: Welche Schule?«

»Das *Collège Saint-André*. Gleich neben dem Wohnblock.«

»Mademoiselle, wenn ich mir die Bemerkung erlauben darf: Vergessen Sie es. Die Schüler sprechen nicht mit Ihnen.«

»Wir müssen es versuchen.«

»Ich habe es schon versucht. Bei Drogensachen, bei Raub, bei Erpressung. Die sehen unsere Uniform, und das war's.«

»Schicken Sie den Großteil Ihrer Kollegen weg. Wir gehen da mit einer kleinen Einheit hin. Ich will die Kinder nicht erschrecken.«

Der Gendarm lachte kurz auf, es war ein Reflex. Sofort fing er sich wieder.

»Verzeihen Sie. Sie können diese Kinder nicht erschrecken. Die wollen uns erschrecken.«

»Hauptmann, da uns Marseille nicht hilft, bitte ich Sie: Helfen Sie uns.«

Er räusperte sich und straffte seine Schultern.

»Klar, wir machen das.«

Er winkte einen Untergebenen zu sich, dann gab er Anweisungen: »Wir fahren mit zwei Jeeps zur Schule. Die anderen Männer versammeln sich an der Einfahrt zur Cité und an den Zufahrtswegen zur Schule. Sollte sich irgendetwas tun: Drei Kleinwagen gleichzeitig auf dem Weg zur Schule, oder eine Horde auf Fahrrädern, selbst wenn sich ein paar Jungs die Dreiräder ihrer jüngeren Geschwister ausgeliehen haben, dann macht ihr den Weg dicht. Ich will keine Überraschungen. Alles klar?«

Der Unterleutnant salutierte und zog ab.

»Na dann, ab in die Wagen.«

Sie stiegen ein, vor Zara und ihm ein Jeep der Armee und einer dahinter. Der Hauptmann selbst stieg in den vorderen Landrover.

Es dauerte nur ein paar Minuten, bis sie durch die tristen Straßen hindurch die Schule erreicht hatten.

Fasziniert starrte Isaakson auf ein ausgebranntes Autowrack. Einen Kleinwagen, der kurz vor der Schule auf einem Parkplatz stand, ganz so, als hätte man ihn dort vergessen.

Sie stiegen aus, und er betrachtete den Block, in dem Hunderte Schüler ihre Schulzeit verbrachten. Ein weiteres heruntergekommenes Gebäude mit Gittern vor den Fenstern, ein Neubau, der keiner war. Trotzdem flatterte draußen über dem Portal die Trikolore. Die Republik ließ sich ihre Hoheitszeichen nicht nehmen, auch wenn sie die Deutungshoheit in manchen Gegenden längst verloren hatte.

Die Soldaten stiegen aus, die Maschinengewehre hatten sie wieder in den Händen. Zara sah das und ging zum Hauptmann, ein Wort, und er wies seine Männer an, die Waffen über die Schultern zu hängen.

Es war wieder typisch für Zara. Sie hätte nie direkt mit den Soldaten gesprochen, sie wandte sich immer an den Verantwortlichen und ließ ihn die Befehle geben. Sie war wirklich eine sonderbare Frau.

Gerade schien der Unterricht zu laufen, der Schulhof war leer. Bis auf zwei Jungs, die weiter hinten auf einer Mauer saßen, sie waren vielleicht elf. Als sie die Soldaten sahen, stieß einer einen Pfiff aus, ohne Finger, nur mit seinem Mund. Es ging blitzschnell. Dann war gleich wieder Stille.

Die Soldaten und die beiden Polizisten sahen sich um, doch nichts geschah.

Sicher hatte er seine Freunde gewarnt, die jetzt in den Klassenräumen eilig dabei waren, Drogen und Waffen zu verstecken, die sie dabeihatten.

Sie gingen weiter, schnurstracks ins Gebäude.

An der Eingangstür hing das omnipräsente Plakat zum Vorgehen bei einem Terroranschlag.

Mit einfachen Zeichnungen wurde man angewiesen, bei einer Attacke das Handy lautlos zu stellen, genau wie die Vibration, und sich hinter etwas Massivem zu verstecken.

An diesem Ort derlei nüchterne Anweisungen, die organisierte Hilflosigkeit, die Banalität der Gefahr, Isaakson lief es kalt den Rücken hinunter.

Der Weg zum Sekretariat war ausgeschildert.

Gerade als sie das Zimmer erreicht hatten, schellte der Gong zur Pause.

Sie klopften, und die ersten Schüler stürmten bereits aus ihren Klassen, sahen die Soldaten und liefen schnell an ihnen vorbei. Es war ein hektisches Wirrwarr, erst als Zara die Tür hinter der Kolonne schloss, wurde es wieder ruhiger. Vor ihnen saß eine junge Frau, schwarz, kleine Locken kräuselten sich auf ihrem Kopf.

»*Oh la,* was für ein Aufmarsch.«

»*Bonjour,* Mademoiselle. Monsieur le Directeur würden wir gern sprechen.«

»Wegen Aïcha?«

»Richtig.«

Die Tür zum Nachbarzimmer flog auf, er hatte sie wohl kommen sehen.

Ein Mann, groß, dick, Halbglatze, hektisch trat er auf sie zu, gab erst Isaakson die Hand, dann betrachtete er die Einheit in seinem Vorzimmer.

»Ist schon gut, Rita«, sagte er und wandte sich an die Beamten.

»*Messieurs dames,* wir können es kurz machen: Wir wissen gar nichts. Ich dachte mir schon, dass Sie kommen, ich habe bereits im Büro der Police Nationale in der Innenstadt angerufen und bei Commissaire Navarro meine Aussage gemacht.«

Isaakson knurrte, er freute sich auf den Moment, wenn er diesem Navarro die Fresse polieren dürfte. Was für ein Mafioso. Doch gut vernetzt war er. Er musste ihnen gar nicht zuvorkommen, weil offenbar alle, die Informationen hatten, automatisch zu ihm gingen.

»Ich habe Commissaire Navarro gesagt, dass uns keine Informationen vorliegen. Aïchas Tod trifft uns sehr, sie war eine gute Schülerin, absolut unauffällig. Ein ganz normales Mitglied ihrer Klasse. Keine besonderen Vorkommnisse. Keine Streitereien.«

Seine Stimme war hoch und schrill, er sprach ohne eine Pause zum Einhaken.

»Sie hatte keine Feinde, es gab keine Schlägereien, nichts. Deshalb muss ich Sie nun bitten, die Schule wieder zu verlassen.«

Isaakson hatte genug. Aber sein schlechtes Französisch hemmte ihn, er wusste, dass er hier mit Englisch nicht weiterkam. Er musste Zara die Befragung übernehmen lassen.

»Directeur, danke für Ihre Informationen. Sie sagen, dass Sie sehr betroffen sind vom Tod Ihrer Schülerin. Wollen wir dann nicht ganz in Ruhe in Ihrem Büro darüber sprechen?«

Der große Mann stand vor Zara, sie war ganz ruhig, er war sehr aufgeregt. Jeder Moment mit Polizei und Militär in seinem Sekretariat schien ihm eine Qual zu sein. Dabei ging es hier um den Tod eines unschuldigen Mädchens, verdammt.

Isaakson nahm sich vor, besser Französisch zu lernen, so

viel, wie sie in den letzten Monaten hier ermittelt hatten. Er wollte nicht mehr tatenlos zusehen, wie Zara Menschen wie den Direktor mit Samthandschuhen anfasste.

»Mademoiselle, ich habe Ihnen alles gesagt, und ganz im Vertrauen, da habe ich mich auch mit der Klassenlehrerin, Madame Bellaiche …«, er machte eine Pause, als ärgerte er sich, dass ihm der Name rausgerutscht war, »… abgestimmt. Wir werden Ihnen nichts sagen. Navarro hat mir gesagt, dass Sie kommen werden, Sie von Europol. Wegen irgendetwas mit Terror. Da, sehen Sie mal aus dem Fenster. Sehen Sie?«

Sie sahen den vollen Schulhof, und Isaakson fiel zum ersten Mal auf, wie viele Augen von dort draußen auf sie gerichtet waren.

»Wenn ich länger als fünf Minuten mit Ihnen spreche, Sie womöglich hereinbitte, dann brauche ich hier morgen nicht mehr herzukommen. Dann hab ich nämlich kein Auto mehr. Das haben die dann angezündet. Und niemand, wirklich niemand hat dann noch einen Funken Respekt vor mir.«

»Monsieur le Directeur, das sind Kinder. Die sind höchstens dreizehn. Wie sollen die Ihnen etwas zuleide tun?«

Zum ersten Mal hörte Isaakson so etwas wie Unverständnis in Zaras Stimme. Nur ganz leicht. Außenstehenden wäre es nicht aufgefallen, er aber spürte in ihrem Timbre etwas, das sonst nicht da war.

»Mademoiselle, Sie aus Ihrem feinen Büro bei Europol, Sie wohnen irgendwo schick in Paris, nehme ich an. Sie haben keine Ahnung, was hier los ist, oder?«

Nun reichte es Isaakson.

»Monsieur«, begann er in seinem Schulfranzösisch, »es geht Sie nichts an, wo wir wohnen. Wir sind hier wegen des Todes Ihrer Schülerin. Und nebenbei, meine Partnerin kommt sehr wohl von hier, aus dem Süd–«

Zara hob die linke Hand, um ihn zu bremsen, dann sagte

sie ganz ruhig: »Was ist denn hier los, Monsieur le Directeur?«

»Das kann ich Ihnen sagen, Mademoiselle, und wenn Sie aus dem Süden wären, wie Ihr blonder Kollege das angedeutet hat, dann wüssten Sie es: Wir haben es vor einigen Jahren gewagt, am Eingang die Taschen zu kontrollieren. Bei den Elf- bis Vierzehnjährigen. Wir fanden Drogen aller Couleur, weiche, harte, synthetische, Pilze. Wir fanden Messer, Schlagringe, zwei Pistolen. Scharfe Pistolen, mit Munition. Wir haben all das eingezogen. Am nächsten Tag hatte die Schule kein einziges Fenster mehr. Alle waren über Nacht eingeschmissen worden. Im Umfeld der Schule haben acht Autos gebrannt in dieser Nacht. Verstehen Sie? Und die Schüler sind nicht höchstens vierzehn. In Aïchas Klasse sind acht Jungs und drei Mädchen, die mehrfach sitzen geblieben sind. Die Ältesten dort sind siebzehn. Und alle, die dort in die Klasse gehen, haben ältere Brüder, ältere Cousins, und mancher Vater ist auch nicht ohne. Also, ich bitte Sie: Gehen Sie.«

Er wischte sich den Schweiß von der Stirn und schob sie förmlich aus der Tür.

Als sie draußen standen, verschloss er sie schnell hinter ihnen und war wieder alleine mit seiner Sekretärin in seinem unregierbaren Collège.

Zara sagte nichts, sie starrte auf den Flur und ging langsam in Richtung Ausgang. Isaakson folgte ihr, vor ihnen liefen die verbliebenen vier Soldaten, die anderen warteten an den Wagen.

Sie traten in den gleißenden Sonnenschein, draußen tobten die Kinder. Es wirkte wie ein ganz normaler Schulhof, und der Schwede hatte Probleme, die Schilderungen von eben mit den spielenden Kindern zusammenzubringen. Gut, es waren augenscheinlich viele Schwarze und Araber hier, er sah zahlreiche Kopftücher, und doch war die Atmosphäre beinahe ausgelassen. Dahinten kickten Jungs mit einem Fußball. Hier standen Mädchen im Kreis beieinander und tuschelten. Er hätte gerne mit ihnen gesprochen. Doch das war verboten. Vernehmungen von Kindern ohne deren Eltern – unmöglich.

Zara ging schnell voraus, sie hatte genug gesehen. Doch Isaakson erblickte dort vorn am Zaun eine Lehrerin, die den Hof beaufsichtigte. Eine junge Nordafrikanerin, das konnte Madame Bellaiche sein, einen Versuch war es wert, oder etwa nicht?

Er lief im Rücken von Zara, deshalb konnte sie ihn nicht stoppen, als er nach rechts abbog und schnurstracks auf die Frau mit dem schwarzen Kopftuch zuging.

»Sind Sie Madame Bellaiche?«, fragte Isaakson, und sofort blickte sie ihn an, aus klaren Augen, sie war klein und schlank und wirklich sehr jung.

Sie nickte sofort, sagte: »*Oui,* das bin ich.«

Zara blieb stehen und sah, wo Isaakson war, die Soldaten waren für einen Moment unentschieden, wem sie folgen sollten.

Isaakson betrachtete seine Kollegin kurz aus dem Augenwinkel, er spürte, dass sie ihn von dort wegholen wollte, und er spürte, dass er nun auch aus dem Sekretariat beobachtet wurde. Er hatte wenig Zeit, aber die wollte er nutzen.

»Wir sind von Europol, Madame, es tut mir leid, dass ich Sie derart überfallen muss. Aber wir müssen kurz mit Ihnen sprechen, Ihr Chef war nicht sehr kooperativ. Aber Aïcha war Ihre Schülerin, haben wir gehört.«

»Sie müssen ihn verstehen, Monsieur, meinen Chef, wir haben hier alle …«

Sie brach ab, er ergänzte das Wort.

»Angst?«

Sie nickte nicht, sie schaute nur geistesabwesend, er spürte die Blicke auf sich – seine Kollegin, der Direktor hinter dem Fenster, die Schülerinnen und Schüler.

Die Zikaden zirpten auf den Bäumen ringsum, ein friedlicher Lärm, der nicht zu der angespannten Atmosphäre passen wollte.

»Wissen Sie, Aïcha war wunderbar, sie war so wach und begeisterungsfähig. Sie war anders als viele andere hier. Sie war, als habe sie …«

Wieder ein Moment Pause. Zara war näher gekommen, sie nickte der Lehrerin zu.

»… als habe sie Träume. Das war schön. So ein Mädchen wollte ich schon immer unterrichten.«

»Das ist meine Kollegin, Zara von Hardenberg. Und dieses Mädchen, Aïcha, hat sie Ihnen erzählt, dass sie Feinde hat? Hatte sie Feinde hier an der Schule? Sie ist ganz fürchterlich zugerichtet worden.«

»Aïcha kommt aus einer sehr strengen Familie, wissen Sie, ich war immer erstaunt, dass sie so modern dachte und so viele Ideen hatte. Dabei … kennen Sie ihren Vater? Er war zweimal bei mir, ich hatte kein gutes Gefühl. Er war so … ich weiß gar kein Wort dafür, bedrohlich?«

Isaakson dachte an den alten unscheinbaren Mann mit dem kalten Blick aus blutunterlaufenen Augen.

»Ja, wir waren bei ihm. Er konnte uns nicht helfen.«

»Vielleicht wollte er Ihnen auch nicht helfen«, sagte sie, »ich habe Aïcha zweimal zu mir gebeten in den letzten Wochen, sie war verschlossener als sonst, ich war in Sorge. Aber sie wollte mir nicht sagen, was mit ihr los war, ich habe sie gebeten, sie gedrängt, aber sie ist beim zweiten Mal sogar rausgerannt. Und vor drei Tagen war sie dann urplötzlich wieder freundlich, zugewandt, sie hat sich viel gemeldet im Unterricht. Sie wollte mit mir reden, nach der Stunde, aber ich musste dringend los, ein Arzttermin. Und dann ist sie …«

Der Stein traf den Eisenzaun hinter ihnen, es schepperte fürchterlich. Madame Bellaiche schrak zusammen, Isaakson legte sofort die Hand ans Holster, Zara kniete sich hin, um weiteren Geschossen zu entgehen. Die Soldaten nahmen ihre Waffen von der Schulter und drehten sich um, bildeten einen Halbkreis, um die Gruppe zu schützen. Der Stein war von irgendwo weiter hinten geworfen worden, ein großer Brocken, mit ziemlicher Wucht. Hätte er die Lehrerin getroffen, wäre sie mindestens schwer verletzt worden. Er war auf Kopfhöhe eingeschlagen.

Zeitgleich begann ein gellendes Pfeifkonzert, die Jungs, die eben noch Fußball gespielt hatten, bildeten eine Formation und kamen näher. Sie sahen wirklich älter aus als dreizehn.

Die Gendarmen hatten die Waffen gehoben, Zara zog Isaakson am Arm.

»Wo können wir weiterreden, Madame?«

Er wollte nicht aufgeben.

»Ich habe Ihnen alles gesagt. Bitte, gehen Sie, ich muss hier weiter unterrichten.«

Sie setzte wieder ihren Kontrollblick auf und observierte die Umgebung, als handelte es sich um eine ganz normale Hofpause.

Die Jungs waren jetzt ganz nah, einer, der größte im Trikot der Marseiller Mannschaft, rief: »Madame Bellaiche, alles in Ordnung? Sollen wir Ihnen helfen?«

»Verpisst euch, Scheißbullen«, rief ein anderer und stellte sich ganz dicht vor die Maschinengewehre der Soldaten.

»Was wollt ihr machen? Mich erschießen? Wollt ihr ein neues 2005? Könnt ihr haben.«

Er wusste, dass ihm nichts passieren würde. Deshalb hatte er auf die Massenunruhen in den Vorstädten angespielt, nachdem zwei Jugendliche auf der Flucht vor der Polizei ums

Leben gekommen waren. Kein Polizist, kein Innenpolitiker wollte derlei Ausschreitungen erneut riskieren.

Wie abgebrüht diese Teenager waren.

Die Soldaten schirmten sie ab, und sie gingen schnell in Richtung Hoftor.

Am Sekretariat wurden die Gardinen wieder vorgezogen.

»Ich musste sie ansprechen«, sagte er zu Zara. Sie liefen an Jugendlichen mit hasserfülltem Blick vorbei. Wieder schlug ein Stein neben ihnen ein, diesmal ein kleinerer. Zara zuckte zusammen.

»Ich hätte es nicht getan. Aber du hast das Richtige getan.«

Isaakson blieb kurz stehen. Hatte er richtig gehört?

Sie hatte ihn gerade gelobt, dass er etwas ohne ihr Zutun richtig entschieden hatte.

Er überlegte, ob er nachfragen sollte, aber ihr Blick verhinderte das.

Hinten sah er Madame Bellaiche am Zaun stehen, drei Teenager standen neben ihr. Es wirkte friedlich.

Zara sagte zum Hauptmann: »Wir sind durch für heute, hier in der Cité. Danke. Und danken Sie Ihren Männern.«

»Wenn Sie uns brauchen, lassen Sie es uns wissen. Und halten Sie weiterhin Marseille da raus. Das sind Irre, die Bullen hier.«

Dem Akzent nach war der Soldat nicht aus dem Süden, aber Isaakson konnte das nicht richtig zuordnen. Sein Arabisch war besser als sein Französisch.

Zara dankte ihm erneut, und sie stiegen ein.

»Hast du alles gehört, was die Lehrerin gesagt hat?«

»Das habe ich. Und ich fand es genauso bemerkenswert wie du. Auch wenn es erwartbar war.«

Er verstand nicht, was daran erwartbar gewesen war. Doch er sagte nichts, bis ihm etwas einfiel.

»Ich habe das vorhin in dem ganzen Chaos vergessen: Der

Imam hat den Spucker auf Arabisch ordentlich beschimpft. Und zwar ganz anders im Ton, als er vorher mit uns gesprochen hat.«

»Der Imam ist …«

Sie brach ab, griff nach ihrem Notizbuch in ihrer Tasche, ließ es aber gleich wieder in die Tasche zurückfallen.

»Wir sollten erst mal von hier verschwinden.«

Sie fuhr an, der Wagen machte einen Satz vorwärts. Raus aus der Cité, zurück ins Leben.

»LE MONDE – POLITIQUE«

ZEITUNGSARTIKEL
VOM 9. JULI 2018

Rekordzahl von *fiches S*: 17 000 Gefährder hierzulande

Von unserem Korrespondenten Arnaud Vuc in Paris

Le Monde/Av. Es sind neue alarmierende Zahlen, die das Innenministerium exklusiv an *Le Monde* herausgegeben hat: 17 383 Menschen sind mittlerweile hierzulande als *fiches S* geführt – besitzen also eine Akte als Gefährder mit islamistischem Hintergrund, die in dieser besonderen Gefährdungszeit als potenzielle Terroristen geführt werden.

Die Police Nationale ist allerdings nicht in der Lage, all diese Gefährder dauerhaft und lückenlos zu überwachen.

Nur circa 500 von ihnen sind unter Hausarrest gestellt, einige davon mit einer elektronischen Fußfessel.

Für die anderen wird ein hoher Aufwand betrieben, um sie polizeilich zu observieren. Bei der derzeitigen Sicherheitslage und den angehäuften gewaltigen Überstundenbergen der Beamten ist das aber nicht zu bewältigen.

Besondere Sorge bereitet den Behörden zudem die Gefahr durch »einsame Wölfe«, also islamistische Attentäter, deren Radikalisierung bisher nicht einmal aufgefallen ist, weil sie sich keiner Gruppierung angeschlossen haben, als Einzeltäter agieren und durch den fehlenden Austausch mit Gleichgesinnten vor der Begehung eines Anschlages nur schwer zu erkennen sind.
In der Vergangenheit hat sich gezeigt, dass von einer Radikalisierung innerhalb von Familien eine große Gefahr ausgeht. Oft sind es nämlich Brüderpaare oder enge Verwandte, die in der Vergangenheit in aller Verschwiegenheit Attentate planten und begingen.
Unserem Korrespondenten sagte der Innenminister: »Die Frage ist nicht, ob wir von einem neuen Anschlag getroffen werden, sondern wann.«

ZARA

9. JULI 2018
QUAI DU PORT,
MARSEILLE

Der Kleinwagen holperte über die Pflasterstraße.

Die Jachten standen am Hafen, blankweiß geschrubbt und gestriegelt. Hinten im Sonnenuntergang funkelte *Notre-Dame de la Garde*, die byzantinische Kathedrale, die die Stadt von ihrem Berg aus überragte wie eine gute Mutter, deshalb nannten die *Marseillais* sie auch *La Bonne Mère*.

Hier wirkte Marseille wie eine Traumstadt. Ein für Touristen und reiche Investoren herbeigezauberter Ort.

Nur hatten die Bosse die Banlieues vergessen. Und in Marseille war eben fast alles eine Banlieue, was außerhalb des 6. Arrondissements lag.

Zara schaute in den Rückspiegel.

Merkwürdig.

Schon wieder der gleiche Scooter, der ihnen folgte.

Kurz hinter der Cité war er das erste Mal aufgetaucht.

Dann war zwischendurch ein Clio erschienen.

Dann war der weg.

Und dann wieder der kleine silberne Motorroller.

Sie schaute genauer hin, versuchte, durch das Visier des Helmes das Gesicht des Fahrers zu erahnen.

Keine Chance.

Sie überlegte, bei der Polizei um Hilfe nachzusuchen. Dachte dann aber an das Gespräch mit Commissaire Navarro. Das hätte keinen Sinn.

Also blickte sie erneut in den Rückspiegel. Vielleicht könnte sie ihn anhalten und gemeinsam mit Isaakson zur Rede stellen?

Doch der Scooter war bereits verschwunden.

Am Ende der Hafenstraße bog sie nach links ab in die *Rue des Catalans,* und dann war es nur noch eine kleine Anhöhe bis zum *Vallon des Auffes,* dem historischen Fischerhafen der Stadt. Ein Kleinod, diese winzige Bucht, in der die Fischerboote wie in die Stadt eingebaut dalagen, daneben kleinere Fischerhütten, darüber größere Wohnhäuser, alles überspannt von der steinernen Brücke, auf der sie jetzt fuhren.

In wenigen Stunden, weit vorm Morgengrauen, würden die kleinen Boote von ihren Fischern hinausgelenkt, auf dem Weg zum großen Fang des Tages, den Drachenköpfen, den Rochen, den Schwertfischen.

Zara parkte und stieg aus, Isaakson tat es ihr nach.

Es war eine schweigsame Fahrt gewesen, ohne dass es sie gestört hätte.

Sie war dabei, alle Gedanken zu ordnen und zu sichern, damit sie sie gleich aufschreiben konnte.

Sie durfte nichts davon vergessen.

Der Blick von Navarro.

Die Nachfrage des Imam.

Bei dem Polizisten war es irgendwie klar.

Aber welche Verbindung sollte der Imam einer Hinterhofmoschee mit … egal. Sie wischte die dunkle Ahnung weg.

Und dann konnte sie auch den Scooter im Rückspiegel immer noch nicht recht verdrängen.

Doch als sie nun hinaus aufs Meer blickte und die schemenhaften Umrisse der Frioul-Inseln gegenüber ausmachte, verschlug ihr die Schönheit des Ortes wieder den Atem, zudem überwog nun ein anderes Gefühl, das hier im Süden immer besonders stark war: Hunger.

NAVARRO

9. JULI 2018
LES GOUDES,
MARSEILLE

Merde. Er sah seiner Kugel zu, bis sie auf dem staubigen Boden aufkam und viel zu weit links an der kleinen Zielkugel aus Holz vorbeirollte. Wieder nichts. In der Hand hielt er noch eine Kugel, doch vorher war Bastien dran, dessen schwere Metallkugel noch weiter vom *Cochonnet* weg lag. Der junge Feuerwehrmann zielte, warf, und seine Kugel kam ganz dicht neben Navarros auf, immer noch weiter weg.

Der Abend neigte sich über den kleinen Hafen von Les Goudes, die Sonne kitzelte die Felsen, gleich würde es dunkler werden und dann merklich abkühlen.

Doch noch lag dieses Sonnengelb über den kleinen Häusern und den vom Meer blank gewaschenen Steinen, jeder Baum, jeder Zweig warf seine scharfen Schatten in die Landschaft.

Navarro liebte dieses Fleckchen Erde, das sie Alt-Marseille nannten, hier draußen, ganz im Osten der Stadt, kurz bevor die Felsen der Calanques begannen. Eigentlich war Goudes ein eigenes Dorf, irgendwann hatte sich die große Stadt den kleinen Weiler einverleibt. Doch immer noch kannte hier jeder jeden, es waren vielleicht 250 Seelen, die in den kleinen Fischerhäusern wohnten, das Meer vor der Nase, hinter sich die Ausläufer der Berge.

Als Isabel ihn verlassen hatte, hatte er die Hütte eines

Freundes gemietet, der hier draußen nur in den Ferien war. Seitdem hatte Navarro die Hütte nicht mehr verlassen.

Die Miete zahlte er schwarz und in bar, das war auch die beste Gelegenheit, so manchen Euro loszuwerden, der auf seinem Konto besser nicht auftauchte.

»Navarro, du bist dran.«

Es war Enzo, der Dritte im Bunde, ein alter Müllfahrer, der längst in Rente war und mit jedem Petanque spielte, der mit ihm spielen wollte – solange er auch Provenzale war.

»Augenblick«, sagte Navarro, nahm von dem kleinen Tisch am Rande des Spielfeldes sein Glas Pastis und trank es aus. »Erst Zielwasser…«

Dann nahm er seine schwere Metallkugel und warf sie, ohne zu zielen, hoch in die Luft.

Sie flog in großem Bogen und landete wirklich… auf Enzos Siegerkugel, es gab diesen wunderbaren Knall, und dann stob Enzos Kugel davon, und es war Navarros, die direkt neben dem Schweinchen, wie sie hier die Zielkugel nannten, zum Liegen kam.

»Ja. Na bitte …«, sagte er und stieß dabei sein heiseres Lachen aus. »Geht doch …«

Wenn's drauf ankam, konnte er eben immer noch zuschlagen, wenn keiner mehr mit ihm rechnete.

»Noch eine Runde?«, fragte Enzo und grinste ihn an. »Können auch um einen Taler spielen.«

»Pardonnez-moi, Jungs«, antwortete Navarro. »Ich hab noch was vor, muss noch mal in die Stadt.«

Er gab Bastien einen Handschlag und Enzo die *bises,* dann stapfte er in Richtung seiner Hütte davon.

ISAAKSON

9. JULI 2018
RESTAURANT L'EPUISETTE,
CORNICHE VON MARSEILLE

Er verstand nichts von gutem Essen. Wirklich nicht.

Er war bei der Polizei in Stockholm während seiner Schicht immer zu *7Eleven* gegangen, auf einen schnellen Hotdog. Oder zu *Max,* dem schwedischen *McDonald's.*

Doch nun arbeitete er mit Zara zusammen.

Der Südfranzösin, die selbst aussah wie eine Schwedin.

Schweigsam und arbeitsam.

Aber essen.

Essen wollte sie. Richtig gut und richtig teuer.

Sie bezahlte jedes Mal.

Für sie beide.

Er hatte nie nachgefragt, warum sie das tat.

Aber die Art, wie sie zu der Europol-Kreditkarte griff, sagte ihm, dass er nicht nachfragen sollte.

Heute war es besonders wild: Er hatte nicht sagen können, was es genau war, was da vor ihm lag.

Zuerst hatte er den Teller angesehen, mit der roten Suppe, die so cremig und milchig war und vor allen Dingen nach Fisch roch. Nach nunmehr undefinierbaren, cremig pürierten roten Fischen.

Als zweiten Gang hatte es dann vor einer Stunde genau diese Fische aus der Suppe gegeben.

Auf einer großen Platte serviert.

Zara hatte auf jeden Fisch gezeigt und kurz und knapp die

Namen genannt: Rotbarbe – Petersfisch – Rochen – Wolfsbarsch – Rascasse, der »rote Drachenkopf«.

Sie hatte geklungen wie eine Mutter, die ihrem Sohn die Flora und Fauna erklärt.

Dann hatte sie sich regelrecht darauf gestürzt, die Fische filetiert und sie ihm auf den Teller gegeben, erst dann hatte sie sich selbst genommen.

»Hmm, diese Bouillabaisse gibt es nur hier«, hatte sie noch gemurmelt. Mit Pfeffer nachgewürzt, einen Schuss verbliebene Suppe aus der Terrine dazu, und dann war Stille.

Sie hatte gegessen und nicht mehr geschrieben.

Vorher hatte sie das eine Stunde unentwegt getan.

In ihr rotes kleines Büchlein.

Hatte in die Ferne geschaut, die Gedanken hervorgeholt – so schien es ihm –, immer wieder einen Schluck Wasser genommen und dann weitergeschrieben.

Isaakson hatte seine Suppe gegessen. Und dann die Fische daraus. Diese rote Brühe, die schmeckte wie das Meer. Wie die Essenz des Meeres, zwar verfeinert, aber genauso roh und wild. Die Fische, die in ihrer Melange alle ihre Geschmäcker in die Suppe gaben. Das weiße Fleisch des Petersfisches, das rote Fleisch der Rotbarben. Die Tiefe, die Würze.

Er hatte lange aus dem Fenster gesehen.

Was für ein Blick.

Aus diesem kleinen Pavillon, der auf Stelzen in der Bucht von Marseille stand, ging die Aussicht hinüber auf den großen Hafen und auf die Lichter der Stadt. Und hinüber übers Meer. Panorama Méditerranée.

Hätten sie ihm gesagt, wo ihn sein Job einmal hinführt – er hätte es niemals geglaubt.

Er, der kleine Junge aus Skellefteå.

Diesem Nest in Nordschweden, wo nie die Sonne aufging, von Oktober bis zum späten Februar.

Und nun saß er hier und blickte auf diese Kulisse.

Er spürte, wie der Rotwein seinen Körper flutete und ein angenehmes Gefühl hinterließ. Er hätte diesen Moment gern mit Zara geteilt, aber nun schrieb sie schon wieder in ihr kleines Buch. Sie hatte vorhin wohl einen Gedanken vergessen.

Er hätte gerne viel mehr mit ihr geteilt.

Aber sie ließ ihn nicht. Noch nicht?

Er spürte, dass sie Zeit brauchte.

Er hatte nicht das Gefühl, dass sie ihn nicht mochte oder an der kurzen Leine hielt. Es war vielmehr so, als bräuchte sie unendlich lange, um Vertrauen aufzubauen und um ihn in ihre Welt zu lassen.

Er sah sie sehr gerne an.

Er hätte einiges dafür gegeben, zu erfahren, wie sie lebte, da oben in Berlin. Wie der Mann aussah, mit dem sie schlief. Wie ihre Kinder aussahen.

Der Kellner brachte die Rechnung. Eine ungeheure Summe.

Zara nahm sie und gab ihm die Kreditkarte. Sie faltete die Rechnung ganz klein.

Dann standen sie auf und gingen in Richtung Ausgang.

»Ins Hotel?«

Isaakson wollte nicht schlafen. Er würde noch einmal hinausgehen in die Altstadt. Vielleicht einen Pastis trinken in einer Bar. Ein bisschen flirten. Ein bisschen leben.

Zara nickte.

»Ja, ich bin sehr müde.«

Sie gingen auf die andere Straßenseite, auf den kleinen Parkplatz am anderen Ende des *Vallon des Auffes*.

Dunkel war es hier, eine schwache Straßenlaterne auf der

anderen Seite am Meer vermochte es nicht, die Szenerie zu beleuchten.

Isaakson zündete sich eine Zigarette an.

Als er sich umdrehte, um die Tür zu öffnen, hörte er noch ein Geräusch hinter sich, er spürte den dumpfen Schlag, und dann umgab ihn das Dunkel.

MANSOUR

10. JULI 2018
KLM-MASCHINE 1267
IM LANDEANFLUG AUF NIZZA

Er musste in dieser beschissenen Holzklasse sitzen. *Putain.* In ein trockenes Brötchen beißen. Käse war ausgegangen, sie hatten nur noch Schinken-Sandwiches gehabt, und bei aller Offenheit für Alkohol und Koks: Schweinefleisch ging nun wirklich nicht, wenn er noch irgendeine Chance aufs Paradies haben wollte.

Dazu ein schwarzer Tee aus einer Plastikkanne mit dem Aufdruck dieser Abzockerbude aus Holland.

Und sie saß da vorne.

Nur vier Reihen vor ihm.

Und doch während des Reisefluges durch einen dicken Vorhang von ihm getrennt.

Er kochte.

Vor etwa einer Stunde hatte Mansour auf dem Weg zur Toilette beobachtet, wie ihr ein großes Tablett gebracht wurde. Mit einem Teller aus Porzellan, darauf war ein kleines Stück dampfendes Rinderfilet, ein Kartoffelgratin, daneben stand ein köstlich aussehendes Dessert. Und Käse. Wahrscheinlich der, den sie ihm nicht auf das Brötchen zu legen bereit gewesen waren.

In der Hand hatte sie ein Glas Weißwein gehalten.

Verdammt, er kannte nicht mal ihren Namen.

La reine de la pègre.

Die Fürstin der Unterwelt.

So nannten sie sie. In Marseille. In Nizza. Die gesamte Côte d'Azur bis rauf nach Genua.

Sie arbeiteten mit ihr zusammen und wussten zugleich nichts über sie.

Doch: Sie wussten, dass diese Frau effizient, gefühllos und eiskalt war. Vor allem war sie: tödlich.

Sie wurde immer gebucht, wenn es gefährlich wurde, wenn es um richtig viel Kohle ging, wenn die Bosse die arabischen Jungs alleine für zu doof hielten.

Jungs wie ihn. Mansour.

Eigentlich buchten sie die Fürstin immer. Seit Jahren. Seit zwei Jahren durfte auch Mansour die großen Jobs mit ihr drehen.

Doch für diese Frau war er nur ein Laufbursche, wie die anderen, Ahmed, Jamil, Pjotr, Amin.

Der Einzige, der nahe an sie randurfte, mit dem sie sprach, war Xavi, der Korse.

Vielleicht kannte er sogar ihren Namen. Als Mansour ihn mal darauf angesprochen hatte, fuhr Xavi ihn an: Er solle das nie wieder fragen. Sonst sei er raus.

Einer der Jungs hatte mal versucht, ein Selfie zu machen mit ihr. Sie hatte ihm, ohne mit der Wimper zu zucken, den Arm gebrochen. Am nächsten Tag war er beim Job nicht mehr dabei gewesen. Seitdem fehlte von ihm jede Spur.

Niemand hatte je wieder versucht, die Fürstin der Unterwelt zu fotografieren.

Irgendwann hatte sie die Haare abrasiert, sie trug eine Glatze. Und sogar damit sah sie geil aus.

Mansour verfluchte seinen Mittelsitz, links ein fetter Anzugträger am Gang, rechts eine alte Schabracke am Fenster. Es war viel zu eng für seine langen Beine.

Und sie da vorne …

Wenn sie im Fernsehen davon sprachen, dass die soziale

Spaltung im Land voranschreite, die Schere zwischen Arm und Reich immer weiter auseinanderklaffte, dann konnte er nur lachen.

Was wussten die schon?

Was meinten die »braven Bürger« wohl, wie die Schere zwischen armen Gangstern und reichen Gangstern auseinanderklaffte?

Er bekam für einen *Go Fast* wie den gestrigen – diesen gefährlichen beschissenen *Go Fast,* der leider allzu oft im Knast endete – gerade mal 5000 Euro.

Und sie? Er wusste es nicht genau. Die Summe wurde nur geraunt.

50 000 Euro.

Hatte man ihm gesagt. Amin hatte es wohl gehört, aufgeschnappt, unten am Hafen von Marseille.

50 000 Euro. Für einen beschissenen Job von sechs Stunden.

Fuck, die Bitch, Alter.

Und dann durfte sie auch noch im verfickt besten Fünf-Sterne-Hotel von Amsterdam pennen und heute Business Class zurückfliegen. Sie flog immer Business Class.

Ohnehin machte sie nichts mit den Jungs. Sie trank nicht mit ihnen, kokste nicht mit ihnen, und leider ließ sie sich auch nicht von ihnen ficken.

Er hätte es gerne versucht.

Aber er brauchte seinen Kopf noch.

Er hatte gesehen, wie sie Ahmed erschossen hatte. Einfach so. Sie war ausgestiegen, hatte in die Landschaft gepisst, und dann hatte sie ihm eine einzige Kugel direkt in die Stirn gejagt. Ohne ein Wort.

Okay. Ahmed war ein Wichser gewesen. Hatte nix drauf.

Aber hätte er, Mansour, bei einem Auftrag einfach einen Kollegen erschossen, dann wäre er am nächsten Tag im Hafenbecken von Marseille gelandet – ohne Taucheranzug.

Sie konnte alles machen. Bedenkenlos. Die Bosse ließen sie, weil sie ihr vertrauten.

Die Bosse. Er wusste nicht mal, wer die Bosse waren.

Ihn hätte es nicht gewundert, wenn sie der Boss war. Einfach nur so draußen rumrannte und umherschoss, weil es ihr Spaß machte.

Diese Bitch.

Fuck.

Er hasste sie. Auch wenn er sie gerne gefickt hätte. Irgendjemand durfte sie bestimmt ficken.

Er versuchte, sich an ihr Gesicht zu erinnern.

Er traute sich, obwohl er mit ihr zusammenarbeitete, nicht wirklich, sie genau anzusehen.

Sie war dunkelblond, die Haare trug sie sehr kurz. Eine Jungsfrisur. Nur geiler. Er hätte diese Haare gern mit seinen Fingern berührt.

Dazu trug sie immer enge Jeans. Blau. Und dazu ein weißes Shirt und eine schwarze Lederjacke.

Sie hatte geile Brüste, nicht zu groß, nicht zu klein. Und einen echt geilen Arsch in der Jeans. Mann, war er geil.

Die Nutte gestern in Amsterdam war nix gewesen. Er war zu besoffen, um sich richtig abreagieren zu können.

Verdammt.

Fürstin der Unterwelt.

Die war eine Bitch.

Er hatte echt Angst vor ihr.

»LA PROVENCE«

AUSGABE MARSEILLE
VOM 10. JULI 2018

EU-Zielfahnder bei Überfall schwer verletzt

Marseille, von unserem Polizeireporter
Im Hafenviertel von Marseille ist ein Mitglied einer Sondereinheit überfallen und schwer verletzt worden. Der 29-jährige Schwede ist Polizist der *Spezialabteilung Schwere Verbrechen und Terror* bei *Europol*. Dem Zielfahnder und einer Kollegin wurde aufgelauert, die Beamtin aus einem nicht genannten Land konnte die Täter in die Flucht schlagen. Von ihnen fehlt jede Spur. Zu der Frage, in welchem Fall die Beamten von *Europol* in Marseille ermitteln, gab es von der Zentrale in Den Haag keine Informationen. Auch die Police Nationale in Marseille schweigt zu dem Vorfall, eine Quelle, die nicht genannt werden will, kommentierte: »Wer nicht von hier ist, der soll sich auch nicht nachts in den falschen Vierteln herumtreiben.«

ZARA

10. JULI 2018
HÔPITAL EDOUARD TOULOUSE, MARSEILLE

Sie hatte sich nicht behandeln lassen wollen, der Arzt und die junge Sanitäterin hatten sie beinahe zwingen müssen. Sie hatten ihr die Hand notdürftig verbunden.

Zara hatte sich zwei Fingerknöchel geprellt, als sie dem Angreifer die Nase gebrochen hatte, bei dem Versuch, sich selbst zu schützen.

Das wenige, was sie im Selbstverteidigungskurs verstanden hatte, musste sie gestern Nacht anwenden. Zum ersten Mal in ihrem Leben. Sie verabscheute Auseinandersetzungen. Körperliche Auseinandersetzungen waren für sie die Hölle. Von Gewalt träumte sie schlecht.

Gestern Nacht aber hatte ihr Instinkt gesiegt.

Sie hatte Isaakson retten müssen.

Ihr junger Kollege war ernsthaft in Gefahr gewesen. Mit einer Metallstange hatten sie ihm auf den Kopf geschlagen. Hoffentlich war es ihr gelungen, rechtzeitig dazwischenzugehen, ehe die Angreifer ihm lebensbedrohliche Verletzungen hatten zufügen können. Die Untersuchungen liefen.

Er war nach den Schlägen noch nicht wieder zu Bewusstsein gelangt.

Jetzt stand sie hier draußen auf dem Flur. Rieb sich mit der linken die rechte Hand.

Und zweifelte. An sich. Wieder einmal.

»Verdammt.«

Das Wort strömte aus ihr wie ein Mantra.

»Verdammt.«

Sie hatte den Schatten hinter Isaakson auftauchen sehen. Dann kam der Schlag. Im selben Moment hatte sie sich umgedreht, die Hand geballt und mit der Faust auf den Schatten hinter ihr eingeschlagen.

Der hatte seine Eisenstange fallen lassen und war sofort zu Boden gegangen.

Der Überraschungsmoment.

Aber da war noch der Mann, der auf den Schweden einschlug. Bis sie ums Auto herumgelaufen war, hatte er ihn schon übel zugerichtet.

Dann standen sie sich gegenüber: Zara und der maskierte Mann.

Sie erkannte sogar unter der Strumpfmaske, dass es einer der jungen Männer aus der Cité war.

Sie glaubte, die Statur des Rollerfahrers zu erkennen.

Sie hatten sie verfolgt. Aus der Cité.

Und nur auf sie gewartet, in den Schatten.

Jetzt stand er da, wartete auf Zaras nächsten Schritt.

Sie musste Isaakson beschützen.

Aber sie konnte es nicht.

Sie konnte den Jungen nicht über den Haufen schießen.

Es war nicht in ihr, und sie hatte gespürt, wie sich die Furcht und ihre innere Grenze um ihren Hals gelegt hatte.

Nach Sekunden hatte sie doch in ihr Holster gegriffen. Sie war zu spät gewesen, viel zu spät.

Der junge Mann rannte los, ums Auto herum, riss den anderen auf die Beine, der sich gerade mühsam aufzurichten versuchte.

»Komm.«

Dann humpelten sie zusammen in die Nacht.

Zara sah ihnen nach, kniete schon bei dem Schweden, um

seinen Puls zu fühlen, und rief mit der freien Hand den Notruf.

»Europol. Commissaire Zara von Hardenberg. Ein Commissaire ist am Boden. Wir brauchen dringend eine Ambulance. Auf dem Parkplatz gegenüber dem *L'Epuisette.*«

Sie spürte seinen Puls.

Schwach nur, aber dafür gehetzt.

Er kämpfte, im Unterbewusstsein kämpfte Isaakson gegen die blutenden Wunden an seinem Kopf.

Sie kämpften nicht fair. Diese jungen Männer. Die Hintermänner dieses Attentats. Die aus demselben Sumpf kamen wie die Mörder der kleinen Aïcha. Sie kämpften ohne Moral und ohne Herz. Ohne Gewissen.

Zara wusste: Das war ihr nicht gegeben. Sie konnte nicht unfair kämpfen.

Sie verfügte nicht über die gleichen Waffen wie diese Männer, diese Kinder aus der Cité.

Sie kannte nur eine Person, die über die gleichen Waffen verfügte wie diese Leute.

In diesem Moment entschied sie sich, das Unumkehrbare zu tun.

Die Geschichte zurückzudrehen.

Verdammt. Davor hatte sie beinahe noch mehr Angst.

ZOË

10. JULI 2018
AÉROPORT DE NICE CÔTE D'AZUR

Gott, war sie entspannt. Ein schöner Abend mit einem sehr großen Mann mit sehr dunkler, glatter Haut. Der wenig sprach, aber viel tat.

Dann dieser Flug mit wirklich sehr gutem Wein. Da musste sie den Holländern ihren Respekt aussprechen, das konnten sie.

Kurz vor der Landung flogen links am Fenster die Strandhäuser von Saint-Laurent-du-Var vorbei, auch dieses scheußliche Monstrum von einem Haus, das aussah wie ein Luxusliner.

Und dann das Mittelmeer, die Sonne, die die Wellen dramatisch funkeln ließ.

Bis der *Airbus A320* auf dem vorgelagerten Flugfeld aufsetzte, genau neben der Wasserkante.

Als sie nach wenigen Minuten als Erste aus dem Flugzeug stieg und von der Gangway aus die erste Palme sah, durchströmte sie das wohlbekannte Gefühl: Sie war zu Hause.

Nach einem erfolgreichen Auftrag. Mit jeder Menge frischem Bargeld, das bereits auf sie wartete. In einer Tasche in einem Café in der Altstadt von Nizza, überreicht von einem kleinen, stummen Korsen.

Die einzige Wolke, die über ihrem Wohlbefinden schwebte, war die Aussicht, dass sie sich nun nicht entspannt an den Strand würde packen können, um mindestens drei Wochen lang nichts zu tun.

Wenn Benito Bolatelli persönlich anrief und seine Stimme keinen Widerspruch duldete, dann war es ernst.

Er war der Grund, warum sie diesen Job machte.

Ihr Mentor.

Er war ihr Großvater – wenn auch nicht der leibliche – der ihr alles richtig beigebracht hatte, was ihr echter Vater ihr falsch beigebracht hatte.

Der alte Korse. Der alles beherrschte.

So war es zumindest früher gewesen. Als Bolatelli der uneingeschränkte Herrscher über die französische Kriminalität war. Der Pate *á la française.*

Mittlerweile war er ein wirklich alter Mann. Dessen Regeln und dessen Ehrenkodex in dieser verrückten Welt nicht mehr annähernd so viel galten wie früher.

Für die neuen Verbrecher, die ohne Skrupel waren.

Noch war er der mächtigste Mann im Süden.

Und doch hatten sich die Dinge geändert, seine Macht schwand. Kaum merklich, aber dennoch.

Früher konnte er frei umherlaufen, in den feinen Restaurants mit Bullen feiern, Politiker schmieren, unbehelligt auf Korsika leben.

Mittlerweile war er angreifbar.

Der meterhohe Stacheldrahtzaun, der seine Villa auf der »Insel der Schönheit« umgab, zeugte davon. Die schwer bewaffneten Männer in dem Wachhäuschen, die Späher in den kleinen Häusern entlang der Zufahrtsstraße.

Benito Bolatelli war vom Jäger zum Gejagten geworden.

Sie würde ihn schützen, mit allem, was sie hatte. Sie würde nie für einen anderen arbeiten.

Bald hätte sie so viel Geld, dass sie das auch nicht mehr müsste. Niemals mehr.

Jetzt jedenfalls hatte der Korse einen Auftrag für sie.

Die Ruhe der letzten Monate hatte auch sie misstrauisch

gemacht. Sie wirkte sprichwörtlich wie die Ruhe vor dem Sturm.

Sie hatte Ahmed nicht nur wegen seiner respektlosen Ausdrucksweise und des Rauchens erschossen – sie hatte ihm nicht vertraut.

Ob die Al-Hamsis wirklich etwas planten?

Sie durchquerte die Halle, ohne sich von Mansour und den anderen Bastarden zu verabschieden, und ging in Richtung Ausgang. Nach den Linden und Birken in Amsterdam ließen sie die Palmen vor der Halle sich wieder richtig zu Hause fühlen.

Ihr Handy piepte. Eine Nachricht.

Sie nahm das Handy und las im Gehen die Worte.

Blieb stehen.

Las sie noch einmal.

Und noch einmal.

Verdammt.

Die gute Laune war verschwunden, die Leichtigkeit.

Wie konnte sie es wagen?

Sie steckte das Handy in die Tasche und ging, nein, lief fast Richtung Sonne und frischer Luft.

»Zoë. Ich muss dich sehen. Ich brauche deine Hilfe. Zara.«

SHOKRAN AL-HAMSI

10. JULI 2018
SAINT-LAURENT-DU-VAR

Er nieste gleich zweimal.

»Verflucht«, murrte er.

Er vertrug dieses beschissene Koks nicht mehr.

Immer flog es direkt nach dem Einziehen im weiten Bogen wieder durch die Bude, weil er derart heftig niesen musste.

Dabei war seine Zeit begrenzt.

Daheim in Doha konnte er sich damit nicht erwischen lassen. Er wollte schließlich nicht eines Tages seine Hände unter dem Schneidebrett einbüßen, abgeschlagen durch den staatlichen Henker.

Shokran Al-Hamsi trat hinaus auf die Terrasse ins gleißende Licht des Nachmittags.

Draußen flog ein blaues Flugzeug vorbei, sehr tief, es würde in zwei Minuten auf dem *Aéroport de Nice* landen.

Er würde auch bald wieder von hier abhauen. Zurück in seine dicke Villa in Katar. Wo die Ferraris darauf warteten, dass er wieder mit ihnen auf die Rennstrecke in der Wüste fuhr. Und die Ladys darauf warteten, dass er …

Er verdrängte den Gedanken.

Er müsste noch zwei Tage hierbleiben, bis alles so lief, wie er es wollte.

Vor dem großen Tag würde er abhauen.

Natürlich würde nichts an ihm und seiner Familie hängen bleiben. Dennoch war es besser, wenn er nicht mehr im Land war, wenn es begann.

Nicht, dass sie noch die Flughäfen dichtmachten.

Dann hätte es selbst für ihn eng werden können.

Scheiß nervöse Behörden.

Mit einem Mal lachte er laut auf.

Diese Idee, die er da vor einem halben Jahr ausgebrütet hatte, war so einfach wie genial gewesen. Und es hatte keine zwei Monate gedauert, da hatte er einen Mann gefunden, dem die Idee wie auf den Leib geschneidert war.

Und nun hatte alles geklappt, wie am Schnürchen. Sie hatten Truppen, das nötige Gerät und Hintermänner.

Das große Problem, das eigentlich ein kleines war, hatten sie aus dem Weg geräumt.

Nicht schön, aber sei's drum.

Es hatte sich gelohnt, dass sie auf dem Markt seit ein paar Monaten die Füße stillgehalten hatten.

So wurde keiner der Jungs verhaftet, die Bullen dachten, er habe Ruhe gegeben.

Nun gut, nicht alle Bullen. Aber seine Bullen brachten ohnehin schon lange mehr Geld ein, als sie kosteten.

Sollte der alte korsische Pisser die Geschäfte mal schön alleine machen.

Für den Moment.

Wenn das große Ding aber geklappt hatte, wäre er – Shokran Al-Hamsi – der neue große Player.

Und wenn er endlich diese Frau finden würde, dann wäre er auch der einzige Player.

Diese Frau.

Sie nannten sie *Die Fürstin der Unterwelt.*

Ein verdammter Mythos.

Er hasste diesen Namen.

In seinem Haus durfte sie niemand so nennen.

Hier hatte sie keinen Namen.

Er jagte sie jetzt schon eine Weile.

Nicht, weil er sie töten wollte.

Nein.

Er war kein rachsüchtiger Mensch.

Na gut, war er schon.

Aber nicht in diesem Fall.

Er würde ihr nicht das Gleiche antun, was sie damals … Immer wieder musste er an diese Nacht in Saint-Tropez denken. Die Schüsse, das Blut. Ihr Gesicht, nur die Umrisse, doch die weit aufgerissenen Augen hatte er erkennen können. Als wäre sie wirklich erschrocken …

Trotzdem: Er wollte sie. Wollte, dass sie für ihn arbeitete.

Hier, wo es wirklich etwas zu holen gab. Nicht für diesen alten Sack, der seine besten Zeiten längst hinter sich hatte.

Er musste sie kriegen.

Allerdings wussten nicht mal seine Bullen, wie sie aussah.

Aber auch dieses Problem würde sich vielleicht von selbst erledigen, wenn endlich der Weg wieder frei war. Wenn nicht jeder Bulle von hier bis Genua nur noch nach Organisierter Kriminalität schielen würde. Weil alle endlich mal wieder etwas Richtiges zu tun hätten.

»*Chéri*«, rief die Stimme hinter ihm. »Komm wieder zu mir.«

Shokran drehte sich um.

Der nackte junge Mann stand hinter der Terrassentür und drückte seinen erigierten Schwanz an die Scheibe. Er war blond und klein, wie Shokran es am liebsten mochte.

Bald würde er in Doha sein, dann wäre erst mal wieder Schluss mit dem leichten Leben …

Er wandte sich zur Tür und setzte sich grinsend in Bewegung.

ZARA

10. JULI 2018
NIZZA-NORD

Natürlich hatte sie nicht geantwortet.

Könnte Zara etwas wie Hass empfinden, dann hätte sie Zoë wohl gehasst. Für ihre Ablehnung. Für Ihre Sturköpfigkeit. Für ihren Hass.

Zara aber konnte nicht hassen. Nicht praktisch zumindest.

Sie hatte die Angelegenheit in der vergangenen Nacht durchdacht. Und immer noch empfand sie nur Unverständnis.

Doch die innere Gewissheit blieb, dass sie nicht aufgeben konnte. Nicht diesmal.

Sie musste sie erreichen.

Und dafür war sie bereit, sogar hierher zurückzukehren.

In diese Siedlung.

In die Cité.

Die »Hölle ihrer Kindheit«. So hatte es ihre Mutter mal genannt.

Zara fand, dass das etwas zu dick aufgetragen war. Viel zu pathetisch.

Dennoch hatte sie Bauchschmerzen, als sie den Kleinwagen von der Autoroute 8 herunterlenkte, in Richtung Norden, weg vom Traumstrand an der *Promenade des Anglais,* viel weiter gen Norden, dorthin, wo Nizza wahrlich kein traumhafter Ort war.

Sie sah an sich herab.

Es würde funktionieren.

Sie hatte vor ein paar Stunden auf dem Stuhl eines Friseursalons im Marseiller Osten gesessen.

»So kurz?«, hatte der Friseur gefragt.

»So kurz«, sie hielt die Finger an die Haare, um zu zeigen, wie weit er sie abschneiden sollte.

»Sind Sie sicher?«

Sie nickte.

Er schaute sie forschend an. Sein Gesicht war tätowiert, seine Ohren und Wangen mit Piercings durchzogen.

Merkwürdig, dass ausgerechnet dieser Junge es nicht wagte, ihr die Haare abzuschneiden.

»Es dauert ewig, bis sie wieder so schön lang sind wie jetzt«, sagte er.

Sie nickte wieder.

Er sollte endlich anfangen.

Sie dachte kurz darüber nach, wie Stefan sie finden würde, wenn sie nach Hause kam, mit kurzen Haaren.

Sie verwarf den Gedanken.

Keine Zeit für Sentimentalitäten. Oder für Zweifel.

»Machen Sie sie am Kopf fransig. Schneiden Sie die Haare stufig, wenn sie kurz sind.«

Jetzt war es an ihm, zu nicken. Er spürte, dass seine Kundin überzeugt war. Was auch immer ihre Motive waren. Sicher dachte er darüber nach, ob sie eine Trennung hinter sich hatte.

Er setzte die Schere an, und die erste lange Strähne fiel zu Boden.

Es war nicht schön.

Aber es war nötig.

Strähne um Strähne fiel das blonde Haar auf den weißen Fliesenboden.

Kurz darauf war sie in einen Secondhandladen gegangen. Er roch fürchterlich. Nach alter Haut, muffigen Klamotten.

Es war nicht schön.

Aber es war nötig.

Nun trug sie die blonden Haare kurz und fransig. Eine schwarze Lederjacke zu einer blauen engen Jeans.

Sie fand es anstrengend, eine Hose zu tragen. Sie trug sonst immer Kleider.

Dazu diese Jacke, die schon wer weiß wer angehabt hatte.

So war sie ins Krankenhaus gefahren.

Die Ärzte waren optimistisch, Isaakson hatte die Schläge dank einer eisernen Konstitution ungewöhnlich gut weggesteckt und musste zudem geradezu unwirklich großes Glück gehabt haben. Die Platzwunde war beinahe nicht der Rede wert. Die Angreifer hatten zwar gefährliche Waffen, waren aber zum Glück dilettantisch damit umgegangen. Als sie in sein Zimmer ging, bestätigte sich, warum sie ihn als ihren Partner ausgesucht hatte. Dieser Schwede war zäh.

Er lächelte sie an, ungläubig betrachtete er sie von oben bis unten.

»Mein Kopf hat offenbar schwer was abgekriegt, denke ich. Oder warum siehst du auf einmal aus wie die Sängerin von Roxette? Ich würde mich normalerweise nicht trauen, das zu dir zu sagen. Aber da ich wehrlos und mitleiderregend bin, sage ich es doch: Du sieht scharf aus.«

Sie setzte sich ganz nah zu ihm und sprach leise und deutlich, damit er sich jedes Wort merken würde: »Isaakson, hör zu. Ich sehe etwas anders aus. Und ich werde mich etwas anders benehmen, als du es von mir gewohnt bist. Das wird in den nächsten Tagen so sein, während wir ermitteln. Aber ich bitte dich, mich nicht danach zu fragen, warum das so ist. Nimm es einfach hin.«

Dann hatte sie ihm die Hand auf den Arm gelegt, sie dort einige Augenblicke verweilen lassen, war schließlich aufgestanden und hatte das Zimmer verlassen.

Nun konnte sie den Fortgang der Ereignisse planen.

Sie bog um die letzte Kurve und fuhr hinein in die *Rue Guillaume Borea.*

Für einen kurzen Moment schloss sie die Augen.

MAMAN

JUNI 1987
RUE GUILLAUME BOREA,
NIZZA-NORD

Maman?«

»Ja, mein Schatz?«

»Warum spielt Zoë nicht mit mir?«

Sie betrachtete ihre kleine blonde Tochter, die auf dem Sessel stehend mit dem Finger aus dem Fenster zeigte. Von hier hoch oben nach dort unten. Elf Stockwerke. Zu dem anderen kleinen blonden Mädchen, das dort unten gerade ein Rad schlug auf dem harten Beton, angefeuert von den Rufen der vier Jungen, die um sie herumstanden.

Sie seufzte.

»Zara, mein Schatz. Du weißt doch, dass Zoë gerade ihren eigenen Kopf hat. Du musst ihr ein wenig Zeit geben. Dann fragt sie dich bestimmt wieder, ob du mitkommen willst. Oder du gehst hinunter und spielst einfach mit.«

Zara wusste selbst nicht, ob das der richtige Vorschlag war. Ginge sie wirklich hinunter, würde sie einfach nur danebenstehen und zuschauen. Unbeachtet von Zoë. *Ihren eigenen Kopf*. Da musste sie beinahe bitter lächeln. Zoë war vier.

Genau wie Zara.

Das Telefon klingelte.

Bevor ihre Mutter sich zu dem kleinen Bord im Flur bewegt hatte, war Zara vom Sessel gesprungen und zum Apparat gesprintet. Sie nahm ab und rief aufgeregt ihren Namen in den Hörer.

Die Mutter stand daneben und hörte seine Worte durch die billige weiße Muschel.

»Hier ist Papa. Gib mir deine Mutter.«

»Hier ist Zara, Papa. Wo bist du? Was machst du?«

Drei Tage. Und drei Nächte.

»Ich hab keine Zeit. Gib mir Maman.«

Das kleine Mädchen schaute das Telefon an, hielt den Hörer an ihr Ohr gepresst, sodass ihre Knöchel weiß hervortraten.

»Du fehlst mir, Papa.«

Ihre Mutter nahm ganz sanft ihre Hand und löste sie von dem Telefonhörer. Sie streichelte ihrer Tochter über den Kopf.

»Hallo?«

»Hör mal, du musst mich abholen.«

»Wo bist du?«

»Auf der Wache in Cannes. Hast du Geld?«

»Fred. Woher soll ich Geld haben? Hattest du welches hiergelassen?«

Sie lachte bitter.

»Okay, pass auf. Ich brauche Geld. Die wollen eine Kaution. Ich muss hier raus. Und zwar gleich. Ich habe nur einen Anruf. Draußen im Flur hinter dem Sicherungskasten ist ein Umschlag. Nimm 3000 Francs raus und komm her. Aber lass den Rest drinnen.«

»Du hast Geld in der Wohnung? Von dem ich nichts weiß?«

Ihre Stimme klang schrill. Schriller, als sie es beabsichtigt hatte. Sie wollte Zara nicht erschrecken. Doch sie war so wütend. Die letzten drei Male im Supermarkt hatte sie nicht mal mehr Waschmittel gekauft. Weil das Geld so knapp war. Sie hatte jedes Mal ein wenig Duschgel in die Waschmaschine gekippt. Es hatte mörderisch geschäumt. Dieser Bastard.

»Frag jetzt nicht. Komm her.«

»Und die Mädchen? Was mache ich mit den Mädchen?«

»Lass sie zu Hause. Sie dürfen mich nicht in der Polizeiwache sehen. Bis gleich.«

Ohne auf eine Erwiderung zu warten, legte er auf.

Die Mutter schluckte kurz und heftig, atmete einmal tief durch, sodass sich die Träne in ihrem Auge wieder nach oben verzog, so schien es ihr. Dann streichelte sie die blonden Haare ihrer Kleinen, die sie verängstigt ansah.

»Was ist mit Papa?«

»Es ist alles gut. Er kommt gleich nach Hause. Kannst du hier warten? Ich hole ihn. Er will so schnell wie möglich wieder nach Hause kommen. Verstehst du?«

»Ist Papa lieb zu dir?«

Die Mutter nickte, dann schaute sie schnell weg, nun floss die Träne doch, und sie hastete nach vorne in den Flur, zum Sicherungskasten.

Sie hätte ihn so gerne im Knast verrotten lassen. Aber sie konnte es nicht.

ZARA

10. JULI 2018
RUE GUILLAUME BOREA,
NIZZA-NORD

Sie wusste jetzt so viel mehr als früher.

Als Kind hatte sie dieses hohe Haus gemocht. Es war ihr Zuhause. Die gewundenen Straßen, die den Berg hinunterliefen.

Hätten sie zwanzig Meter weiter oben gewohnt, hätte sie das Meer sehen können, unten an der *Promenade des Anglais*.

Sie hatte sich immer eingebildet, dass sie es riechen könnte. Und auf die Tage gehofft, an denen ihre Mutter Zeit hatte, mit ihr hinunter an den Strand zu fahren.

Und auf die noch selteneren Tage, an denen ihr Vater nicht nur Zoë mitgenommen hatte, in seinem alten *Renault 25*, sondern auch sie.

Sie hatte diese Straße gemocht, die Gerüche aus dem Fenster unter ihr, nach Tajine und Couscous und Ras el-Hanout.

Die ersten Tage in der *école élémentaire* unten in der Stadt. Es war eine bessere Schule als die in der Cité. Ihre Mutter hatte sie ausgesucht. Für die beiden Schwestern.

Tagelang hatte es Streit gegeben, Zara hatte sich das Kissen auf die Ohren gedrückt, so heftig hatten Maman und Papa sich im Wohnzimmer gestritten.

Es gab dort unten sehr viel weniger schwarze Kinder oder Kinder aus Algerien. Es waren mehr braunhaarige und blonde Mädchen mit Zöpfen dort. Brave Mädchen wie Zara.

Sie spürte zum ersten Mal in ihrem Leben, wie es war, Freundinnen zu haben.

Es war das erste Mal, dass sie sah, dass ihre Schwester den meisten Kindern zu wild war. Dass es nur ein paar Jungs gab, die mit ihr mithalten konnten, beim Spielen, Raufen, Prügeln.

Die Jungs dort unten waren eben keine Banlieue-Kids.

Nach ein paar Monaten mussten die Eltern Zoë von der Schule nehmen. Der Vater wollte beide Mädchen wieder in der Cité auf die Schule schicken. Doch Maman hatte sich mit Händen und Füßen dagegen gewehrt. Am Ende gewann sie den Kampf. Zoë konnte auf die Schule in der Cité zurück. Mit den anderen, die nicht lernen wollten. Schon damals nicht.

Zara aber war unten in der Stadt geblieben.

Sie hatte beides gemocht: die feinen Häuser kurz hinter der Promenade, wo sie nun zur Schule ging – und die heruntergekommenen Häuser der Vorstadt.

Sie wusste heute aber noch etwas anderes über diese Straßen mit all den Hochhäusern, die nur noch der abgeblätterte Putz zusammenhielt, und dem wilden Graffiti an den Garagentoren.

Sie wusste heute, dass dies keine romantisch verklärte Gegend der einfachen Leute war. Sondern eine gefährliche Cité, ein Umschlagplatz für Drogen und Menschen – und eine Brutstätte des Terrors.

Dort hinten, einmal um die Ecke, lag der Boulevard Henri Sappia. In Haus Nummer 8, gerade einmal fünfzig Meter von Zaras Geburtshaus entfernt, war ein Tunesier eingezogen, ein Kind noch, fast genauso alt wie Zara. Er war mit seinen Eltern aus Sousse in Tunesien hierhergezogen. Hatte Drogen genommen, Nachtklubs besucht. Und war später als Radikalisierter mit einem Lkw über die *Promenade des Anglais* gefahren. Durch die Masse derer, die den französischen Unabhängigkeitstag feiern wollten. 86 Menschen waren gestorben. Sie kannte den Namen dieses Mannes auswendig, aber sie wollte ihn nicht sagen, nicht einmal leise für sich, sie wollte ihm diese Ehre nicht erweisen.

Vor zwei Jahren war das gewesen.

Sie hatte ihn nicht aufhalten können. Weil sie nichts von ihm gewusst hatte.

Sie hatte in Berlin vor dem Fernseher gesessen.

Die ganze Nacht lang. Und am nächsten Morgen.

Als klar war, dass der Mann aus ihrer Siedlung stammte, hatte sie geweint. Zum ersten Mal seit Jahren.

Weil sie ihn nicht hatte aufhalten können. weil sie so oft zu spät kam.

Stefan hatte sie in den Arm genommen. Er hatte nichts gefragt. Er fragte nie.

Deshalb hatte sie gestern den Entschluss gefasst: weil sie nie wieder zu spät kommen wollte. Sie wusste, dass das unmöglich war in ihrem Beruf. Aber zumindest in diesem Fall wollte sie damit recht behalten.

Sie parkte den Kleinwagen unter einem der wenigen Bäume in der Straße, dann stieg sie aus. Sofort schlug ihr die Hitze des Tages entgegen. Die Sonne brannte hier oben, wo es schon bergiger war, noch erbarmungsloser auf das Land als unten am Mittelmeer, wo stets eine Brise ging.

Sie sah sich um, kurz nur, die Verfolger des gestrigen Abends waren nirgends zu sehen. Sie hatte auf der Autoroute 8 allerlei Taktiken benutzt, um mögliche Komplizen abzuschütteln. Vielleicht war ihr aber auch einfach niemand gefolgt.

Sie ging auf die Hausnummer 16 zu. Ihr altes Wohnhaus. Es sah so aus wie damals. Nun gut, vielleicht noch ein wenig heruntergekommener.

Sie war sich sicher. Er musste noch hier wohnen. Er war zu arm, zu pleite, zu kriminell für einen Umzug. Wohin denn auch? In eine bessere Gegend? Sie musste lächeln.

Sie strich mit dem Finger über die Klingeltafel wie über eine Erinnerung, dann besann sie sich und las die Namen. Keine Spur von ihm. Hatte er noch mal geheiratet? Das konnte nicht sein. Davon hätte sie erfahren.

Sie wollte sich gerade umdrehen, als die Tür aufging und sich ein farbiger Jugendlicher an ihr vorbeidrängelte.

Sie hielt die Tür auf und ging ins Haus. Sofort drang ihr der Geruch des Hauses entgegen. Dieses miefige Ungeputzte, das sie als Kind immer ignoriert hatte, zugunsten der Kochgerüche aus den oberen Etagen, wo die Berber und die Menschen aus dem Tschad und aus Mali wohnten. Der Lift war kaputt. Natürlich. Das Schild »*hors service*« sah aus, als hinge es schon jahrelang da.

Sie stieg zu Fuß hinauf, nahm eine Etage und dann noch eine, über die Treppen aus kaltem dunklem Stein. Die Geräusche der Autoroute, die hinter den Häusern auf der anderen Seite an der Siedlung vorbeilief, wurden lauter, je höher sie stieg.

In der elften Etage stand sie vor ihrer Tür. Ihrer alten Tür. Mit einem neuen Namen: »Faida« stand dort auf dem Schild. Ein afrikanischer Name, das wusste sie. Sie glaubte beim besten Willen nicht, dass ihr Vater eine Afrikanerin geheiratet hatte.

Verdammt. Wo war er?

Sie klingelte. Drinnen waren keine Geräusche zu hören.

An der Tür gegenüber stand ein altbekannter Name. Die Nachbarin von damals. Wie alt würde Madame Blanc jetzt sein? Siebzig? Sie war schon damals alleinstehend. Hatte sie jemals einen Mann gehabt? Sie hatte sich immer gut mit ihrem Vater verstanden. Er war oft in ihrer Tür verschwunden.

Maman hatte immer gesagt, Madame Blanc sei eine fiese Natter. Zara solle sich von ihr fernhalten.

Sie klingelte an ihrer Tür und hörte schlurfende Schritte, die anhielten, wieder weiterschlurften, erneut anhielten. Schweres Schnaufen.

Zara straffte ihre Schultern, atmete einmal tief durch. Alles musste sitzen.

Die Tür öffnete sich, einen Spalt nur, dann öffnete sie sich weiter.

»Du?«

»Carine, *bonjour.*«

Madame Blanc lächelte, so gut es ihr gelang. Die Alte versuchte, sie genauer anzuschauen. Die Augen verengten sich zu Schlitzen.

Ihr Kopf war fast kahl, die wenigen Haare waren schlohweiß über den Kopf gelegt. Ihre Haut war faltig und blass. Zara tippte auf Krebs.

»Komm rein, meine liebe Zoë«, sagte sie.

Zara trat aus dem schummrigen Flur in die winzige Wohnung, die aus einem einzigen Zimmer bestand. Das Licht schien hell durch das staubige Fenster. Der Blick aus dem Raum ging direkt auf die Autobahn. Es war ohrenbetäubend.

»Was machst du hier, Zoë? Ich freue mich, dich zu sehen.«

»Ich wollte mal nach Ihnen schauen. Seitdem Vater weg ist …«

Sie schluckte, hoffte, dass sie leise genug gesprochen hatte, und wiederholte, diesmal richtig: »Seit Papa weg ist …«

Doch Madame Blanc kniff die Augen noch ein bisschen enger zusammen und betrachtete sie.

»Und ich soll Sie von ihm schön grüßen und fragen, wie es steht. Ich war eh auf dem Weg nach Hause.«

Ein Versuch. Sie ärgerte sich. Sie hatte keinen Plan gehabt. Jetzt zahlte sie den Preis. Sie sah es schon in ihren Augen. Doch noch spielte die Nachbarin mit.

»Ein so feiner Mann. Wie geht es ihm?«

Die alte Hexe.

»Es geht ihm sehr gut. Sie haben sich lange nicht gesehen?«

Madame Blanc rückte ein Stückchen näher heran, ihr Blick wanderte von der Lederjacke hinauf zu Zaras Gesicht. Betrachtete ihre Haare, ihre Wangenknochen, beinahe war sie gedankenverloren, als sie eine Entscheidung traf. Sie sprang auf, beinahe wirkte es leichtfüßig, und trat einen Schritt zurück.

»Du gehst.«

»Madame Blanc? Was ist los?«

Doch Zara wusste, dass sie verloren hatte.

»Zara, raus mit dir. Bullenschlampe. Verschwinde, oder ich schreie durch den Flur. Und dann weißt du, was passiert. Dann kommst du hier auch mit deiner Wumme nicht lebend raus. Hau ab. Deine letzte Chance.«

Zara hörte nicht auf sie. »Sagen Sie mir, wo mein Vater lebt. Los, wir suchen ihn. Seine Frau, Maman, will wissen, wo er ist.«

»Der war ihr doch scheißegal, das ganze Leben. Bis du sie mit dir genommen hast und ihn hier hast sitzen lassen wie einen Hund. Verschwinde.«

Die alte Frau schrie. Zara spürte, dass es sinnlos war.

Sie trat den Rückzug an, ließ Madame Blanc keine Sekunde aus den Augen und riss die Tür auf, zog sie aber genauso schnell hinter sich zu, aus Angst, die Nachbarin könnte wirklich das ganze Haus alarmieren. Wenn sie alle Drogendealer und Zuhälter des Wohnblocks scharfgemacht hätte, wäre das wirklich ihr Todesurteil.

Sie rannte die Treppe hinunter, nahm drei Stufen auf einmal und stand nach einer Minute auf der Straße. Alles war ruhig.

Sie atmete tief durch.

Sie hätte gerne hassen können. Diese Madame Blanc. Sie hätte ihr gerne den Tod an den Hals gewünscht, aber gut: der würde ohnehin bald eintreten.

Sie wollte gerade zum Auto gehen, als hinter ihr eine leise Stimme ertönte: »Zara, mein Kind. Du bist es, oder?«

10. JULI 2018

Telefonat auf +33 8 8102 5622

»*Salam aleikum.*«
»*Salam, habibi.*«
»Wie ist die Lage? Läuft alles? Die Vorbereitungen?«
»Diarra, hörst du mich? Ich versteh dich nicht. Du hast kein Netz.«
»Verdammter Penner, du sollst keine Namen sagen. Scheiße, wie oft muss ich das noch sagen? Was bist du für ein Vollidiot?«
»Sorry, *habibi.*«
»Ich hab dich was gefragt.«
»Es ist okay. Mann, drängel nicht so. Hier sind überall Bullen.«
»Du weißt, warum ich drängele. Weil ich das beschissene Geld verdienen will. Für dich und die anderen Penner in der beschissenen Cité.«
»Is ja gut, Mann. Wir beeilen uns.«
»Ich brauche bald eine Antwort. Der Mann, unser Mann, will wissen, wann es losgeht. Er gibt uns nicht mehr Zeit. Vier Tage. Dann muss alles stehen. Dann ist dieses Event.«
»Wir sind dran. Wir brauchen noch ein paar Süßigkeiten. Die sollten auf dem Weg sein. Aus Marokko.«
»Die Süßigkeiten sind noch nicht mal im Land?«
»Es ist was schiefgegangen. Die haben was hochgenommen, bei Toulon, die beschissenen Bullen.«
»Verdammt. Ihr seid echt ein paar Wichser. Okay, hör zu: Ich hab euch ein bisschen Vorsprung verschafft. Die Bullen aus

dem Norden geben erst mal Ruhe, so sieht's aus. Ihr habt heute und morgen freie Bahn. Morgen Abend will ich ein Ergebnis. Wenn nicht, kommen meine Jungs bei euch vorbei.«

»Is gut, *habibi,* is gut.«

Ende des Gesprächs

»Beschissener Penner.«

NADIA

10. JULI 2018
18, RUE GUILLAUME BOREA,
NIZZA-NORD

Das heiße Wasser lief aus dem Wasserkocher in die alte gusseiserne Kanne, und sofort verströmten die Minzeblätter ihren Duft in der Wohnung.

Sie fühlte sich warm und wohlig, seitdem sie Zara auf der Straße wiedererkannt hatte. Trotz ihrer schlechten Augen. Wie sie dort gestanden hatte. Und wie sie auf der einen Seite so allein ausgesehen hatte und auf der anderen Seite unglaublich selbstgewiss. Als hätte sie nur einen Gedanken verloren – sei sich ihres Kopfes hingegen sehr sicher. So hatte sie damals schon ausgesehen und geschaut, als sie sieben oder acht war.

Nadia war aufgeregt, und sie war stolz: Die blonde Frau hatte ausgesehen wie Zoë. Doch sie, Nadia, hatte nicht einen Moment gezweifelt: Das Mädchen, das mittlerweile eine wunderschöne Frau war, hatte Zaras Blick, ihre Anmut – es musste Zara sein.

Und wie sie dann eine Minute später auf der Straße standen und sich im Arm hielten, hatte Nadia ganz vergessen, dass die Leute im Block Zara wohl nicht freundlich gesinnt waren, der Polizistin, der Kommissarin. Der Frau, die sie hier im Quartier eine Verräterin schimpften.

Es war ihr egal gewesen.

Diese eine warme Umarmung war es wert gewesen, all das zu vergessen. Sie war ganz erstaunt darüber, wie sehr sich

Zara in dieser Umarmung fallen gelassen hatte, sie, die immer so zurückhaltend gewesen war. Mit Körperlichkeit sowieso.

Doch sie hatte sich richtig in Nadias alte Arme hineinfallen lassen, so, als hätte sie eine Umarmung in diesem Augenblick dringend nötig.

Sie hatte Zara in ihr Haus gelotst, das Nachbarhaus. Derselbe Wohnblock, derselbe Geruch, doch hier funktionierte der Lift.

Nun saßen sie bei Nadia in der Küche, und sie goss den Minztee aus ihrer Heimat auf. Aus einem Dorf bei Nador, aus Beni Ensar, ganz im Norden Marokkos an der Grenze zur spanischen Exklave Melilla.

In dieser Wohnung war aus dem Fenster die Autobahn sogar zu sehen, die hinauf in die Berge führte, bis nach Italien. Nadia hatte sich daran gewöhnt, sie hörte den Verkehr gar nicht mehr, der von früh bis spät rauschte.

»Warum bist du hergekommen? Du warst seit … seit Jahrzehnten nicht mehr hier.«

Die junge blonde Frau, die so erwachsen aussah, nickte und schaute Nadia an, mit diesem besonderen Blick aus wachen Augen, der so typisch für sie war.

»Seit zwölf Jahren.«

»Und nun bist du wieder hier. In der Cité.«

»Ja«, sagte Zara. Und überlegte einen Moment. »Du weißt, warum. Du wusstest immer alles.«

Nadia spürte sofort wieder ihre innere Verbindung. Sie war keine kluge Frau, sie war nicht gebildet. In Marokko hatte sie nur die Grundschule besucht, dann musste sie Näherin werden, bis ihre Eltern mit ihr nach Frankreich flohen. Hier hatte sie sich mehr schlecht als recht durchgeschlagen. Hatte in einer Wäscherei gearbeitet, dann wieder genäht. Ihr Mann hatte sie geschlagen, sie trennte sich. Der nächste schlug sie noch heftiger, diesmal floh sie in derselben Nacht. Bloß weg aus Aix-en-Provence, hierher in diesen Wohnblock in Nizza.

Sie hatte nie Kinder gehabt. Nun war sie alt. Doch damals hatte sie dieses kleine einsame Mädchen aus dem Wohnblock nebenan direkt in ihr Herz geschlossen. Sie hatten stundenlange Gespräche geführt, als die kleine Zara größer geworden war. Darüber, warum die Menschen dermaßen unterschiedlich sind. Warum Zoë so war und Zara so. Warum Zaras Vater ihre Mutter unglücklich machte. Warum Menschen überhaupt andere Menschen unglücklich machten. Und warum Zara so anders war als die Menschen um sie herum. Warum sie so viel klüger war, die Dinge so viel klarer sah als andere, und warum sie auf der richtigen Seite der Geschichte stehen wollte. Oder wenigstens auf der richtigen Seite des Gesetzes.

Schon damals war Nadia stolz gewesen, dass Zara sich mit ihr umgab. Dass sie ihre Meinung wissen wollte.

Heute – nach zwölf Jahren Abwesenheit – gab Zara ihr sofort wieder dieses Gefühl: auch jemand Besonderes zu sein. Sie konnte das, und es wirkte überhaupt nicht aufgesetzt.

Nadia hätte sie gerne erneut umarmt.

»Du suchst nach ihnen.«

»Ja.«

»Und es ist sehr dringend. Sonst würdest du nicht hier nach ihnen suchen.«

»Ja.«

»Wo lebst du? Die Menschen reden. Sie sagen, du seist an irgendeinem Ort, wo es dauernd kalt ist. In Polen. Oder in Deutschland.«

»Die Menschen sind gut informiert. Ich lebe in Berlin.«

»Allein?«

Sie konnte sich Zara irgendwie nur allein vorstellen. In einer Wohnung, in einer schicken Wohnung gar. Vielleicht eine genügsame Katze an ihrer Seite.

Helle Möbel, schnell wechselnde Liebhaber, die keine Ansprüche und keine Fragen stellten. Ein Leben, das für sie, Nadia, so fremd klang, dass es genau auf Zara passen würde.

»Nein. Ich habe einen Mann. Stefan heißt er. Und zwei Kinder. Amélie und Théodore. Sie sind vier und sechs.«

Nadia spürte, dass sie strahlte, und versuchte, sich Zara mit Mann und Kindern auf einem Spielplatz vorzustellen. In diesem Moment gelang es ihr.

»Das finde ich schön. Sehr schön. Aber sag: Warum suchst du sie? Was hat er ausgefressen? Musst du jetzt wirklich gegen ihn ermitteln? Oder gegen sie?«

Sie spürte, wie sich Zaras Hand auf ihren Oberarm legte, sie hätte fast die Teetasse aus der Hand fallen lassen. Wie anders dieses Mädchen geworden war.

»Ich muss nicht ermitteln. Gegen keinen von beiden.«

Nadia kniff die Augen zusammen.

»Was dann?«

»Ich komme nicht weiter. Es ist etwas passiert. Etwas Furchtbares – und es droht noch mehr Unheil. Ich brauche Zoës Hilfe. Ich brauche sie, weil sie der Teil von mir ist, der Dinge kann, die ich nicht kann.«

Nadia verstand jedes Wort. Sie nickte.

»Und du dachtest, sie wohnen immer noch hier? Hattest du denn gar keinen Kontakt mehr zu ihnen?«

»Keinen Kontakt. Seit zwölf Jahren. Er hat Maman Briefe geschickt. Sie angebettelt, zu ihm zurückzukommen. Ihr gedroht. Irgendwie. Nie so, dass ich ihn hätte festnehmen lassen können. Du weißt, ich hätte es getan. Wir haben ihm nie geantwortet. Also sag, Nadia: Wo sind sie? Wo lebt mein Vater?«

Mit 72 Jahren werde ich noch mal gebraucht, dachte Nadia, jetzt musste ich so lange hier leben, an dieser elenden Autobahn, mit den Jugendlichen, die mich piesacken, und ich habe mich immer gefragt, ob Allah mich nicht endlich abberufen könnte – und jetzt weiß ich, warum: weil ich hier noch helfen kann, dieser jungen Frau, die meine Gedanken seit so langer Zeit beherrscht.

Sie sammelte sich, trank noch einen Schluck Tee und stand auf, um das Fenster zu schließen, dann begann sie.

»Zoë war schon lange ausgezogen. Vor acht oder zehn Jahren war das. Sie ging weg, und er blieb. Sie trafen sich häufig. Sie kam nachts und schlief hier, oder er fuhr für mehrere Tage mit ihr weg. Dann kam sie eine Weile nicht mehr, dann mit größeren Autos, mit Typen, ohne Typen. Dann irgendwann kam sie nur noch alleine. Ihm ging es nicht gut. Er stellte immer wieder Sachen an, die *flics* nahmen ihn oft mit. Und er trank. Sehr viel.«

Sie sah, wie Zara die Augen schloss. Nicht, um sich zu verstecken. Ihr Blick, als sie die Augen zumachte, sah eher so aus, als wolle sie sich entspannen, das Bild vor ihrem inneren Auge durchlaufen lassen.

»Dann vor drei Jahren hielten auf einmal die Umzugsautos. Es waren wirklich zwei Transporter. Ich wusste nicht, dass er so viele Sachen in eurer Wohnung hat.«

»Oh doch, wir hatten damals ja nichts mitnehmen können, bei unserem Nacht-und-Nebel-Auszug«, entgegnete Zara, die die Augen ruckartig wieder öffnete.

»Richtig, verzeih mir.«

»Nicht schlimm. Was geschah dann?«

»Er war weg. Ohne ein Wort. Was hätten wir auch reden sollen.«

»Und das war es?« Enttäuschung schwang in Zaras Stimme mit.

»Nein. Vor einem Jahr kam er wieder. Er besuchte seine

alten Trinkkumpane, mit denen er immer krumme Dinger gedreht hat. Einen von ihnen kenne ich gut. Hector. Du kennst ihn auch, aus der 12.«

»Ja, der dünne Glatzkopf.«

»Genau der. Er erzählte mir hinterher von deinem verwandelten Vater. Zoë soll ihm unglaublich viel Geld geschenkt haben. Nun ja, nicht direkt, sie wollte wohl nicht, dass er es durchbringt.«

»Was hat sie getan?«

»Sie hat ihm ein Restaurant gekauft, am Strand von Bormes-les-Mimosas. Ein Strandbistro. Genau, wie dein Vater es sich immer erträumt hatte. Er führte es damals schon zwei Jahre. Jetzt müssen es drei sein. Er war regelrecht aufgeblüht. Trank nur noch wenig. Erzählte Hector, er sei ein anerkannter Gastgeber, ein Mann, dem seine Gäste vertrauen. Unglaublich fand ich das.«

»Woher hätte Zoë das Geld haben sollen?« Zara schaute, als würde sie die Antwort selbst wissen.

»Zoë. Der Name wird hier im Viertel nur noch geraunt. Sie soll gut im Geschäft sein. Nicht hier, irgendwo anders. Die Kids draußen nennen sie eine Legende. Sie sagen: Ich will auch mal so sein wie Zoë. Dabei wissen sie gar nichts von ihr. Es ist alles nur Gangstertratsch. Verzeih, ich wollte nicht sagen, dass Zoë eine Gangsterin …«

»Schon gut«, sagte Zara.

»Ich weiß nicht, was sie macht. Aber es muss sehr lukrativ sein. Ich habe sie seit sieben Jahren nicht mehr gesehen. Vielleicht länger.«

»Das heißt, du weißt nicht, wo sie wohnt?«

Wieder war da diese Enttäuschung in ihrer Stimme. Diesmal würde Nadia sie nicht abwenden können. Diesmal nicht.

»Nein, ich weiß es nicht. Tut mir leid, Zara. Du wirst ihn besuchen müssen.«

PAPA

11. AUGUST 1995
PROMENADE DES ANGLAIS,
NIZZA

Er jagte den Renault 25 um die Kurve.

Verdammt. Warum war das schon wieder dermaßen schiefgegangen?

Für 10 000 Francs? Vielleicht nicht einmal …

Der Wagen kam ins Schleudern, das Heck schlingerte, dann, mit einem Ruck, kriegte er das alte Monstrum wieder in den Griff. Der Motor heulte auf, als er das Gaspedal durchtrat und in die Avenue Aimé Martin einbog.

Die Sirenen waren immer noch hinter ihm.

Waren es zwei oder drei Autos?

Er schlug das Lenkrad zu weit ein, das Auto schlingerte erneut.

Er warf einen kurzen Blick auf den Beifahrersitz, wo die goldene Uhr und zwei oder drei Ketten lagen. Die Perlen sahen nicht echt aus, verdammt.

Der Juwelier hatte nicht mal gezittert, als er die Sachen rausrückte. Er hatte einfach ein paar Dinge über den Tresen gereicht und dann mit einer einzigen schnellen Bewegung auf den Knopf unter dem Tresen gedrückt. Als der ohrenbetäubende Alarm losging, hatte er triumphierend gelacht.

Er hatte keine Angst vor ihm gehabt, der Scheißkerl. Schon wenige Sekunden später hatte er die Sirenen gehört, die *flics* waren verdammt schnell, aber es war eben auch die Hochzeit der Verbrechen in Nizza. Jacques Peyrat, der gerade Bürgermeister geworden war, wollte seine Härte beweisen und schickte alles auf die Straße, was eine Waffe tragen konnte. Dumme, dreiste, korrupte Bullen, die Jagd machten auf Kerle wie ihn. Kerle aus der Vorstadt. Kerle, die dringend Kohle brauchten. Es war mal wieder so weit gewesen. Jetzt hatte er den Salat.

Und für diesen Witz von Beute hatte er ein gefälschtes Kennzeichen verschwendet.

Zara. Zoë. Er wollte nicht schon wieder von ihnen getrennt sein. Verdammt.

Er bog ab in Richtung Altstadt, die Sirenen kamen näher. Hoffentlich hatten sie es nicht geschafft, eine Straßensperre zu installieren. Er musste dorthin fahren, wo er sich auskannte.

Da, ein freier Parkplatz. Und der Trubel der Urlaubszeit. Perfekt.

Er raste mit dem Renault auf den Place Masséna und schleuderte förmlich in die große Lücke. Nun kam es auf jede Sekunde an.

Er griff die Beute, riss die Tür auf und schlug sie sofort wieder zu. Und dann hastete er die Treppe herunter in die *vieille ville,* die Altstadt. Aus dem Augenwinkel konnte er sehen, dass zwei Peugeots der Police Municipale und der Gendarmerie auf den Platz flogen, bremsten und hielten.

Er hastete vorwärts, ohne zu rennen, er wollte nicht auffallen. Und doch wollte er schnell vorankommen, so drückte er die bleichen Touristen zur Seite, die eben angekommen waren aus Leeds und Lüdenscheid, und musste an der Schlange vorm *René Socca* abbremsen, weil so viele Urlauber für die Kichererbsenfladen anstanden, die er so liebte.

Nur ein paar Schritte noch, und er wäre in Sicherheit. Hier unten in den engen Gassen würden sie ihn nicht finden.

Er verließ die Touristenpfade, hier in der Rue Guigonis

waren nur noch ein paar Einheimische unterwegs, die meisten Niçois hatten sich aus der Mittagshitze zurückgezogen.

Als er einen Haken schlagen wollte, um zurück zu seinem Auto zu laufen und zu schauen, ob die Luft rein war, sah er wieder aus dem Augenwinkel, wie hinter ihm jemand um die Ecke bog. Ein Mann in Blau. Als er nach vorne sah, kam auch um diese Ecke ein Mann.

Zwei Hünen, der eine kahl rasiert und mit einer Narbe auf der Wange. Der hinter ihm ein Blonder, ein Polizist, der frech grinste.

»*Alors*, haben wir ihn. Oder, Claude? Das ist er doch?«

»Denke schon.«

Sie kamen näher. Er griff an seine Hose, sollte er es versuchen?

Mit einem Schritt war der Hüne bei ihm, nestelte an seinem Hosenbund, zog seinen Schlagstock hervor.

»Du blöder Vorstadtwichser, mal sehen, wie du quieken kannst«, schrie er.

Er konnte noch murmeln: Zara. Zoë. Dann nichts mehr. Es gab einen Schlag, und das Dunkel umhüllte ihn.

ZOË

11. JULI 2018

Die Tür flog auf, und sie trat mit lässigem Schritt heraus. Die letzte Nacht hatte die Seele besänftigt, der sonnige Morgen vor dem Fenster die bösen Gedanken verjagt.

Sie lief ein paar Schritte, dort hinten krähten die Möwen ihr immer gleiches Stakkato im Tiefflug über den glitzernden Wellen.

Die erste Zigarette schmeckte wie der Beginn des neuen Tages. Sorgenfrei.

Sie bog um die Ecke und lief noch ein ganz kleines Stück, bis zu der Tür, über der sie die Buchstaben *Bar Tabacchi* angebracht hatten, als wollten sie morgen wieder wegziehen. Windschief und provisorisch. Sie verstand dieses Land nicht, umso mehr mochte sie es.

»Ciao, Federico«, sagte sie und sprang kurz den Tresen hoch, um ihm die obligaten zwei Küsse auf die Wangen zu geben.

»Ciao, *cara*«, antwortete er und strahlte, kurz nur, das Stammkundinnenstrahlen, es galt, sich wieder auf das Geschehen draußen auf der Piazza zu konzentrieren.

»Was willst du?«

»Oggi cappuccino, grazie.«

Er drehte sich zur Kaffeemaschine, eine alte *Cimbali* aus den Siebzigern. Sofort mahlte, rauschte und dampfte es.

Sie war glücklich.

»Ciao«, tönte es von der Tür her.

Sie drehte sich zu der Stimme um, tief, männlich, und

doch mit diesem italienischen Singsang, der sich in einem einzigen Wort ausdrücken konnte.

Die schwarze Uniform ließ sie überlegen, ob sie zusammenzucken sollte, es war ein einziger schneller Moment.

Der Carabiniere nickte dem Barista zu. »*Un caffè, per favore.*«

»*Subito*«, erwiderte Federico.

Dann sah er sie an, und sie konnte sehen, wie er sie musterte.

Sie lächelte.

Diese italienische Uniform sah aber auch wirklich schneidig aus, die Gendarmen in Frankreich mit ihrer bürokratisch blauen Kluft waren beinahe bemitleidenswert.

Hier trugen sie diesen schwarzen Anzug, der dem jungen Exemplar hier mit den gegelten Haaren wirklich ausgezeichnet stand. Dazu die weiße Schärpe aus Leder und diese unglaublich steife Mütze mit der stilisierten Granate darauf.

Ein Land, das seine Armeeangehörigen noch heute in so einem Outfit auf die Straße schickte, hatte Stil und einen Stock im Arsch. Beides zu gleichen Teilen.

Sie hatte wohl ein wenig zu lange auf die Granate auf seiner Mütze geschaut, jedenfalls nickte er ihr zu und lächelte. »*Allora ... un cappuccino per la signorina, e un caffè.*«

Federico stellte beides vor sie, nur ein paar Zentimeter auseinander.

Nun standen sie sehr eng nebeneinander.

Der Barista fuhr fort: »Schau sie nicht so an, Gianluca, sie ist von drüben. Die gibt sich mit uns nicht ab.«

Gianluca sah erst ihn fragend an, dann sie. »Ist das so, Signorina?«

»Er erzählt Quatsch, der gute Federico«, antwortete sie. »Wer einmal italienische Männer kennengelernt hat, der wird immer wieder über die Grenze fahren, zu ihnen.«

Der junge Carabiniere lächelte.

Sie sah wieder an ihm herab, sah die Pistole in seinem Gürtelholster und griff sich automatisch an den Hosenbund.

»Wie heißen Sie?«

»Julie. Und Sie sind Gianluca?«

»Genau. Dass Federico aber immer alles verrät. *Piacere.* Was tun Sie? Hab Sie hier noch nie gesehen.«

»Ich bin oft hier. Ich lebe hier. Bin aber eigentlich immer früher wach. Deshalb sind wir uns wohl noch nie begegnet.«

»Und wovon leben Sie? Hier, so nah bei Ihrem Land?«

»Ich bevorzuge *la dolce vita.*«

Wenn er weiterfragen würde, müsste sie sich etwas einfallen lassen. Verdammte Flirts.

Sein Funkgerät knarzte.

»*Unita 21.*«

Er griff an seinen Hosenbund und sprach in das Gerät.

»Ja, 21, ich höre?«

»Verkehrsunfall in der Via Roma. Ein Verletzter. Übernehmt ihr das?«

»*Si, subito.*«

Er steckte das Gerät weg, warf einen Euro auf den Tresen und wandte sich ihr zu.

»Tut mir leid, Signorina, wir sprechen ein andermal weiter, ja? Fliehen Sie nicht nach Frankreich, bevor wir dazu Gelegenheit hatten, okay?«

Er lachte sie an, mit diesem Blick, den diese Typen eben haben, dann setzte er die unvermeidliche riesige Sonnenbrille auf und ging nach draußen.

Zoë sah ihm nach und trank den ersten Schluck Cappuccino. Sie atmete durch. Das war knapp.

NAVARRO

11. JULI 2018
HÔTEL DE POLICE,
2, RUE ANTOINE BECKER, MARSEILLE

Der letzte Pastis war nicht mehr gut gewesen, so schien es.

Der, den er spät in der Nacht zu Hause in seiner Hütte getrunken hatte. Ihn nervte der verdammte Kopfschmerz, das schwere Holster an seiner beschissenen Schulter, ihn nervte der Staub auf dem Schreibtisch, doch er war gleichzeitig zu faul, um ihn wegzuwischen.

Putzfrauen kamen eh keine mehr. Verdammte Bande. Der verfluchte Süden.

Er zündete sich eine Zigarette an. Wen scherte es?

Die Akten auf seinem Schreibtisch stapelten sich. Eben hatte er die ballistischen Untersuchungsergebnisse bekommen. Von dem Mord an dem arabischen Wichser auf der A7. Eine Beretta. Nicht registriert.

Die Bilder der Kameras an den beiden Mautstationen waren wie von Zauberhand verschwunden gewesen, als die Beamten eintrafen. Der ganze Morgen war gelöscht. Einfach rausgeschnitten. Der Boss der Mautstelle hatte nur die Schultern gezuckt. Die Mafia hatte gute Kontakte. Kaum jemand wusste das so gut wie Navarro.

Doch er hatte noch ein Ass im Ärmel. Auf einem Parkplatz an der Autoroute hatte die Polizei von Marseille zwei geheime Kameras angebracht.

Er wollte einem Netz von Pädos und Schwulen das Handwerk legen, also hatte er das angeordnet. Wer brauchte schon richterliche Verfügungen, wenn es auch simpler lief?

Er hatte warten müssen, bis er die Speicherkarten von dort abholen konnte, es waren noch zu viele Gendarmen unterwegs. Nun hatte er sie.

Er scrollte auf dem Bildschirm seines Laptops vor. Die Nacht, dann die Dämmerung. Und dann der Morgen der Tat. Der Parkplatz war komplett leer, nicht mal ein einziger beschissener polnischer Lkw.

Doch dann hielten zwei Wagen. Zwei fette Audis.

Sie standen da, zwei Minuten.

Eine Tür öffnete sich. Nichts geschah.

Navarro spürte seinen Puls schlagen, sein Hals bebte förmlich.

Und dann stieg eine Frau aus. Blond. Kurze Haare. Die Bilder waren unscharf, verschwommen. Die Kameras waren billig gewesen. Er verfluchte sich. Hätte er im *fnac* mal teurere Mühlen gekauft. Aber gut, die Schwulen hatte er ohnehin lieber nicht so genau sehen wollen. Konnte ja keiner ahnen …

Er sah genauer hin. Ihr Gesicht war nicht zu erkennen, das Bild war zu körnig. Aber die Art, wie sich die Frau bewegte, diese Gazellenhaftigkeit. Und diese kurzen blonden Haare. Irgendwo … Konnte das möglich sein …?

Er schaute noch mal hin.

Dann griff er hinter sich.

Die größte Akte.

Zweihundert Seiten an Verdächtigungen, Tatorten, Opfern. Kein einziger Haftbefehl.

Er schlug die erste Seite auf.

Das einzige Foto, das es gab. Ein illegal erworbenes. Denn es gab von dieser Person weder ein Passfoto noch ein offizielles Fahndungsfoto.

Dieses illegale Foto war von ähnlich mieser Qualität wie die Videoaufnahme. Es zeigte eine junge Frau, die gleichgültig an der Kamera vorbeisah.

Er hatte damals lange hinschauen müssen, um zu erkennen, dass es eine Frau war. Denn sie hatte fast keine Haare, ihr Schädel war rasiert bis auf ein paar Stoppeln, die schon nachgewachsen waren.

Aber die Form ihres Gesichts, die anmutige Nase, die vollen Lippen, daran hatte er die Frau erkannt.

Sie sah gut aus. Geil.

Er sah genauer hin. Studierte ihren Blick. Ihre Augen. Ihre Anmut. Und ihren Körper.

Er zuckte zusammen, der Filter der Zigarette hatte seinen Finger verbrannt.

Er kroch mit dem Gesicht ganz nah an das Foto heran.

»Wer bist du?«, fragte er und verglich dieses Foto mit der Aufnahme der Überwachungskamera.

Er war sich sicher: Es war dieselbe Person.

Er ließ das Band weiterlaufen.

Sah, wie sie verschwand, nach einer Weile wiederkam. Sah, wie sich der Araber vor ihr umdrehte und wie sie ihm eine Kugel in die Kopf jagte.

»Herrje«, murmelte er.

Einen Anlass hatte er nicht auf dem Band sehen können. Aber gut, diese Kameltreiber gaben einem immer einen Anlass …

Er würde der Akte dieser Frau, die immer noch unbekannt war, also einen weiteren Fall hinzufügen können.

Nein, zwei Fälle.

Drogenschmuggel in großem Stil. Und ein Mord.

Verdammter Pastis. Er rieb sich seine Augen.

Dann kroch er noch mal ganz nah über seinem Schreibtisch an den Monitor heran.

Die Haare waren natürlich viel kürzer, aber … nein, oder doch?

Diese Ähnlichkeit war schon verblüffend.

»Zara. Zara von Hardenberg«, sagte er.

Er hatte sie größer in Erinnerung, die Polizistin. Schlanker. Noch schlanker? Aber sonst sah sie dieser Frau unglaublich ähnlich …

Er schlug sich vor den schmerzenden Kopf. Jetzt ließ ihn der verdammte Pastis schon einen rosa Elefanten sehen, er sollte unbedingt weniger saufen. Aber diese Stadt machte einen echt fertig …

Er öffnete den Laptop wieder, loggte sich in der Datenbank der Police Nationale ein, die mit Europol verbunden war. Klickte auf »Kontakt und Informationen« zu *Zara von Hardenberg.*

Ein Bildschirm öffnete sich, darauf in roten und grünen Buchstaben:

Informationen für höhere Berechtigungsstufe. Bitte wenden Sie sich an die Zentrale der Behörde in Den Haag.

Fluchend klappte er den Bildschirm zu.

»*Putain*. Blöde Wichser. Verdammte Bande.«

Die Tür zum Büro schwang auf.

»Was willst du noch hier, Manu?«

Petit sah ihn an, als wolle er ihn das Gleiche fragen. Er wischte sich den Schweiß von der Stirn.

»Hab was vergessen. Und du? Überstunden?«

»Ich schau hier gerade Videos an, wegen dem Fall auf der A7.«

»Und? Was Spannendes entdeckt?«

»Nee, nix. Hast du auch solchen Durst wie ich?«

ZOË

11. JANUAR 2006

Zara,

ich hasse dich.

Es ist einfach, diese Worte zu schreiben.
Aus zweierlei Gründen:
Weil ich es aus tiefstem Herzen fühle.
Und weil es gut ist, zu wissen, dass du zu derlei tiefen Gefühlen gar nicht in der Lage bist.
Du hast unsere Familie zerstört. Einfach so. Ohne dass du mich vorher gehasst hättest. Ohne dass du eifersüchtig auf mich gewesen wärst. Sogar ohne dass du das Gefühl gehabt hättest, du müsstest mich wahnsinnig verletzen. Ohne dass du ein Gefühl der Genugtuung verspürt hättest. Das ist das Schlimmste daran: Was du getan hast, hilft niemandem und verletzt jeden. Außer dich. Weil dich nichts, aber auch gar nichts verletzen kann.

Warum kannst du nicht akzeptieren, dass wir alle, wir vier, Maman, Papa, du und ich grundverschieden sind? Und dass doch jeder seinen Platz hat. Seinen Raum. Und seine wichtige Aufgabe in unserer Familie.

Was du getan hast, ist unverzeihlich.
Du hast Maman vor etwas retten wollen, was nur du gesehen hast. Papa hat ihr nie etwas getan. Er hat sie nie ange-

fasst, nie geschlagen, nie etwas getan, was so viele andere, bessere, feinere Männer getan hätten. Er war immer gut zu ihr.

Du hast gedacht, Maman sei einsam. Sie sei schlecht dran mit ihm. Hast du dich jemals gefragt, wie es ihm ergangen ist?

Er, der immer versucht hat, alles für die Familie zu tun. Der dafür nicht immer den richtigen Weg gefunden hat. Aber der trotz allem voller Liebe war, für seine Frau. Für mich. Und, ja, auch für dich.

Eine Liebe, die du nicht imstande warst zu erwidern.

Er hat nicht verstanden, warum du so anders bist als er. Aber er hat dich genau so sein lassen.

Er hat noch mehr krumme Dinger gedreht, damit du auf dieser beschissenen teuren Schule sein durftest. Während ich schon wieder auf diese billige dreckige Schule gehen musste.

Er hat dich einfach gelassen, wie du bist. Und dich dennoch geliebt.

Und du?

Nimmst ihm aus Dank das Liebste, was er hatte.

Und schleppst sie mit zu dir. In die Kälte. So weit weg von Papa. Und von mir.

Und du zwingst sie, sich von uns loszusagen. Nur noch dir treu ergeben zu sein, wie schon ihr ganzes Leben.

Ich hätte auch eine Mutter gebraucht, die weich zu mir ist. Zärtlich. Einen Gegenpol zu der beschissenen Welt da draußen.

Doch stattdessen gab es immer nur Zara. Zara. Die Feine, die Kluge, die Hellsichtige.

Ja, ich bin neidisch. Ich bin eifersüchtig. Aber ich kann das auch sein. Weil es in mir ist. Weil ich zu Gefühlen fähig bin

und abwägen kann, was meine Gefühle und Taten in anderen auslösen. Und wie sie verletzen können.
Ich kann das und kann deshalb noch weniger verstehen, warum du das getan hast.
Ja, du bist jetzt eine Polizistin. Wahrscheinlich bist du eine wahnsinnig gute Polizistin. Weil du so eiskalt bist.

Du weißt, dass ich schon viel Unheil angerichtet habe. Menschen verletzt habe, körperlich, meine ich.
Meine Rechtfertigung wird immer sein: Ich habe nicht meine Familie zerstört. Das hast du getan: mit dieser Nacht-und-Nebel-Aktion vor ein paar Monaten.

Ich weiß, dass du mich in Ruhe lassen wirst. Weil ich dir nichts bedeute.
Und ich werde lernen, dir gegenüber gleichgültig zu sein. Dir ab jetzt nicht mehr meinen Hass zu schenken.
Weil du weg bist. Weit weg.
Ich rate dir nur eins: Komm nie auf die Idee, mir wieder zu begegnen.
Ich könnte für nichts garantieren.

Danke. Für gar nichts.

Zoë

ZARA

10. JULI 2018
RESTAURANT CHEZ ZOË,
PLAGE DE L'ESTAGNOL, BORMES-LES-MIMOSAS

Sie bezahlte die zehn Euro für die Einfahrt, dann folgte sie dem Pfad durch den schattigen Pinienwald, vorbei an Eseln in einem Gatter, bis sich der Weg weitete zu einer Lichtung. Der Wächter wies sie mit fahrigen Gesten ein. Hauptsaison, er hatte keine Zeit, die Autos standen eng an eng unter den hohen Bäumen.

Zara atmete tief durch. War sie bereit?

Die meisten Gäste gingen zu dieser Stunde direkt ins Restaurant, über den breiten Weg, der mit Holzbohlen ausgelegt war, dazwischen glänzte der feine Sand in der Sonne wie Goldstaub.

Sie aber nahm den schmaleren Weg, der rechts am Restaurant vorbeiführte. Über die kleine Düne, die mit Strandhafer bewachsen war, und schon stand sie obenauf, und die Schönheit der Bucht unter ihr raubte ihr den Atem.

Zwei hohe helle Felsen umschlossen die sichelförmige Bucht, in der weißer Sand lag, wie sie ihn sich auf den Malediven vorstellte. Keine Welle rollte hier herein, sondern das Wasser war ganz still, hellblau, weiter hinten türkis, ein paar kleine Motorboote lagen vor Anker und dümpelten dort hinten, hier vorne aber am Strand die bunten Sonnenschirme, die aufblasbaren Badetiere, alte Leute in ihren Sitzgarnituren.

Sie sog gierig die Luft ein, diese Mischung aus Frische und

Wald, Salz und Fisch. Tiefe Atemzüge, bis ihr Kopf sich langsam beruhigte.

Sie hatte keine Ahnung, wie es sein würde, ihn zu treffen. Sie wusste nur, dass sie keine andere Wahl hatte.

Zara hatte den Namen des Restaurants gesehen, das Schild, das vorhin an der Straße gestanden hatte und auf das Lokal hinwies, dreimal: zehn und fünf Kilometer vorher und dann noch einmal genau gegenüber der Einfahrt.

Sie musste jedes Mal die Augen schließen. Nicht, weil es sie verletzte. Sondern weil sie nicht verstand, warum er es getan hatte. Warum er es nach ihr benannt hatte. Nach Zoë.

Zara betrachtete die Badenden und die Sonnenanbeter, drei Kinder spielten im Wasser auf einer Luftmatratze, sie klammerten sich fest und kämpften um die Hoheit auf dem kleinen Stückchen Insel. Immer wieder wurde eines von ihnen heruntergeschmissen und ein anderes Kind saß obenauf.

Zara erinnerte sich, dass es bei ihnen immer Zoë war, die auf der Luftmatratze gelegen hatte. Sie war rosa gewesen, und Zara hatte sie nur benutzen können, wenn ihre Schwester die Lust verlor.

Das sorgenfreie Spiel der Kinder schmerzte sie.

Sie drehte sich um. Sie war bereit.

Sie ging ruhig und bedächtig die paar Meter zurück, das Bistro lag direkt hinter der Düne.

Sie durchschritt das Schild mit dem Namen, dem Namen ihrer Schwester.

Und dann stand sie auf einem großen Platz, umsäumt von Palmen und Pinien. Darunter standen Tische aus Holz, die Stühle hatten gelbe Rückenlehnen aus Stoff, die Sonnenschirme waren gelb-blau.

Das Restaurant war gut besucht, reiche alte Leute. Sie sah an Dutzenden Tischen Weinkühler, darin Flaschen mit Rosé, wahrscheinlich aus der Gegend, aus Lavandou oder Bormes-les-Mimosas. Sie stellte sich vor, wie dieser Wein schmecken musste. Sie konnte es nicht.

Hinten in einer Ecke und doch von allen Tischen aus gut sichtbar dampfte der Grill. Holzkohle. Sie hatte es gelesen, es hatte auf dem Schild gestanden. Und auf der Internetseite. Natürlich hatte sie sich vorher über alles genauestens informiert. Sein Name hatte im Impressum gestanden. Als Inhaber.

Der Grill war das Zentrum des Lokals, ein dicker Schwarzer stand dahinter und ein kleiner Weißer aus der Provence, mit dunkler Haut und einem Dreitagebart. Sie warfen eben vier Doraden auf den Grill, daneben lagen zwei riesige Steaks und diese großen Langoustinen, die sie hier zusammen mit Pasta servierten. Die Spezialität des Restaurants, für die Gäste auch eine weite Reise auf sich nahmen. Das hatte sie bei *tripadvisor* gelesen.

Sie hatte Hunger. Auf genau dieses Gericht. Und gleichzeitig war ihr übel.

Sie sah sich weiter um, sah, dass hinten unter den Bäumen noch einmal Dutzende Tische standen. Sie besah sich die Bar und den Tresen daneben, hinter dem zwei Köche standen, Pasta kochten und die Salate anrichteten. Es war ein Gewusel und ein Gewirr von Stimmen.

Sie überschlug im Kopf, was all das hier gekostet haben musste. Es war der Wahnsinn. Es war ein wirklich tolles Restaurant genau am Strand, mit sicher mehr als 150 Plätzen. Eine wahre Goldgrube, um die sich nicht nur feine Gastronomen prügeln würden. Sondern auch die Mafia von Marseille. Und die Mafia von Toulon. Und die Mafia von Nizza.

Er führte dieses Restaurant. Mehr noch: Es gehörte ihm. Ihm, er einst der größte Verlierer gewesen war. Wie das ging? Sie spürte den stechenden Schmerz im Bauch. Sie glaubte, die Antwort zu kennen. Wie er zu diesem Restaurant gekommen war. Durch sie. Durch ihr Geld. Ihr schmutziges Geld.

Sie musste ihn finden.

Sie ging zur Bar. Die jungen Kellnerinnen, sie trugen kurze weiße Tops und Hotpants in Blau und waren flink und schneidig, hatten keine Zeit, sich um sie zu kümmern. Sie trugen neue Eiskrüge in ihren Händen, Gläser mit Pastis, Teller voller Nudelberge.

Am Tresen wartete sie auf den Barkeeper, der eben eine Flasche Rosé öffnete, als sie seine Stimme hörte.

Sie hörte die Worte, und sie wusste in diesem Augenblick: sie würde sie für immer wiedergeben können:

»*Bonjour*, Claire, *bonjour*, Michel, willkommen im Chez Zoë. Schön, euch wiederzusehen. Darf es wie immer erst einmal ein Pastis sein? Welch eine Freude. Kommt, ich zeige euch euren Tisch. Den besten, hinten an der Düne.«

Sie drehte sich um, auf alles gefasst.

Da stand er:

Braun gebrannt, viel schlanker, als sie ihn in Erinnerung hatte, die Augen klar und leuchtend. Er sah nicht mehr aus wie der Kleinkriminelle der Mafia, sondern wie der Boss der Mafia. Im Ruhestand.

Er umarmte zwei Mittsechziger, sie hatte die Haare blondiert und trug auffällig teuren Goldschmuck und eine Designersonnenbrille im Haar, die Tasche war eine Birkin Bag. Er trug seine Rolex spazieren, dazu ein rosa Poloshirt und eine weiße Jeans mit auffälligem Boss-Logo. Die feine Gesellschaft der Côte d'Azur.

Und er, ihr Vater, der alte allfällige Verbrecher, der früher selbst für die untere Mittelschicht zu unstet war, umarmte die beiden und wollte sie gerade zu ihrem Tisch führen.

Einer alten Gewohnheit folgend sondierte er in dem Moment mit einem unruhigen Blick die Umgebung. Er sah sie, erkannte sie sofort, und seinen Augen war anzumerken, dass es in seinem Kopf zu arbeiten, dass er alle Möglichkeiten auszuloten begann.

Er wandte sich an seine Gäste, machte eine entschuldigende Handbewegung und rief eine der jungen Kellnerinnen zu sich: »Chantalle, *s'il te plaît,* kannst du das wunderbare Ehepaar Simon zu ihrem Tisch begleiten? Claire, Michel, *excusez-moi,* ich muss jemanden begrüßen.«

Chantalle kam und eilte beflissen voraus, das Paar folgte, nach der herzlichen Begrüßung des *patron* in umso größerer Vorfreude auf die Gaumenfreuden des Mittagessens im Schatten.

Er aber ging auf sie zu. Langsam und andächtig, als bräuchte er noch Zeit, um seine Gedanken und Worte zu sortieren. Sie stand an der Bar und wartete ab.

Dann standen sie voreinander. Keinen Meter getrennt.

»Zara.«

Sie wartete. Er hatte nur ihren Namen gesagt.

Er betrachtete sie lange und ausgiebig, besah sich die Binde an ihrer Hand, die die Wunde von den Quais in Marseille verdeckte.

Sie sah ihn ihrerseits an. Betrachtete dieses Gesicht, in dem sie das späte Glück sah. Die Zufriedenheit des Augenblicks. Aber auch die Schatten der Vergangenheit. Die Augen, die ein wenig müde schauten. Da war diese Müdigkeit, die so alt war, dass sie nie wieder verschwinden würde. Die Narben am Oberarm – die Narben, die er eines Tages mit nach Hause brachte, ohne sie erklären zu können –, die das weiße Hemd mit der halb offenen Knopfleiste nicht ganz verdecken konnte.

»Ich würde dich so gern umarmen, weil ich mich freue, dass du hier bist. Dass wir uns endlich sehen. Aber ich weiß, dass es dir schwerfällt, das zuzulassen. Deshalb versuche ich es gar nicht. Ich habe mir vorgenommen, dir das zu sagen, wenn wir uns wiedersehen. Ich hatte lange Zeit, mir diese Sätze zurechtzulegen. Und ich bin froh, dass ich sie heute sagen kann. Dass du nicht erst kommst, falls Zoë dich zu meiner Beerdigung eingeladen hätte.«

»Das hätte sie nicht getan.«

»Oh doch. Das hätte sie. Weil ich sie darum gebeten habe.«

Sie standen da, und der Lärm von ringsum war nur noch ein Rauschen. Sie sah, wie eine einzelne Träne seine Wange hinunterlief. Er machte keinerlei Anstalten, sie wegzuwischen.

»Du magst kein Glas Wein, nehme ich an? Aber ich, ich brauche jetzt eines. Wirklich.«

Er nickte dem Barkeeper zu, der ohne eine weitere Anweisung ein Glas auf den Tresen stellte und aus einer Flasche den pinkfarbenen Wein eingoss. Sofort beschlug das Glas.

»Ein Perrier für meine Tochter. Wasser ist gut?«

Sie nickte.

Als sie die Hand auf den Tresen legte, um ihr Glas zu nehmen, ergriff er sie. Sie ließ es zu. Er hielt ihre Hand, kurz nur, sie spürte die Schwielen an seiner Hand, aber auch die Wärme seiner Haut.

»Also, Zara. Du bist hier, weil du ein Ziel hast, nehme ich an? Oder bin ich das Ziel? Komm mit, wir gehen an einen Tisch, weiter hinten an der Düne.«

Sie setzten sich, und Zara atmete einmal tief durch, griff zu der kleinen grünen Flasche und goss sich Wasser in ihr Glas.

»Ich muss mit Zoë reden.«

»Wieso? Wieso jetzt, nach all den Jahren?«

»Weil ich ihre Hilfe brauche.«

»Ist etwas mit eurer Maman?«

Sie strich durch die Luft, ärgerlich, als verjagte sie eine Fliege.

»Nein, mit Maman hat das nichts zu tun.«

Es ärgerte sie, dass er sie so nannte.

»Wie geht es ihr? Dort oben …«

»Es geht ihr sehr gut.«

»Ich habe ihr geschrieben …«

»Ich weiß.«

»Aber ich habe nie eine Antwort erhalten.«

»Du weißt, warum.«

»Nein, meine liebe Zara. Meine geliebte Zara. Ich weiß es nicht.«

»Weil du nicht gut warst für Maman.«

Er blickte sie ruhig an, nach einem weiteren Schluck aus seinem Weinglas. Seine Hand zitterte ganz leicht, stellte sie fest.

»Das stimmt nicht, Zara. Ich war für dich nicht gut genug.«

»Du warst ein Gauner, ein Verbrecher.«

Sie konnte am Tage oder in der Nacht zu jeder Zeit die Akte seiner Vorstrafen herunterbeten: achtzehnmal Diebstahl, dreimal Raub, zweimal schwerer Raub. Nie Körperverletzung. Ihr Vater war ein Hänfling. Immer hatte ihn die Polizei niedergeschlagen, er hatte sich nie gewehrt. Und überhaupt nie jemanden körperlich angegriffen. Er hatte schlicht nicht die Kraft dazu. Dafür kam dann aber der Höhepunkt: Erpressung in Tateinheit mit Entführung mit Todesfolge. Da war er lange nicht wiedergekommen. Zu ihrer Familie. Und damals war es für Zara genug gewesen.

»Und du hast ihr wehgetan«, fügte sie hinzu, als müsste sie es auch für sich selbst noch einmal bestätigen.

»Ich habe deiner Mutter nie auch nur ein Haar gekrümmt.«

»Nein, du hast sie nie angefasst, das stimmt. Aber du hast ihr die Hoffnung auf ein gutes Leben geraubt, mit dem Mann, den sie einst geliebt hat. Am Ende war es nur die Angst vor der Einsamkeit. Und ich musste dazu beitragen, dass sie einsah, dass du diese Einsamkeit warst.«

Sie hatte keine andere Wahl. Selbst jetzt, wo sie wirklich seine Unterstützung brauchte, weil sie Zoës Hilfe brauchte, selbst jetzt konnte sie Maman nicht verraten.

»*D'accord*«, sagte er und legte den Arm auf den Tisch, ein Stück entfernt von ihren Händen, und doch spürte sie, dass er sie gerne berührt hätte.

»Wir können uns hier nicht einig werden. Aber du siehst, Zara, du siehst, dass ich ein anständiger Mann geworden bin. Meine Gäste lieben mich, ich zahle meine Steuern, ich habe nichts mehr gestohlen und nichts mehr geraubt, und ich zahle meinen Angestellten den Mindestlohn. Ich bitte dich: Sag deiner Mutter, dass sie sich bei mir melden soll. Nur ein Gespräch. Wir haben beide noch nicht miteinander abgeschlossen, sie und ich. Mit allem. Unserer Liebe, unseren Gefühlen. Und unserem Ende. Wie hätten wir das auch tun können? Wir hatten gar keine Gelegenheit. Bitte, Zara, ich flehe dich an.«

Sie schaute ihn an, ihr Blick suchte nach einem Zweifel, einer Zwielichtigkeit, aber da war nichts.

»Ich werde darüber nachdenken.«

Mehr konnte sie nicht sagen. Mehr war nicht drin. Und er wusste das.

»Bitte, sag mir, wo sie ist. Wo Zoë ist.«

Ihr Vater biss sich auf die Lippe. »Das kann ich nicht.«

»Wieso? Wieso denn nicht?«

»Ich habe Angst, dass sie dir wehtut. Ja, ich habe sogar vor noch Schlimmerem Angst.«

»Ich kann mich selbst beschützen.«

Er schüttelte den Kopf, beinahe drohend sah sein Blick aus. »Nicht vor ihr.«

»Papa. Sag mir, wo sie ist.«

Ihn bei diesem Wort, dieser Liebkosung zu nennen, war ihr letzter Versuch.

Er seufzte.

»Geh am Morgen um zehn in Ventimiglia zur Passeggiata Cavalotti, da, wo die Sportfischer ihre Boote haben. Dort schwimmt sie.«

Sie brauchte die Frage eigentlich nicht zu stellen und tat es dennoch. »Warum nennst du mir ausgerechnet den Ort, an dem sie schwimmt?«

Er sah zu Boden. Ganz ihr wehrloser Vater.

»Wenn sie schwimmt, ist sie unbewaffnet, dann kann sie dir nichts tun.«

»Jeden Tag um zehn?«

»Jeden Tag um Punkt zehn.«

»Danke.«

»Gerne, Zara. Und bitte, sprich mit deiner Mutter.«

Sie nickte und stand auf. Als sie langsamen Schrittes losgehen wollte, drehte sie sich noch mal um. »Warum hast du das Restaurant nach ihr benannt?«

Er saß noch auf seinem Stuhl, wirkte gedankenverloren. Aber die Antwort kam glasklar. »Sie hat alles bezahlt. Hat mir das Restaurant gepachtet, die Einrichtung bezahlt, die Mitarbeiter in den ersten Jahren. Jetzt läuft es von selbst.«

Sie nickte wieder und schickte sich an zu gehen.

»Zara …«

Sie blieb stehen und drehte sich wieder um.

»Ich hätte es gerne Z&Z genannt. Aber ich wusste, dass es dir nicht recht gewesen wäre.«

»LA PROVENCE«

11. JULI 2018
ONLINE-AUSGABE VAUCLUSE

Heiße Phase des Wahlkampfs in Cavaillon – Stimmung richtet sich gegen den Kandidaten des LGN

Von unserem Vaucluse-Reporter Yves Ladrague

Cavaillon. Fast scheint es, als hat die ungewöhnliche Hitzewelle in diesem Jahr auch Einfluss auf den Wahlkampf vor der wichtigen Bürgermeisterwahl in Cavaillon, östlich von Avignon.

Nachdem der bisherige Bürgermeister der Républicains aus Altersgründen nicht mehr antrat, erwartete man zunächst das übliche Duell der Sozialisten gegen die Konservativen – aus dem am Ende die Konservativen als Gewinner hervorgehen; so, wie man das im Vaucluse kennt.

Doch diesmal gewann in der ersten Runde vor zwei Tagen der Kandidat der rechtsextremen Bewegung »La Grande Nation«, Pierre-Eric Maréchal. Ein sehr umstrittener Kandidat, einer der einflussreichsten in dieser neu gegründeten Bewegung, der bereits wegen eines Wirtschaftsdeliktes verurteilt wurde. Nun aber ist er rehabilitiert – und hat 31 Prozent der Wähler in Cavaillon überzeugt.

Er tritt gegen die Sozialistin Sofie Girardeau an, die mit 30 Prozent ganz knapp die erste Runde verlor. Der Kandidat der konservativen Les Républicains erreichte nur 28 Prozent, weil er viele Stimmen an den rechtsextremen Kandidaten verlor.

Und so kommt es, dass an diesem Dienstag in der Fußgängerzone die beiden Kandidaten quasi nebeneinander stehen und gegeneinander werben. Beide wollen den lukrativen und einflussreichen Posten als Chef der Stadtverwaltung für die kommenden fünf Jahre, Pierre-Eric Maréchal sieht dieses Amt sogar als Sprungbrett für höhere Aufgaben.

Die Sozialistin würdigt den Rechtsaußen keines Blickes, während sie mit Wählerinnen und Wählern spricht und Flyer mit ihren politischen Zielen verteilt: Ausbau der Kinderbetreuung, erweiterte Parkmöglichkeiten, eine bessere Versorgung mit innenstädtischen Läden.

Maréchal hingegen zeigt immer wieder hinüber zu seiner Gegnerin und wettert unter dem Applaus seiner Anhänger: Girardeau sei eine Befürworterin der Zuwanderung, sie werde Cavaillon zu einem gesetzlosen Nest machen. In Zeiten des Terrors und der Verbrechen der Zuwanderer brauche es stattdessen einen wie ihn – einen echten Hardliner. Null Toleranz für Einwanderer, keine neuen Flüchtlinge, ein Verbot für Hinterhofmoscheen auf dem Stadtgelände, stattdessen eine Verdoppelung der Police Municipale.

Es ist ein absurdes Schauspiel, das er aufführt. Und so chancenlos wie seine Rhetorik ist auch seine Siegchance: In der Stadt wird sich eine breite republikanische Front finden, die die Sozialistin unterstützt. Darunter auch die Anhänger des gescheiterten konservativen Kandidaten. Schlechte Aussichten also für den Schwarzmaler Maréchal – bessere Aussichten für Cavaillon.

MAMAN

11. AUGUST 1995
PROMENADE DES ANGLAIS,
NIZZA

Sie hatte sie gedrängt, seit Wochen schon. Sie wollte endlich wieder an den Strand fahren.

Doch wie hätte sie ihrer Tochter den Wunsch erfüllen können? Sie arbeitete Tag und Nacht, in der kleinen Brasserie am Ende der Straße kellnerte sie, und nachts putzte sie noch in einem Bürogebäude in Vieux Nice.

Das Geld reichte hinten und vorne nicht, und jetzt hatten sie ihren Mann wieder einkassiert.

Doch Zara, die liebe Zara, wollte endlich mal wieder mit ihrer Maman zusammen sein.

Zoë stand längst auf eigenen Beinen. War andauernd allein unterwegs. Bis spät in die Nacht. Oder manchmal tagelang.

Welche Chance hätte sie als Mutter gehabt, ihre Tochter aufzuhalten, wenn sie nie zu Hause war? Wenn sie arbeiten musste, damit sie sich die schäbige Wohnung leisten konnten? Sie hatte keine Chance.

Sie wunderte sich, dass Zoë nicht längst schwanger war. Oder drogensüchtig.

Manchmal, wenn sie dann doch zu Hause schlief, hatte sie ihre Arme heimlich auf Einstichstellen untersucht.

Doch Zoës Arme sahen makellos aus. Ihre Haut war rosig und ihr Teint wundervoll. Sie war ein gesundes Mädchen. Drahtig, schlank, muskulös.

Nur sprach sie nicht mit ihrer Mutter. Sie wollte nur mit ihrem Vater reden – und mit ihrer Clique. Der eine saß im Gefängnis – und die Jungs aus der Clique gehörten entweder hinein oder kamen eben von dort.

Zara dagegen war eifrig in der Schule und brav im Gespräch. Dafür wirkte sie blass und zurückgezogen, weil sie nicht allein das Haus verlassen wollte. Sie schaute darauf, was ihre Schwester tat, und dennoch gelang es ihr nicht, ihr Leben zu leben. Weil sie es sich nicht zutraute.

Wie gerne hätte sie Zara gesagt: Sei lockerer, genieß doch dein Leben ein bisschen mehr.

Aber wie sollte sie das anstellen?

Irgendwann hatte sich ihr schlechtes Gewissen durchgesetzt. Sie hatte sich bei Docteur Ashrani in der Nebenstraße krankschreiben lassen. Und war mit Zara ans Meer gefahren. Auf Schleichwegen, mit dem Bus und einem anderen Bus, bis zur Promenade des Anglais.

Dort hatte sie sich etwas abseits auf ein rotes Handtuch gesetzt, ihre Tochter hatte sie fragend angesehen, und sie hatte ihr zugenickt:

»Geh schon, mach, was dir Spaß macht. Hier sind zehn Franc. Wenn du magst, kauf dir etwas Schönes und zieh mit andern Kindern los.«

Sie hatte sich zurückgelehnt und eine zerfledderte Frauenzeitschrift hervorgeholt, die sie aus der Arztpraxis hatte mitgehen lassen.

Zara war verschwunden, wer weiß wohin. Sie wunderte sich, wie leicht es gewesen war, dass das Mädchen einfach losging. Bis vor zwei Jahren hatte es ihre Hand gar nicht erst losgelassen.

Sie lehnte sich zurück und vertiefte sich in den Artikel über den frischgeborenen Sohn von Alain Delon und diesem niederländischen Model.

ZARA

11. AUGUST 1995
PROMENADE DES ANGLAIS,
NIZZA

Sie hatte sich, kaum dass ihre Mutter den Blick abgewandt hatte, in die Fluten gestürzt. Die erste Welle traf sie unerwartet, riss sie von den Beinen.

Hier am Strand von Nizza, diesem Strand voller Steine, türmten sich die Wellen selbst im vollen Sommer hoch auf, weil der Strand sehr steil abfiel. Dadurch entwickelten sie eine enorme Wucht, die die Kinder ringsum aufjauchzen ließ, wenn sie sich in die Wassermassen warfen.

Zara empfand riesigen Respekt, als sie von der elementaren Gewalt unter Wasser gedrückt wurde.

Dann tauchte sie wieder auf, schon kam die nächste Welle. Erneut wurde sie umhergeschleudert.

Als sie wieder an die Oberfläche kam, machte sie einen Schritt zurück und ließ sich auf den heißen Steinen nieder.

Sie drehte sich ängstlich zu Maman um. Doch die saß einige Meter weiter oben am Strand und las angeregt einen Artikel in einer Zeitschrift.

Zara betrachtete die Wellen. Die Angst verursachte ihr einen Krampf im Bauch. Sie atmete tief durch, saugte die salzige Luft in ihre Lungen. Aus ihren blonden Haaren lief das Wasser, die Augen brannten.

Das Wasser hatte sie nie interessiert, eigentlich. Bis zu dem Tag, an dem sie Zoë hatte schwimmen sehen. Sie war ihr und ihrer Clique gefolgt, in einem dieser großen Linienbusse, hatte ganz vorne gesessen und den Blick abgewandt. Die Clique hatte ganz hinten in den letzten Reihen gesessen und sie gar nicht beachtet. Sie hatten herumgealbert und sich gebalgt und immer wieder wüst geflucht und gepöbelt. An der Promenade waren sie ausgestiegen, und wieder war Zara ihnen gefolgt. Als die Jugendlichen an den Strand gegangen waren, hatte sie oben hinter der Mauer gehockt und ihnen zugesehen.

Die vielen Jungs hatten sich auf die Steine gesetzt, Zoë hatte sich in ihre Mitte platziert. Sie hatten gequatscht, Cola aus Dosen getrunken.

Dann hatte einer angefangen zu raufen, Zoë hatte mitgemacht, und alles – so schien es – hatte sich um sie gedreht. Wollte sie mehr Action, wurden alle noch rauflustiger, wurde es ihr zu viel, ließen die Jungs sofort in ihren ungestümen Bewegungen nach.

Zara war sprachlos und voller Bewunderung.

Und dann hatte ihre Zwillingsschwester die Jungs ins Wasser gelockt. Sie waren alle zusammen in die hohen Wellen gesprungen, immer wieder hatten sie sich absichtlich von den Monsterwellen umreißen lassen. Hatten gejauchzt und gelacht, wie es Kinder taten. Hier waren sie nicht mehr die Jugendlichen aus dem Vorort, die Armen, die Ausgestoßenen. Hier konnten sie endlos Spaß haben. Und es war kostenloser Spaß.

Dann war Zoë losgeschwommen, die Jungs versuchten mitzuhalten. Doch die meisten ihrer Freunde kamen aus Nordafrika, und die jungen Algerier und Marokkaner hatten wie viele ihrer Landsleute nie schwimmen gelernt. Ihre Eltern konnten es nicht, also konnten sie es auch nicht an ihre Kinder weitergeben. Schon nach wenigen Metern des Hundepaddelns waren die meisten von ihnen zurückgeblieben und schauten Zoë ehrfürchtig hinterher. Genau wie Zara hinter ihrer Mauer.

Denn Zoë schwamm wie ein Fisch. Schnell, athletisch, grazil. Sie zog ihre Bahn, hinaus ins Mittelmeer, nun schon meilenweit vom Ufer entfernt, so schien es.

Sie musste es von Papa gelernt haben, dachte Zara. Deshalb hatte er sie immer mitgenommen an den Strand. Das war die einzig mögliche Erklärung dafür. Und dann musste sie den erlernten Stil perfektioniert haben.

Als sie nach zwanzig Minuten endlosen Schwimmens wieder an Land kam, ihr blondes Haar, damals noch lang, hing ihr nass und anmutig über den Schultern, hatten die Jungs sie abgeklatscht und ihr ihre Aufwartung gemacht, stolz, so ein toughes Mädchen in ihrer Mitte zu haben.

Hinter dieser Mauer versteckt, war Zara entschlossen: Auch wenn sie noch so viel von ihrer Schwester trennte – sie wollte so schwimmen können wie Zoë.

Sie hatte ihre Mutter lange bekniet, einmal mit ihr an den Strand zu fahren. Papa hatte sie nicht fragen können, er war wieder einmal nicht da. Und er hätte sie, selbst wenn er die Gelegenheit dazu gehabt hätte, wahrscheinlich eh nicht mitgenommen. Er hatte immer noch nur Augen für Zoë.

Nun saß sie hier vor den Wellen und hatte beim ersten Mal kapituliert. War sie zum Aufgeben verdammt?

Sie schluckte. Stand auf. Und schaltete in diesem Moment ihren Kopf aus.

Sie spürte, wie die Ausläufer der Wellen wieder an ihren Füßen leckten.

Sie ging ein paar Schritte, schon zog die Rückströmung sie mit sich, die Kiesel gaben unter ihren Füßen nach und das azurblaue Mittelmeer umfing sie, als sie unter der ersten Welle hindurchtauchte, dann unter noch einer. Und schließlich spürte sie, wie sie die Brechungslinie durchbrach und das Meer sofort ruhiger wurde. Die Wellen waren nun hinter ihr.

Sie drehte sich zum Strand und sah ihre Mutter auf der Decke liegen. Die Angst war verschwunden.

Sie erinnerte sich an die Bewegungen von Zoë im Wasser und tat es ihr nach. Bewegte ihre Füße, die Bewegung glitt auf die Beine über, und dann streckte sie die Arme aus und schwamm in Richtung Horizont, unter ihr war alles blau und neben ihr waren nur noch wenige Schwimmer, und sie schwamm und schwamm immer geradeaus, und ihr Kopf fühlte sich frei an und ihre Sorgen und ihr Vater und die Cité waren weit weg. Zum ersten Mal aber war ihr Zoë in Gedanken so nah, und sie wusste: Sie würde immer weiter schwimmen.

ZARA

11. JULI 2018
VENTIMIGLIA, ITALIEN,
42 KILOMETER ÖSTLICH VON NIZZA

Wolkenlos war der Himmel. Auch an diesem Morgen. Unglaublich, wie anders eine Stadt aussehen konnte, wenn sie nur ein paar Kilometer hinter der Landesgrenze lag.

Dort drüben, hinter dem Nebel, lag Frankreich. Die Gebäude in Menton waren fein sanierte, überteuerte Villen, auf alt gedrillte Säulen, schmiedeeiserne Balkone, pastellige Anstriche an den Fassaden.

Hier dagegen war Italien, die Häuser waren einfacher, älter, maroder. Bauhaus meets Patina. Alles hier hatte seinen ganz eigenen italienischen Charme. Die Autos waren noch verbeulter als in Paris. Auf den Straßen und Plätzen herrschte ein Wirrwarr von Stimmen und Gerüchen, schon um diese Zeit, um kurz vor zehn. Das Karussell im Stadtpark drehte sich, und nicht nur die Mütter diskutierten, selbst die kleinsten Kinder vermochten es schon, im italienischen Singsang und mit den typischen Handbewegungen ihren Standpunkt zu vertreten.

Sie hatte ihr Auto drüben auf der Altstadtseite geparkt und war dann über die *Passerella Squarciafichi* gelaufen, die Fußgängerbrücke, die das fast verdunstete Flüsschen Roya überspannte und in die pulsierende Neustadt führte, wo Markthalle und Läden auf Kunden warteten und wo der Strand das Leben diktierte.

Zara roch die Luft und nahm die Berge hinter der Stadt fest in den Blick, die Ventimiglia begrenzten, aber auch ein Gefühl der Geborgenheit gaben. Sie verstand, warum sich Zoë hier wohlfühlte, auch wenn sie sonst nicht viel von ihrer Zwillingsschwester verstand.

Die Palmen hier auf der Strandstraße zeigten den Süden an, die breite Promenade schrie nach Urlaub, Spaß und Dolce Vita.

Einen Urlaub, den sie als Schwestern nie hatten. Und den sie, Zara, auch nie vermisst hatte.

Und dennoch drang langsam dieses Gefühl zu ihr durch.

Sie war mit Stefan und ihren Kindern vor zwei Jahren in Italien gewesen. In den Marken. Bei Ascoli Piceno und in San Benedetto. Ein endloser Strand. Und die Bagni, die endlosen Liegestuhlburgen mit den bunten Sonnenschirmen. Sie hatte sich davor gegraust. Doch ihr Mann hatte sie geradezu gezwungen. Nach Tagen hatte sie begonnen zu lieben, wie ihre Kinder diesen Ort liebten. Die Leichtigkeit. Die Planbarkeit. Und das Meer. Dieses unglaublich leichte Meer.

Zara hatte das Mittelmeer in ihrer Jugend nur als Herausforderung gesehen. Besser schwimmen als Zoë. Länger im Wasser sein als Zoë. Nur ein einziges Mal.

Nun im Urlaub war sie nach einer Woche zum ersten Mal aus Freude geschwommen. Ohne sich ständig zu vergleichen.

Sie sah wieder Sonnenschirme, Dutzende davon, dort unten am Strand. Ein Bagno wie das in ihrem Urlaub.

Doch sie ging noch nicht hinunter, sie hatte noch Zeit.

Hier sollte sie wohnen? In dieser Straße womöglich? In einer Straße in einem Badeort? Mit Meerblick? Ständiger Sonne? Ihre dunkle Schwester?

Nun gut, vielleicht hatte sie sich verändert. Etwas, das Zara ihr nie zugetraut hätte.

Doch Zoë hatte – das war nun klar – genug Geld und genug Menschenliebe, um ihrem Vater seinen größten Wunsch zu erfüllen.

Ein Restaurant am Meer.

Gastgeber zu sein.

Nicht mehr gejagt zu werden.

Das hatte Zoë geschafft.

Wer war diese Frau?

Zara ging in die Bar, die oberhalb des Strandes lag.

Sie trank niemals Kaffee, kein Koffein, keine Stimulation ihres Gehirns.

Doch heute ging sie direkt zum Tresen und sagte in akzentfreiem Italienisch: »*Un caffè, per favore.*«

Sie hatte den Barista gar nicht recht beachtet, sie hatte ihren Wunsch eher in den Raum hineingerufen. Doch der junge Italiener sah sie nicht mal richtig an, als er beiläufig sagte: »Ciao, Julie. Das ist aber eine förmliche Begrüßung. Schlecht geschlafen?«

Er beugte sich über den Tresen, ganz nah bei Zara.

Sie stutzte und zwang sich zu einem Lächeln.

Sie entschied sich und beugte sich vor, dabei musste sie sogar auf Zehenspitzen steigen, dann gab ihr der Barista drei Küsse auf die Wangen.

Verdammt, sie war Zoë zu nah gekommen.

Sie entspannte sich erst wieder, als er an die Maschine trat, um ihren Espresso zu bereiten und ihr keine weitere Beachtung schenkte.

Hierher kam Zoë also. Und nach der herzlichen Begrüßung zu schließen, kam sie häufiger.

Zara sah von oben an sich herab.

Sie hatte für genau diese Momente die Lederjacke angezogen, der Kurzhaarschnitt würde sie ohnehin noch für Monate beschäftigen.

Würde Zoë jetzt zur Tür hineinkommen, würde der Barista wahrscheinlich einen Nervenzusammenbruch erleiden.

Sie trank den *caffè*, den er vor sie gestellt hatte. Es war der erste in diesem Jahr. Er schmeckte wunderbar. Sie spürte, wie das Koffein ihre Adern flutete.

Sie sah auf die Bahnhofsuhr an der Wand.

Genau drei Minuten nach zehn. Das sollte reichen.

»*Grazie, caro.*«

Sie wartete seine Antwort nicht ab – nicht noch mal einen fremden Mann küssen –, sondern ging nach draußen. Der Sonnenschein wärmte sie augenblicklich.

Sie ging hinunter zum Strand, zog an der Kante zum Kies die Schuhe aus und spürte die kleinen spitzen Steine an ihren Sohlen.

Sie stieg den Weg hinunter und sah, wie sich eine Gestalt den Weg durchs Wasser bahnte, in Richtung der steinernen Wellenbrecher, die dort draußen aufgebaut waren. Es war eine blonde Gestalt. Kurze blonde Haare. Sie konnte sie gut erkennen, sie war noch nicht weit draußen, die Frau trug einen schwarzen Bikini.

Die Haare auf den Unterarmen stellten sich auf.

Kein Zweifel.

Zara zog ihre Hose aus, faltete sie sorgfältig und legte sie auf den Kies. Dann zog sie ihre Jacke aus und zog das Shirt über den Kopf. Den weißen Bikini hatte sie vorsorglich schon an, sie hatte gewusst, dass sie ins Wasser gehen müsste.

Sie beobachtete die Gestalt, die anmutig ihre Bahn zog, irrsinnig schnell schwamm sie nach draußen.

Zara selbst spürte, wie die Wellenzunge nach ihrem linken Fuß griff, dann nach ihrem rechten.

Sie stieg hinein, und die Wärme des Sonnenmeeres umfing sie.

Die ersten Züge. Das Wasser war so warm wie in ihrer Erinnerung. Damals, der Tag am Meer mit Maman.

Doch nun hatte sie das Ziel fest vor Augen. Sie würde es Maman nicht erzählen können.

Sie schwamm langsam los, beschleunigte dann und zog kraulend ihre Bahn, immer weiter nach draußen, sie glaubte fast, sie könne der Sonne zusehen, wie sie aufstieg, aber es war wohl eine optische Täuschung. Es musste so sein.

Immer weiter, die Gestalt schaute sich nicht um, immer nur zielgerichtet auf den Horizont. Sie war schon weit draußen, gerade war sie um einen der großen Wellenbrecher herumgeschwommen, den die Urlaubsorte hier vorgelagert errichtet hatten, um die Strände zu schützen.

Zara zog an, sie müsste sie hinter dem Wellenbrecher erreichen. Sie genoss die wilde Jagd, die Aufregung hatte sich gelegt, sie spürte das Element, das sie sich erneut zu eigen gemacht hatte.

Aus der kindlichen Angst war eine tiefe Verbundenheit geworden.

Sie erreichte die ersten Steine zu ihrer Rechten und hielt sich ein Stück weiter links, um keinen Seeigel zu streifen.

Als sie das offene Meer erreichte, sah sie nach vorn. Da war niemand. Nach rechts, nach links. Niemand. Das Meer lag wie unberührt vor ihr, als hätte niemand hier je seine Bahnen gezogen.

Wo war sie?

Tief im Inneren überkam sie Angst.

Groß, schwarz.

Sie sah sich um, dann spürte sie den Griff.

Er war übermenschlich, wie eine Schraubzwinge.

Er legte sich um ihre Schultern und zog sie nach unten.

Ihr Kopf geriet unter Wasser, sie schlug mit den Armen um sich, verzweifelt, erschrocken. Sie schluckte Wasser, es gelang ihr, kurz aufzutauchen, weil sie spürte, dass die andere Hand abrutschte.

Es gelang ihr, einen einzigen Atemzug zu tun.

Sie spürte Wut in sich aufsteigen. Die Hände packten sie wieder und zogen sie hinunter ins Meer, das hier draußen fast schwarz war.

Sie schaffte es, den Kopf zu wenden, und dann wurde sie untergetaucht und sah unter Wasser ihr eigenes Gesicht. Das Gesicht mit den großen Augen, sie waren weit aufgerissen, die kurzen blonden Haare standen nach oben ab.

Sie spielten das Spiel, das sie als Kinder nie gespielt hatten, so schien es. Nur dass es einer von ihnen todernst war.

Immer wieder versuchte Zara, sich loszuwinden, doch sie vermochte es nicht. Sie wusste, dass Zoë stark war, aber wie stark, das hatte sie nicht gewusst. Im selben Moment war ihr klar, wie merkwürdig es war, ausgerechnet hier und jetzt über all das nachzudenken.

Sie ließ sich hinunterziehen, wieder unter Wasser, sie hatte die Augen geöffnet, jetzt schlug sie zum ersten Mal nach dem Gesicht der anderen. Doch das Wasser bremste den Schlag.

Wieder tauchten beide auf, weil Zoë ein wenig lockerer ließ.

»Stopp, verdammt …«, schrie Zara über Wasser.

Kein Wort von Zoë, nur ein Schlag von ihr, der saß, weil sie ihn über Wasser ausgeführt hatte, er rammte Zaras Schläfe, dann zog Zoë ihre Zwillingsschwester wieder unter Wasser.

Zara war kurz benommen, sie bekam Wasser in den Mund, viel Wasser, sie hustete unter Wasser, verschluckte sich wieder, es war sehr salzig, sie schloss die Augen, spürte den Schmerz und langsam auch die Angst, weil die Luft knapp wurde.

Sie versuchte, ihre Hände um Zoës Hals zu legen. Ein panischer Versuch, sie rutschte ab, versuchte es erneut, trat zusätzlich unter Wasser nach ihrer Schwester, erwischte sie am Bauch.

Dann tauchten sie wieder auf.

Sie öffnete die Augen, da traf sie ein neuer Schlag, diesmal auf die Nase, Zoë schlug gezielt, Zara schrie kurz auf, der Schmerz war stark, diesmal ließ sie sich selbst wieder unter Wasser sinken.

Sie spürte, wie sie von einer Ruhe überwältigt wurde, so unpassend sie auch war, aber sie brachte keine Wut mehr auf. Sollte es das gewesen sein? Hier draußen, das Land war weit weg, im Augenwinkel hatte sie sehen können, dass selbst der Wellenbrecher weit entfernt war. Es gab starke Strömungen, sie trieben schnell ab.

Zoë war überall, so schien es. Sie spürte sie an ihrem Hals, an ihrem Körper, an ihren Haaren.

Zara schloss die Augen, verbrauchte die Luft, die in ihrem Mund war.

Sie konnte nicht mehr. Ihre Kraft war aufgebraucht. Sie ließ sich herabsinken, bis das Dunkel des Meeres sie umfing und sie in die Schwärze abglitt.

RUI VICENTE

11. JULI 2018
STRANDWEG,
SCHEVENINGEN

Sein Blick fiel aus dem Fenster seines Arbeitszimmers hinaus auf den breiten Strand. Der Himmel war grau, Holland eben.

Er vermisste den Strand von Caparica, den blauen Himmel zu dieser Jahreszeit, die ganze Algarve.

Aber gut, auch dieser Blick war immer noch weitaus besser, als in dem beinahe futuristischen Gemäuer von Europol, keine vier Kilometer von hier, im Büro zu sitzen.

Der Portugiese bevorzugte sein Homeoffice. Das Telefon war verschlüsselt, genau wie sein Computer, und die Scheiben seines Hauses waren aus Panzerglas.

Also war er hier ebenso sicher wie bei der Arbeit.

Nur war der Kaffee besser.

Er gähnte. Er war viel zu früh aufgestanden, weil er eingesehen hatte, dass er ohnehin keinen Schlaf finden würde. Er hatte es immerhin die halbe Nacht lang versucht.

Rui verdammte diese Seismografenfunktion in seinem Gehirn. Stand etwas bevor, dann spürte er es. An seiner Schlaflosigkeit. Und daran, dass ihm selbst die guten portugiesischen Würste, die Magda briet, nicht mehr schmeckten.

Am liebsten hätte er sich an diesem Morgen selbst in den Bereitschaftsflieger von Europol gesetzt und wäre nach Südfrankreich geflogen.

Es war etwas faul dort unten.

Zara und er telefonierten zweimal pro Tag. Morgens und abends. Sie sprachen über Fälle, über das Leben, über die Familien. Er war der Einzige, dem sie dieses Privileg zuteilwerden ließ, an ihrem Leben teilzuhaben. Und er genoss das. Es war ihre Art, Danke zu sagen. Dafür, dass er sie gefunden hatte.

Oder sie mochte ihn einfach. Magda hatte irgendwann vorgeschlagen, dass auch das der Grund sein könnte für ihre häufigen Anrufe. Rui hatte nichts erwidert, er hatte nur gelächelt.

Seit zwei Tagen rief sie nicht mehr an. Nachdem Isaakson niedergeschlagen worden war, hatte sie sich noch einmal gemeldet und gesagt, dass der junge Kommissar über den Berg war.

Seitdem war Funkstille.

Sicher, sie ermittelte. Doch diese Art der Stille war ganz und gar nicht ihre Art.

Na gut, bei jedem anderen Menschen schon, aber nicht bei ihrem Ehemann, ihren Kindern und bei ihm. Die Stille fühlte sich bedrohlich an.

Wieder verfluchte er seine Vorahnung. Es brachte rein gar nichts, weiter auf das Telefon zu starren, das nicht klingelte.

»Magda, machen wir einen Spaziergang?«, rief er und wartete, bis er das ruhige »Ja« seiner Frau vernahm.

ZOË

11. JULI 2018
MITTELMEER VOR VENTIMIGLIA

Die Küste war nicht weit, und dennoch war hier draußen kein Laut zu hören vom Wirrwarr an diesem ersten italienischen Strand hinter der Grenze.

Sie saß hoch oben auf den glühend heißen Steinen, vor ihr peitschten die Wellen an die Felsen weiter unten. Hinter ihr war das Meer ganz ruhig, dort, wo es auf den Strand traf. Es war jedes Mal merkwürdig, die Veränderung zu sehen: Durch den Wellenbrecher hatte die Kraft des Meeres davor und dahinter eine völlig andere Dimension.

Der Mensch hatte dem Meer mit dem Bauwerk seine Kraft genommen. So, wie der Mensch anderen Menschen mit seinen Regeln und Gesetzen die Kraft genommen hatte.

Zara lag neben ihr.

Die Ohnmacht dauerte an.

Zoë sah auf sie herab.

Sie hätte sie sterben lassen können.

Draußen, auf dem Meer. Vielleicht gerade mal 150 Meter vom Ufer entfernt.

Warum hatte sie es nicht getan?

Sie wusste es nicht.

Irgendwann, als sie genug nach Zara geschlagen und getreten, sie immer wieder unter Wasser gezogen hatte, als Zara selbst aufgegeben und das Meer sie verschluckt hatte, lag Zoë ganz flach rücklings auf der Wasseroberfläche, die Füße guckten heraus.

Das Meer war ganz still.

Von Zara war nichts mehr zu sehen.

Vielleicht schon seit einer Minute.

Zoë hatte versucht, ganz ruhig zu atmen, sich zu beruhigen.

Sie hatte sie erwartet.

Seit Jahren.

Jeden Tag.

Hier draußen auf dem Meer.

Sie wusste, wer sie geschickt hatte.

Sie konnte ihm nicht böse sein.

Es war eine Sache zwischen Zara und ihr.

Er war nur der Katalysator, der sie beide verband.

Sie war nie gekommen.

Doch heute hatte Zoë ihre Schwester schon bemerkt, als sie die ersten zwanzig Meter hinter sich hatte. Sie hatte sich mehrfach umgedreht, kaum merklich den Kopf bewegt, und sie sofort erkannt.

Sie war weiter rausgeschwommen, hatte sich hinter dem Wellenbrecher versteckt und gewartet.

Was wäre, hatte sie gedacht, wenn Zara Polizisten dabeihatte, um sie zu verhaften?

Sie hatte sich geärgert, dass sie ihre Waffe nicht dabeihatte, ihr Messer, das sie früher oft zum Schwimmen mitgenommen hatte. War sie unvorsichtig geworden?

Sie hatte gewartet, bis Zara an ihr vorbeigeschwommen war.

Ihre Schwester hatte viel gelernt, sie schwamm mit glatten ausdauernden Bewegungen. Für einen Moment war sie in dem Anblick versunken. Dann hatte sie angegriffen.

Und jeder Schlag, jeder Tritt, jeder Atemzug, der Zara versagt war, war eine Genugtuung gewesen.

Dann, aus einem Reflex, drehte sie sich und tauchte unter,

die Augen aufgerissen, sie suchte, mit dem Blick und ihren Händen, sie durchpflügte das Wasser, aber da war nichts.

Sie musste kurz wieder auftauchen, um zu atmen. Dann ging sie wieder hinunter, und nach einer Weile, endlich, erspürte ihre rechte Hand menschliche Haut, eine Schulter, sie zerrte, dann schaffte sie es, sie zog ihre Zwillingsschwester nach oben, dann griff sie an ihren Hals und nahm sie mit sich, die paar Meter zurück zu den Wellenbrechern, es war eine unglaubliche Anstrengung, weil sie sich innerlich dagegen sträubte.

Nun lag sie neben ihr.

Die Atmung hatte schnell wieder eingesetzt, doch sie war bewusstlos geblieben.

Zoë wusste, dass sie nur warten musste.

Sie verstand beim besten Willen nicht, was passiert sein mochte, dass Zara hierhergekommen war.

Wollte sie sie festnehmen?

Aus welchem Grund?

Was sollte Zaras Behörde mit ihren Machenschaften zu tun haben?

Es passte einfach nicht.

Zoë hörte, wie Zara schwer atmete, dann ein feuchtes Husten, sie röchelte.

Nicht mehr lange, dann würde sie es erfahren.

Sie schaute zu ihrer Schwester, sah das abgeschnittene Haar, die hohen Wangenknochen, den sportlichen Körper.

Es war wie ein Blick in den Spiegel.

ZARA

11. JULI 2018
MITTELMEER VOR VENTIMIGLIA

Sie öffnete ihre Augen. Das Licht brannte erbarmungslos. Ihr Kopf fühlte sich an, als habe sie ein Laster überfahren. Jeder Knochen schmerzte. Zara versuchte, sich zu orientieren.

Sie fühlte die heißen Felsen, auf denen sie lag, dass ihre Haut schon brannte. Das salzige Wasser tropfte noch immer aus ihrem Haar, verklebte ihre Augen.

Sie versuchte, sich aufzurichten.

»Schwesterherz.«

Eine Stimme wie aus einem längst vergessenen Traum.

Zara drehte sich mühsam um, sie sah Zoë und das Lächeln, das auf ihrem Gesicht lag. Es war so ironisch, wie dieses ganze Mädchen immer ironisch gewesen war und nichts im Leben ernst zu nehmen schien. Und doch glaubte Zara, auf ihrem Gesicht eine Spannung zu bemerken.

»Zoë«, sagte sie leise.

»Schöne Haare«, sagte ihre Schwester, doch der Ton zeigte Zara, dass sie die Ironie nur nutzte, um ihre Wut zu kontrollieren.

»Du hast mich gesucht«, fuhr Zoë fort.

Langsam kamen die Erinnerungen zurück. An den Kampf, der gerade einmal ein paar Minuten zurücklag. Oder eine Stunde? Sie konnte es nicht sagen. Immer mehr Körperstellen meldeten sich, an denen Zoë sie geschlagen und getreten hatte.

»Wenn ich die Begrüßung richtig interpretiere, wolltest du nicht gefunden werden.«

»Nicht von einem Bullen. Und schon gar nicht von dir.«

Zoë spuckte die Sätze förmlich aus, ihre Augen glühten vor Hass.

Zara wusste, dass ihre Schwester keine Waffe brauchte, um sie umzubringen. Sie hatte es gerade bewiesen. Wenn sie gewollt hätte, dass Zara tot wäre, dann wäre sie es längst.

Doch sie lebte. Das musste einen Grund haben.

»Warum hast du mich rausgezogen?«

Zoë zuckte mit den Schultern und sah auf einmal gen Horizont. Ein Segelboot zog seine Bahn in Richtung französische Küste.

»Was willst du von mir?«

»Ich brauche dich.«

»Wozu?«

»Es gibt auf der ganzen Welt niemanden, der mir helfen könnte. Außer dir. Du hast alles, was ich brauche.«

»Was habe ich denn, was meine sieben Minuten ältere und hochgebildete Schwester nicht hat?«

Der Hohn klang hohl.

Zara antwortete nicht.

»Sag schon …«

»Du hast Mut. Und tust Dinge …«

»Du willst mich benutzen?«

Ein Moment der Stille, dann richtete Zara sich vollständig auf.

»Ja, vielleicht will ich das. Dich benutzen. Ich brauche dich, weil ich selbst nichts tun kann. Ich kann diese Dinge nicht tun, von denen ich weiß, dass sie nicht richtig sind. Also, vor dem Gesetz, meine ich.«

»Aber dein Verbrecherzwilling kann natürlich so etwas tun.«

»Zoë, es wird etwas Schreckliches passieren. Ach, es ist schon etwas Schreckliches passiert. Ein junges Mädchen ist tot. Aber es steht noch etwas anderes bevor. Ich kann das nicht verhindern. Du bist die Einzige, die es kann. Weil du hast, was mir fehlt.« Wieder wartete Zara einen Moment, als würde sie den nachfolgenden Worten mehr Bedeutung verleihen wollen. »Du bist meine andere Hälfte. Du ergänzt mich.«

Zoë sah sie immer noch nicht an.

»Das sind starke Worte für eine Verräterin.«

Zara schloss die Augen.

»Meinst du, mir macht das Spaß, zu dir zu kommen? Nach dir in der Cité zu suchen? In dein Leben einzudringen, wo ich doch weiß, dass du keinen Menschen weniger sehen möchtest als mich?«

»Du hättest es lassen können.«

»Nein, weil es einen echten Grund gibt, warum ich dich brauche.«

Zoë drehte sich zu ihr um, ihr Blick lag auf ihr. Kühl und abschätzend.

»Ich hab dir einmal geschrieben. Ich empfinde gar nichts mehr für dich. Ich hab gelernt, dich in mir auszulöschen. Aber jetzt, wo du wieder vor mir sitzt, hab ich ein Déjà-vu. Du quatschst noch eleganter rum als früher. Und du drehst dich immer noch nur um dich selbst. Darauf hab ich keinen Bock. Ich habe mein eigenes Leben. Auch wenn du es bestimmt reichlich verkorkst findest. Hat Maman dich nicht davor gewarnt, mich zu treffen? Hat sie nicht gesagt: Meine liebste Zara, lass die Finger von Zoë, sie ist gemeingefährlich?«

Zaras Bauch tat weh, und sie wusste nicht, ob es von den Schlägen kam oder von den Worten ihrer Schwester.

»So würde sie nie über dich reden. Sie liebt dich.«

»Dann wäre sie hier«, schrie Zoë auf, rasend wütend. »Dann wäre sie verdammt noch mal hier. Und nicht mit dir in einer beschissenen Nacht verschwunden. Sie könnte jetzt mit Papa das Restaurant führen. Sie könnten zusammen sein, und er wäre nicht einsam. Es wäre ein schönes Leben, jetzt, wo sie alt sind. Stattdessen sitzt er abends allein an seiner Bar und schaut keine andere Frau an, weil er Maman immer noch vermisst. Und sie ist bei dir in dem beschissenen Berlin. Je mehr ich darüber spreche, desto mehr spüre ich, dass ich dir nicht helfen kann.«

Nun war es Zara, die während Zoës Monolog zum Horizont geschaut hatte. Sie hatte ihre Schwester noch nie so lange reden hören.

»Und was machen wir nun? Soll ich jetzt einfach ins Wasser springen und wegschwimmen? Und die Menschen im Stich lassen, die in Gefahr sind? Nur, weil du mich hasst?

Zoë wies mit der Hand aufs Wasser, eine wegwerfende Bewegung in Richtung Ufer.

Und Zara? Sprang.

Sie tat es aus einem Gefühl heraus und überging damit ihr Hirn, das immer noch sagte: Sprich weiter, überzeug sie.

Sie wusste noch nicht, ob ihre Beine sie tragen und ihre Arme schon wieder Bewegungen ausführen könnten, um sie über Wasser zu halten.

Das kalte Meer belebte sie, und sie spürte, wie der Schmerz im Nu verging, weil ihr Geist sich an das Prickeln der Kälte gewöhnen musste, nach der langen Zeit auf den heißen Steinen. Wie lange hatte sie wohl dort gelegen?

Sie bewegte die Arme und schwamm. Eine ungeheure Lust durchfuhr ihren Körper, sie fühlte sich ungeheuer lebendig. Sie begann zu kraulen. Schlug das Wasser, bis es unter ihr ganz schaumig wurde, und beschleunigte immer weiter auf den Strand zu. Hinter sich hörte sie nichts, nur das Wasser, das sich schloss, in der Bugwelle ihrer schnellen Bewegungen.

Noch hundert Meter bis zum Strand, fünfzig, zwanzig, sie spürte die großen glatten Kiesel unter ihren Füßen, sie stand auf, und dann ging sie aus dem Wasser, ohne auf ihre Schmerzen zu achten, die längst wieder da waren, und ohne an sich herunterzusehen und die sich bereits verfärbenden Spuren der heftigen Schläge zu bemerken, auch in ihrem Gesicht waren welche, sie spürte sie und wusste, dass jeder an Land sie sehen würde. Es war ihr egal.

Als sie da stand, tropfend, nass, glücklich, sagte eine leise Stimme hinter ihr: »Was soll ich tun?«

ZOË

11. JULI 2018
LUNGOMARE ARGENTINA,
BORDIGHERA

Im Hintergrund lief irgendein italienischer Pop-Hit. War das Laura Pausini? Oder die andere? Carmen Consoli oder so … Zoë wusste nicht, ob die Gänsehaut auf ihren Armen von der schlechten Musik herrührte.

Niemals wäre sie hierhergegangen, wenn sie eine Wahl gehabt hätte, in eine dieser schrecklichen Strandbars mit den weißen Daybeds, den Eiskühlern und der Dauerbeschallung.

Aber da waren sie nun einmal. Sie und die andere junge Frau, die genauso aussah wie sie. Nur die Farbe ihres Bikinis unterschied sie. Und die dunklen Spuren, die von stumpfer Gewalt herrührten und mit denen nur ein Körper übersät war.

Dieses Paar hätte für deutlich zu viel Aufsehen gesorgt in ihrem kleinen Viertel am westlichen Strand von Ventimiglia. Und es hätte sie, die bisher alles richtig gemacht hatte, in Gefahr gebracht.

Also hatte sie sich ein Tuch um den Kopf gebunden und war losgelaufen, Zara im Schlepptau. Immer die Strandstraße, den Lungomare Varaldo hinunter, dann über die Torrente Nervia und weiter eine viel befahrene Straße entlang bis an den Rand von Bordighera.

Hier fühlte sie sich sicher genug.

Nun saßen sie in dieser seelenlosen Bar mit Blick auf das glitzernde Mittelmeer, das so ruhig und famos vor ihnen lag, als hätte in ihm nicht vor zwei Stunden ein Kampf auf Leben und Tod stattgefunden.

»*Per favore, per me uno Spritz, e per la signora un …?* Du trinkst immer noch nichts, oder, Schwesterherz?«

Sie hatte den ironischen Ton nicht umsonst angeschlagen, sie wollte sie treffen, immer noch. Zara schüttelte den Kopf.

»*E una bottiglia di acqua gassata. Grazie.*«

Der junge grazile Kellner betrachtete die beiden Frauen einen Moment zu lange, aber bevor er einen Flirtversuch starten konnte, sah er Zoës Blick und ließ es lieber.

»Du bist also nicht hier, weil du mich verhaften willst.«

»Gäbe es denn einen Grund?«

»Du bist der Superbulle. Sag du es mir.«

»Ich frage das nicht als Polizistin, sondern als große Schwester, die sich Sorgen macht, genau wie Maman. Auch wenn du das nicht glaubst, wie dein Brief gezeigt hat.«

»Was glaubst du denn?«

»Ich glaube, nachdem ich ein wenig Aktenkunde gemacht habe, dass du im Drogengeschäft, im Menschenhandel, bei Auftragsmorden und im Schlepperbusiness eine große Nummer bist. Und wenn ich mir Papas Restaurant angucke, dann musst du eine in der Tat sehr große Nummer sein.«

Zoë musste schlucken. Zara hatte recht, mit allem, außer mit den Auftragsmorden. So etwas tat sie nicht. Nicht mehr. Das eine Mal in Saint-Tropez war heftig schiefgegangen. Die bezahlte Tötung, die eigentlich einen der Al-Hamsis treffen sollte. Aber dann … Sie hatte den Jungen nicht vergessen, wie er da lag. Noch beinahe ein Kind.

Sie hatte eine Woche schlecht geschlafen, sich zur Tarnung die langen blonden Haare abgeschnitten und den Kopf kahl rasiert und ihrem Boss mitgeteilt, dass sie für derlei Dinge nicht mehr zur Verfügung stünde. Stattdessen hatte sie ihre Gagen für die anderen Aufträge um 30 Prozent erhöht, um die Verluste zu kompensieren. Bolatelli hatten nur mit den Schultern gezuckt.

»Schöne Tattoos«, sagte Zara und betrachtete das Gesicht auf dem linken Hüftknochen, das ohne Zweifel Zoë war. Und das Kreuz auf dem rechten Hüftknochen.

»Links bin ich.Und rechts bist du für mich gestorben«, antwortete Zoë lapidar. Zara konnte den Blick vom Kreuz nicht lösen.

»Was willst du von mir?«

Ihr Ton war kalt und hart – so kalkuliert, dass dieses Thema damit beendet war.

»Liest du Zeitung?«

»Nein.«

»Nie?«

»Ich lebe hier. Am Meer. Ich trinke Kaffee, gehe schwimmen und habe ansonsten viel zu tun. Nein. Ich interessierte mich nicht für die Welt.«

»Es gab einen Mord. Ein Mädchen. Ein Mädchen aus dem Senegal. Sie wurde ermordet. Und zwar nicht aus Versehen oder im Affekt. Es war brutal. So schlimm, dass selbst du zusammenzucken und die Nacht darauf schlecht schlafen würdest.«

Zoë wartete, bis der Kellner ihren Drink abgestellt und Zara das Wasser eingegossen hatte, nicht ohne ihr anschließend noch auf die Brüste zu glotzen. Sie würde sich den Schuppen hier merken. Noch ein Blick, und er würde am nächsten Abend blutüberströmt nach Hause wanken.

»Hast du das Mädchen gesehen?«

»Ja.«

»Du hast eine Tochter, oder?«

Wieder die kalkulierte Provokation. Und wirklich: Zara zuckte zusammen. Ihre so »perfekte« Schwester zeigte Gefühle. Zoës Herz krampfte sich zusammen.

Zara überging die Frage. »Sie war vierzehn. Sie ist nicht gestorben, weil irgendein Liebhaber sie umgebracht hat. Oder weil sie Drogen verkauft und ihre Einnahmen nicht abgeliefert hat. Das wäre ja normal für Marseille, das weißt du, aber darum geht es hier nicht.«

»Dann wärst du Superbulle auch nicht hier, oder? Sag schon, warum bist du hier?«

»Ihr Mord war mein Alarmsignal, weil ich jetzt weiß, dass schlimme Dinge passieren werden. Ich habe es am ersten Tag gesehen, an dem ich in dieser Sache ermittelt habe. Frag nicht, ich kann es dir nicht erklären. Aber du weißt, dass ich weiß, wann Dinge in eine fatale Richtung laufen.«

Oh ja, dachte Zoë, das wusste sie. Sie wusste nicht, wie Zara das machte, und sie hatte auch nicht das geringste Bedürfnis, es selbst zu können. Diese Vorahnung und dieses Vorhersagen würde sie vollkommen fertigmachen. Andererseits könnte sie ihre Tagespauschale mit dieser Fähigkeit wohl mindestens verdoppeln.

»Ich habe gedacht, ich könnte all das stoppen«, fuhr Zara fort. »Aber nein. Sie haben meinen Kollegen angegriffen. Isaakson. Er wäre fast gestorben. Ich konnte nichts dagegen tun. Und ich kann es immer noch nicht. Weil ich nicht tun kann, was verboten ist. Ich habe lange mit mir gerungen. Es gibt keine andere Lösung: Nur du kannst sie aufhalten. Nur du kannst Leben retten. Eine ungewisse Zahl von Leben. Ich darf es nicht. Und selbst wenn ich es dürfte, könnte ich es nicht.« Zara hielt inne und sprach dann ganz ruhig weiter: »Jetzt braucht es, auch wenn das noch so blöd klingt, die dunkle Seite der Macht. Zoë, du musst mir helfen.«

Die jüngere Schwester trank einen Schluck ihres Aperol Spritz, der zugleich bitter und belebend war. Sie nickte unmerklich.

ZARA

11. JULI 2018
LUNGOMARE ARGENTINA,
BORDIGHERA

»Niemand weiß, dass es mich gibt?«

»Ich habe alles durchsucht. Es gibt ein Fahndungsfoto, aber das ist derart unscharf, dass sie auch Claire Danes verhaften könnten.«

»Du hast deutlich mehr Humor als in unserer Kindheit.«

Zara sah auf. »Ein Kompliment von dir. Danke. Dafür, dass du mich vor zwei Stunden fast ermordet hast, bist du ja beinahe liebevoll.«

»Es wäre Notwehr gewesen. Außerdem ist das Meer ein schlechter Zeuge.«

Ihre Zwillingsschwester sagte das so beiläufig, dass Zara erschauerte. Sie hatte vorhin großes Glück gehabt. Zoë hatte Skrupel gezeigt. Oder ein eigenes Ziel. Egal, es hatte Zara gerettet. Gott sei Dank.

»Ich hab Isaakson vorbereitet. Er weiß nicht, dass es dich gibt. So, wie es niemand weiß. Nicht mein Mann, nicht meine Kinder. Nicht mal mein Chef Rui. Und der weiß mehr über mich als mein Mann.«

»Was heißt das, du hast ihn vorbereitet?«

»Na, auf deinen Auftritt. Er war unglaublich überrascht davon, dass ich mir die Haare abgeschnitten habe. Ich habe ihm gesagt, dass ich mich auch ansonsten verändern werde. In dem, was ich tue. Er soll sich nicht wundern.«

»Wird er sich wundern?«

»Kommt drauf an, wie krass du agierst. Er ist sehr rational. Er wird akzeptieren, was er akzeptieren muss, um den Fall zu lösen. Du musst meine Waffe nehmen.«

»Du hast eine Waffe? Du trägst doch keine, *come on*.«

Zoë sah beinahe belustigt aus. »Ich trage keine Waffe, aber ich besitze eine. Ich habe sie in meinem Koffer gehabt. Du musst sie nehmen.«

Sie wollte Zoë eine kleine Tasche reichen. Sie war sehr schwer.

Ihre Zwillingsschwester hob nicht die Hand. »Ich brauche sie nicht. Ich nehme meine.«

»Das geht nicht.«

»Ich nehme immer meine.«

»Das geht nicht.«

»Wieso nicht?«

»Deine Waffe ist nicht registriert. Wenn damit etwas passiert, werden sie dich kriegen. Du brauchst eine Polizeiwaffe.«

»Meine Waffe hat keine Seriennummer.«

»Zoë …«

»Ich helfe dir«, unterbrach ihre jüngere Schwester sie, »aber ich nehme meine Waffe.«

Zara musste es einsehen. Zoë duldete keinen Widerspruch. Sie steckte die kleine Tasche wieder ein.

»Aber ich will etwas anderes.«

»Was?«

»Das weißt du.«

»Nein.«

Doch. Zara wusste es. Aber sie wollte es nicht hergeben.

»Gib es mir«, sagte Zoë.

Sie würde auch in diesem Punkt keine Chance haben. Also grub sie in ihrer Tasche, zögerte den Moment heraus, schließlich gab sie ihrer Schwester widerstrebend das kleine rote Notizbuch.

»Ein Moment, auf den ich lange gewartet habe.«

»Mach dir keine Hoffnung. Über dich steht nichts drin.«

»Ich weiß. Das Notizbuch mit den Geschichten über mich ist viel älter. Aber es ist schön, heute Abend lesen zu können, wie du denkst. Wie du funktionierst.«

»Ich hoffe, dass du heute Abend schon dabei bist, den Fall zu lösen. Es gibt eine Lücke im Buch. *Europol* hat ein Problem, mir den Namen zu besorgen, der zu einem Autokennzeichen gehört. Ein Wagen, der gerade vor der Moschee wegfuhr, als wir dort ankamen. Es gibt einen Sperrvermerk. Du musst das Kennzeichen besorgen.«

Zoë nickte, während Zara fortfuhr.

»Hier, nimm mein Handy. Das ist die Nummer von meinem zweiten Handy, da erreichst du mich.«

Sie kritzelte eine deutsche Nummer auf den Getränkebon.

»Was machst du?«

»Ich fliege nach Hause. Zwei blonde Frauen, die einander sehr ähnlich sehen, in einer Region – das wäre dir sicher auch zu gefährlich, oder?«

»Ich hätte dich als Nächstes genau dazu gezwungen.«

»Siehst du? Ich kenne dich.«

»Wie geht's Maman?«

»Es geht ihr sehr gut. Ich würde sagen: Es ging ihr nie besser.«

Sie wollte zumindest einen Punkt machen.

»Vermisst sie Papa? Und mich?«

Zara sagte nichts, sie schaute aufs Meer.

»Du kannst es nicht lassen, oder? Du nutzt Maman immer noch als deine Geisel.«

Jetzt war es Zara, die eiskalt antwortete: »Lös den Fall. Du bist bei uns immer willkommen.«

»Kein Bedarf. Die deutschen Bullen sind mir zu clever. Ach, eins noch: Woher wusstest du, wie ich aussehe? Heute, meine ich. Auf meinem Fahndungsfoto, diesesem unscharfen Mistding, sehe ich ganz anders aus. Hat mir der Bulle besorgt, den ich schmiere.«

»Du weißt es vielleicht nicht. Aber Papa schickt mir immer noch zu jedem Weihnachtsfest eine Karte mit einem Foto. Von dir und ihm. Da hattest du die blonden kurzen Haare drauf. Und die Lederjacke. Hab ich alles originalgetreu nachgekauft. Ich wusste, wenn du einmal einen Style hast, der dir gefällt und der nicht bei der Polizei bekannt ist, behältst du ihn eine Weile.«

Zoë schaute Zara lange und durchdringend an. Dann sagte sie: »Du bist genauso durchtrieben wie ich. Nur weiß ich, wie ich diese Eigenschaft nutze.«

ISAAKSON

12. JULI 2018
HÔTEL MAMA SHELTER,
MARSEILLE

Endlich war er raus aus diesem furchtbaren Krankenhaus. Die Franzosen hatten aber auch ein Gesundheitssystem – es war ja nicht auszuhalten.

Daheim in Schweden konntest du im *sjukhus* vom Boden essen. Hier war es, als müsstest du den Boden essen. Dabei hielten die Franzosen sich für die besten Köche der Welt – bei der Krankenversorgung galt das sicher nicht.

Er konnte sich nur vage an Zaras Besuch erinnern. Es war alles verschwommen. Verfluchtes Schmerzmittel. Aber er wusste irgendwie noch, dass er hinterher reichlich verwirrt war, weil sie völlig undurchsichtige Dinge gesagt hatte mit den wenigen Worten, die für sie üblich waren.

Und dabei hatte sie auch noch unglaublich heiß ausgesehen. Irgendwie erinnerte er sich an eine völlig andere Frisur, aber er kriegte das Bild nicht wieder in seinen Kopf …

Verdammt. Er wollte die Mistkerle drankriegen, die ihn niedergeschlagen hatten. Es war ein Totschläger gewesen. Er vermutete einen Teleskopschlagstock. Damit hätten die Lichter auch gut für immer aus sein können, wenn der Typ seine Waffe gekonnter eingesetzt hätte. Er hatte immenses Schwein gehabt.

Isaakson hatte keinen Zweifel, dass er die Wichser drankriegen würde. Polizist hin oder her. Die würden zumindest mal kurz den Sand des Marseiller Straßenlandes fressen dürfen, wenn er sie verhaftete. Sollte Zara halt danebenstehen und ihn mit ihrem »Psst« ermahnen, diesmal würde er es durchziehen.

Er sah aus dem Fenster seines durchdesignten Hotelzimmers auf die Rue de la Loubière. Downtown-Marseille. Hier war nichts zu sehen vom schicken Hafen und dem neu gebauten Luxus-Museum. Hier standen die windschiefen provenzalischen Häuser mit ihren Bewohnern aus allen Anrainerstaaten des Mittelmeers. Er mochte diese Gegend viel lieber als den gentrifizierten Quatsch weiter unten in der Stadt.

Es klingelte. Er ging zur Tür.

Da stand sie. Und sah ihn an, den Kopf leicht schief gelegt, als sehe sie ihn zum ersten Mal.

Sie lächelte.

Jetzt sah er sie wieder an seinem Krankenbett sitzen, das Bild kam augenblicklich zurück: die kurzen blonden Haare. Die Lederjacke. Die Jeans mit den ausgerissenen Fäden am rechten Knie. Er bemerkte ihren Blick. Anders irgendwie. Frecher, beinahe kess. Was für ein bescheuertes Wort, dachte er.

»Hallo, Zara.«

Er hätte sie gern umarmt, so froh war er, sie zu sehen und am Leben zu sein. Dennoch hätte er das natürlich nie gewagt.

»Isaakson.«

Ihre Stimme klang vertraut und fremd zugleich.

»Wie geht's dir?«

»Das sollte ich dich fragen.«

Zara lachte. Sie klang freundlich, ihm zugewandt.

»Ganz gut. Hab noch ab und zu Kopfschmerzen. Aber ich mag nicht mehr hier herumsitzen. Können wir was tun?«

»Los geht's«, sagte sie und zeigte zur Tür.

Er war verwirrt, aber es dauerte nur kurz. Er ging zum Schrank, öffnete den Hotelsafe und nahm seine Pistole heraus. Er legte sich das Holster um und ging durch die Tür, die sie immer noch offen hielt.

»Wohin?«

»Erst in die Moschee, dann in die Préfécture. Wir brauchen eine Auskunft.«

»Du weißt doch, dass die uns nicht helfen, die Wichser.«

»Wir werden sehen.«

ZOË

12. JULI 2018
MOSCHEE VON LA CASTELLANE,
MARSEILLE

Als der Wagen die rumpelige Straße nahm, die sie immer tiefer in die Banlieue hineinführte, vorbei an den schmutzigen Hochhäusern und Autowracks, war es, als fahre sie zu einem neuen Auftrag. Mit einem neuen Partner.

Gleich würde sie aus einem Container sechs Taschen mit Koks holen und dann auf die Autobahn rasen, drei Audi A8 im Schlepptau.

Aber nein, diesmal saß sie in einem Clio. Ihr Ziel war die Moschee im Bernex-Quartier, in dem sie schon so oft war, dass sie es genauso gut kannte wie ihren aktuellen Kontostand. Und der Typ neben ihr war ein Bulle.

Merkwürdig, wie das Leben ihr in den letzten Tagen mitgespielt hatte.

Wobei eines am merkwürdigsten war: der Hauptgrund dafür, dass sie jetzt hier war. Denn es war ja gar nicht so, dass Zara ihr Auftraggeber war. Und der Grund ihres Interesses an ihrer Sache.

Als ihre ältere Schwester von dem toten kleinen Mädchen gesprochen hatte, war es ihr klar geworden: Es war die gleiche Sache, auf die Bolatelli sie angesetzt hatte.

Das große Ding, das bevorstand und das den größten Mafiaboss Frankreichs offenbar bis ins Mark beunruhigte.

Als ihr das klar wurde, war sie ins Wasser gesprungen und Zara hinterhergeschwommen. Sie hatte immer wieder abbremsen müssen, um ihre Schwester nicht zu überholen. Und dennoch musste sie zugeben, dass Zara wirklich gut schwimmen konnte. Dabei hatte sie ihrer leicht autistischen Schwester bisher immer nur die tagelange und fehlerfreie Lektüre von Büchern zugetraut.

Was wollte Bolatelli mit diesem Fall? Was war es, das mit dem Tod dieses Mädchens zusammenhing?

Aïcha Sissoko.

Sie murmelte den Namen immer wieder vor sich hin und bemerkte, wie Isaakson sie immer wieder vom Beifahrersitz her studierte.

Der Mann war allerdings eine Überraschung gewesen.

Blond, groß, ein Körper wie ein Gemälde.

Ein schwedischer Traum.

Und dazu dieses jungenhafte Lachen, mit dem er sie beim ersten Kennenlernen bedacht hatte. Zara war echt zu beneiden.

Wenn Zoë daran dachte, wie ihr bester Partner, Xavi, aussah – ein abgebrochener Zwerg von einem Korsen, schütteres Haar, Raucherlunge, dafür aber liebenswert und loyal wie ein Bruder.

Zoë hätte niemals getauscht.

Sie hielt vor dem Gebäude an, in das sie noch nie einen Fuß gesetzt hatte. Feindesland.

Jeder Ganove hier im Quartier und in ganz Marseille wusste das.

Das hier war nicht Bolatellis Revier.

Sie sah an sich hinunter.

Es war ein Risiko. Aber ein minimales. Hier kannte sie niemand. Auch wenn alle hier ihren Spitznamen kannten, über den sie selbst nur herzhaft lachen konnte.

Einige Männer nahmen die breite Eingangstür, offenbar fand in wenigen Minuten das Vormittagsgebet statt. Zwei verschleierte Frauen steuerten auf eine andere Tür weiter hinten zu. Die Männer drehten sich nach ihr um, als sich Zoë anschickte, hinter ihnen in die Moschee einzutreten. Einer wollte wohl etwas sagen, doch Isaaksons Blick stoppte ihn.

Zoë ließ dem Schweden den Vortritt, schließlich war er im Gegensatz zu ihr schon mal hier gewesen.

ISAAKSON

12. JULI 2018
MOSCHEE VON LA CASTELLANE,
MARSEILLE

Ein anderer Mann stand vor den Gläubigen und hielt die Predigt. Sie gingen tiefer hinein und blieben vor dem Büro des Imams stehen. Eine gedämpfte, aber drängende Stimme war zu vernehmen.

Zara klopfte und trat, ohne eine Antwort abzuwarten, ein. Isaakson folgte und traute seinen Augen nicht.

Da saßen der Imam und Aïchas Vater. Das Gesicht des Mannes war verzerrt, offenbar hatten sie heftig diskutiert. Als er die Polizisten sah, entspannten sich seine Züge sofort.

»Oh, die Herrschaften von Europol«, begann der Imam, und er klang genauso schmeichelnd wie vor wenigen Tagen. Diesmal reichte er Zara aber nicht die Hand. Sicher schickte es sich nicht, wenn ein gläubiger Muslim im Raum war.

»Was kann ich für Sie tun?«

Zara begann ohne lange Vorrede.

»Ein glücklicher Zufall, dass wir Sie beide hier antreffen. Zuerst einmal möchte ich Sie noch einmal fragen, lieber Imam, wer da bei Ihnen kondolierte, als wir beim letzten Mal hier waren?«

Der Imam lächelte verbindlich.

»Ich habe doch gesagt, dass das die Sache von mir und meiner Moschee ist. Und dass der Besuch nichts mit dem tragischen Vorfall zu tun hatte.«

»Werter Herr Imam, Sie wissen natürlich nur zu gut, dass

wir beim zweiten Mal nicht mit leeren Händen herkommen. Sie wissen, dass Ihre Moschee Gegenstand von Ermittlungen ist. Die Tatvorwürfe sind …«

»Junge Frau, Sie sind ja viel drängender als beim letzten Mal, nicht wiederzuerkennen. Aber nun gut, es hat jeder einmal einen schlechten Tag. Ich kann Ihnen sagen, dass wir den jungen Menschen in diesem Viertel eine gute Orientierung bieten und sie von der Straße holen. Der Rest sind Gerüchte. Wie Sie sehen, ist die Moschee offen, und ich bin Imam. Wäre es anders, wäre längst geschlossen.«

Sie antwortete nicht und sprach ziellos in den Raum hinein. »Monsieur Sissoko, fanden Sie Aïchas Umgang und ihre Vorstellung von einem freien Lebens unangemessen?«

Die Wangen des Schwarzen bekamen einen roten Glanz.

»Was meinen …«

»Fanden Sie Ihre Tochter zu modern?«

»Sie war eine Sü–«

»Mademoiselle«, fuhr der Imam dazwischen, »nun hört es aber auf. Hier ist ein trauernder Mann, und Sie stellen derart provozierende Fragen. Ich dachte, Sie seien anders als Ihre Kollegen in Marseille. Aber nein, Sie haben wohl auch die gleichen Ideen im Kopf. Dass hier in der Cité nur potenzielle Fanatiker und Vergessene wohnen. Aber ich kann Ihnen …«

»Sparen Sie sich das, Monsieur. Danke. Einen schönen Tag.«

Sie stand auf und ging schnell hinaus, Isaakson entschuldigte sich mit einem Kopfnicken und folgte Zara aus dem Gotteshaus heraus.

ZOË

12. JULI 2018
HÔTEL DE POLICE,
2, RUE ANTOINE BECKER, MARSEILLE

Zara hatte darauf gedrängt, dass sie das Kennzeichen entschlüsseln solle. Sie vertraute ihrer Schwester nicht einen Zentimeter weit – und doch wusste sie, welch beinahe übernatürliche Gabe sie hatte: Dinge zu sehen, die allen anderen verborgen blieben. Ereignisse zu spüren, bevor selbst die Protagonisten ahnten, dass sie geschehen würden.

Deshalb ging sie nun am *Maison de la Boule* vorbei. Vor dem Geschäft saßen die alten Männer auf dem kleinen schattigen Platz und warteten darauf, dass jemand vorbeikam und die silbernen Kugeln kaufen wollte, die den provenzalischen Nationalsport ausmachten.

Nur eine Kurve noch, dann sah sie die Kathedrale *La Major*. Und schon stand sie vor der Höhle des Löwen. Das Hauptquartier der Police Nationale. Ein kalter Schauer erfasste sie und lief ihr den Rücken hinab.

Würde sie reichen, die Tarnung? In der Banlieue war das etwas anderes gewesen. Aber hier?

Gab es wirklich kein neueres Phantombild? Wäre es nicht deutlich besser gewesen, Zara hätte ihre Haare behalten – und Zoë hätte mit einer Perücke gearbeitet, um ihr ähnlicher zu sein, und nicht umgekehrt?

Sie spürte Isaakson an ihrer Seite, ging auf den wachhabenden Polizisten mit der schweren Maschinenpistole zu und zeigte Zaras Polizeiausweis.

»Europol« stand darauf. Und Zaras Foto. Isaakson tat es ihr nach.

Der Mann salutierte und trat zur Seite.

Jetzt gab es kein Zurück mehr.

12. JULI 2018

Telefonat auf +33 8 8102 5622

»Erzähl, was los ist. Habt ihr alles?«

»Nu' mach mal nicht so 'nen Stress.«

»Ey, halt die Fresse. Die Bosse wollen es wissen. Und die zahlen schließlich deine Kohle. Also verarsch mich nicht.«

»Mann, Diarra. Ich hab doch gesagt, wir kriegen das hin.«

»Wenn du beschissener Penner jetzt noch einmal meinen Namen sagst, schneid ich dir dein beschissenes Ohr ab. Hast du verstanden?«

»Ja, *habibi,* sorry.«

»Was heißt, Ihr kriegt alles hin? Habt Ihr etwa immer noch nicht die Knarren? Oder das andere?«

»Wir haben die Knarren. Das andere dauert noch, aber heute müsste es so weit sein. Ich hab Abdul gefragt. Der hat bessere Connections.«

»Du hast was?«

»Abdul gefragt.«

»Bist du ein Hurensohn oder was? Ich habe dir doch gesagt, dass ihr keinen einweihen sollt.«

»Wir hams allein nicht hingekriegt, Mann. Und du hast doch gesagt, wir müssen uns beeilen. Übermorgen soll die Party steigen. Außerdem haben wir ein Problem.«

»Ich hab mit euch Wichsern doch nur Probleme. Was ist denn jetzt noch?«

»Lamine. Er kackt rum, weil die Kleine tot ist. Und er richtig Muffensausen hat. Er braucht Stoff. Und ich hab keinen hier. Ich will nicht, dass er Scheiß baut.«

»Wenn er Scheiß bauen will, leg ihn um.«
»Das geht nicht. Wir brauchen ihn. Der Kerl kennt keine Grenzen. Aber dafür braucht er Stoff.«
»Ich besorg euch was.«
»Gut, danke, *habibi.*«
»Was ist mit Abdul? Vertraust du ihm?«
»Mann, der is 'ne große Nummer im Viertel. Der baut keinen Scheiß. Was soll er denn machen?«
»Zum großen B gehen. Hieß es nicht mal, er arbeitet für ihn?«
»Hab ich nix von gehört.«
»Du lügst, Wichser. Er könnte auch zu den Bullen gehen. Was weiß ich …«
»Das macht der nicht.«
»Der Typ hat es auf Kohle abgesehen. Der will nicht, was wir wollen.«
»Der Typ kriegt doch aber Kohle. Wir machen halbe-halbe. Der hat keine Fragen gestellt.«
»Okay, besorgt das Zeug und passt auf, dass es gut ist. Ich will, dass es richtig schön rumst, wenn wir die Aktion durchziehen.«
»Wird es, *habibi.*«
»Wenn es klappt, werdet ihr fürstlich entlohnt. Auch Lamine. Dann kann der sich Stoff kaufen für alle Zeiten.«
»Meinst du, der kommt da raus? Lebend, meine ich?«
»Du musst die Ruhe bewahren. Verstanden?«
»Klar, *habibi.* Sag dem Boss, übermorgen ist alles bereit.«

Ende des Gesprächs

»Beschissene Hurensöhne. Mit den Hohlbirnen kann man echt keinen Staat machen.«

ZOË

12. JULI 2018
HÔTEL DE POLICE,
2, RUE ANTOINE BECKER, MARSEILLE

»Was suchen wir?«, fragte Isaakson, als sie die Treppe hinaufstiegen, dorthin, wo sie den Kerl vermutete, der ihr schon seit Jahren das Leben schwer machte.

Der ihr sogar den Umzug nach Italien beschert hatte, wenn sie ehrlich war.

Sie fühlte sich in Frankreich nicht mehr wohl, seit die *flics* ihr nach der Nummer in Saint-Tropez vor zweieinhalb Jahren auf die Pelle gerückt waren. Und nun marschierte sie ihm vielleicht in wenigen Sekunden vor die Füße.

»Wir müssen wissen, welches Kennzeichen zu der Limousine gehört, die ihr … äh, wir vor der Moschee gesehen haben.«

Sie biss sich auf die Lippen. Mist. Sie hatte sich den ganze gestrigen Abend und die Anreise nach Marseille über vorbereitet, alle Möglichkeiten einstudiert – und dann verhaspelte sie sich beim ersten beruflichen Satz, den sie mit Isaakson wechselte.

Er schien nichts gemerkt zu haben.

Sie beobachtete, wie er die Treppe nahm, sein athletischer Körper, der aufrechte Gang, immer eine Stufe nach der anderen, dazu diese blonden Haare.

»Warum haben wir die Info nicht aus Den Haag bekommen?«

»Ich hab das versucht, als du im Krankenhaus lagst. Aber es gab einen ganz merkwürdigen Sperrvermerk. Es war nicht herauszukriegen, auf wen es zugelassen ist. Sondern nur, dass es irgendwie zur Regierung gehört. Informationen seien in der Präfektur de Marseille einzuholen.«

»Merkwürdig.«

Statt einer Antwort ging sie schnurstracks weiter. Sie kannte den Bau von einer Skizze aus Zaras Notizbuch. Nicht einfach von irgendeiner Skizze. Zara hatte das Stockwerk detailgetreu nachempfunden, als würde sie einen Fluchtwegeplan anfertigen. Die dünnen Bleistiftstriche waren schnurgerade wie mit dem Lineal gezeichnet, selbst die Anzahl der Bürotüren stimmte.

Zoë fragte sich, wie lange Zara die Stockwerke studiert hatte. Hätte ihr jemand gesagt, dass der Zeichner höchstens eine halbe Stunde in dem Gebäude gewesen war, hätte Zoë denjenigen für verrückt erklärt. Doch bei Zara war das etwas anderes. Bei ihr glaubte sie es sofort.

Vor der vierten Tür links hielt sie.

»Polizeiliche Kraftfahrzeugregistratur« stand an der Tür.

Zoë öffnete, ohne anzuklopfen, und hörte, wie Isaakson hinter ihr leise die Luft einsog.

Sie stand vor einem niedrigen Schreibtisch, dahinter ein drahtiger Mann um die vierzig, dessen kleine Augen unablässig über den Bildschirm flogen, vor dem er saß.

Er richtete sich auf, als die beiden Polizisten genau vor seinem Schreibtisch standen.

»Anklopfen wäre nett«, meinte er mürrisch.

»Wir müssen nicht nett sein«, antwortete Zoë, und ihr Ton schwankte zwischen Kühle und Ironie.

»Ach nein?«, fragte der Mann und sah Zoë seinerseits mit einer hochgezogenen Augenbraue an.

»Wer sind Sie denn, Sie?«, fragte er, und nun hörte auch Zoë, dass er ein Marseillais war, seine Worte kamen wie kleine Salven – schnell und zusammengezogen.

»Europol. Wir müssen etwas herausfinden.«

»Gehen Sie zu Commissaire Navarro. Solche Sachen kann nur er entscheiden.« Dann blickte er wieder auf den Bildschirm.

Zoë bewegte sich keinen Zentimeter.

»Ich denke, Sie haben mich nicht verstanden. Ich habe Sie nicht um eine Auskunft gebeten. Ich habe vielmehr gesagt, dass wir etwas herausfinden müssen. Ein Kennzeichen.«

Genervt sah der Mann wieder auf und blickte sie frontal an. »Haben Sie nicht gehört? Was sind Sie denn für eine neunmalkluge Kollegin? Gehen Sie zu Navarro. Unglaublich, keine Manie–«

Zoë war in einer einzigen Bewegung um den Tisch herumgegangen und hatte sich schon im Gehen den riesigen Tacker gegriffen, der auf dem Tisch stand.

ISAAKSON

12. JULI 2018
HÔTEL DE POLICE,
2. RUE ANTOINE BECKER, MARSEILLE

Der Schwede konnte die Tür gar nicht schnell genug schließen. Er traute seinen Augen nicht.

Zara hatte sich neben den Mann gestellt und ihm erst die Hand auf dem Tisch verdreht, um ihm dann drei riesige Tackernadeln durch die dünne Haut zwischen den Fingern zu treiben.

Es knallte, als sie das Gerät mit Wucht nach unten drückte.

Sofort färbten sich die umherliegenden Papiere rot, denn das Blut floss wie ein Bach aus den gut durchbluteten Händen. Der Mann schrie gekrümmt: »Aufhören …«

Doch Zara sagte in gleichmütiger Stimmlage: »Kein Wort, Kollege, oder du hast gleich noch mehr Schmerzen.«

Daraufhin brach der Polizist seinen Satz ab und wimmerte nur noch leise vor sich hin, während Zara seinen Arm keine Sekunde aus ihrem Schraubstockgriff entließ, den Tacker in der anderen Hand, jederzeit bereit weiterzumachen.

Isaakson bemerkte, wie sie ihn ansah, während er nur Augen für den Polizisten in seiner misslichen Lage hatte.

Krass war das, dass Zara derart austickte. Beim letzten Mal bei Navarro war sie doch sofort friedlich abgezogen, und der war noch weit unfreundlicher und abweisender gewesen.

Was war denn hier los?

Er erinnerte sich an ihre Worte am Krankenbett. Sie könne in den nächsten Tagen etwas merkwürdig drauf sein.

Damals hatte er sich nichts dabei gedacht.

Wie merkwürdig konnte die ohnehin merkwürdige Zara schon sein?

Nun fragte er sich, ob er sich doch besser hätte auf neue Merkwürdigkeiten vorbereiten sollen.

»Nun mach schon«, sagte sie und meinte augenscheinlich ihn.

»Was machen?«

»Na, das Kennzeichen checken, komm rum hier, ich hab keine Hand frei …«, sagte sie und rollte den auf seinem Bürostuhl gekrümmten Polizisten ein Stück vom Computer weg. Das Blut tropfte auf den Fußboden.

Isaakson ging um den Schreibtisch herum, versuchte, Zara und den Kollegen zu ignorieren, und hockte sich vor die Tastatur, um das Programm für die Kennzeichenregistratur zu öffnen.

Als die Suchmaske offen war, tippte er *AA-325-FR* ein und bestätigte mit *Enter*.

Es erschien eine Eingabemaske für einen speziellen Code.

»Hier steht *Bitte geben Sie Ihren Code der Police Nationale de Marseille ein*«, las Isaakson.

»Gib ihn uns«, sagte Zara, und der Schwede hörte wieder die Kälte in ihrer Stimme, die ihm seltsam fremd vorkam.

»Kann ich nicht, das kann ich wirklich ni–«, wimmerte der Mitarbeiter.

»Den Code«, sagte Zara, ließ den Tacker fallen und griff mit der freien Hand den Kopf des Mannes. Dann ließ sie ihn mit aller Kraft auf die Schreibtischplatte sausen. Er konnte sich nicht mal dagegen sträuben, so starr war er mittlerweile vor Angst.

Isaakson hörte den Knall, als der Kopf aufschlug, es gab ein knackendes Geräusch, das sich anhörte, als wäre die Nase in Stücke gebrochen.

Zara riss seinen Kopf wieder hoch.

»Jetzt sag mir den verdammten Code, du Hurensohn, oder ich mach dich fertig …«

Isaakson war wie gelähmt. Er wollte dazwischengehen. Aber er konnte es einfach nicht. Er konnte nur die brutale Szenerie beobachten: diese schlanke zierliche Frau, die sich einen Mann untertan gemacht hatte, allein durch physische Kraft und Angst vor noch schlimmeren Schmerzen.

Und er hörte wie durch einen Nebel, wie der Südfranzose, mit Blut im Mund, eine Nummer ausspie, atemlos fast, erschöpft, als verrate er ein jahrhundertealtes gut gehütetes Geheimnis.

»D3MAHT4.«

Isaakson gab die Buchstaben- und Ziffernfolge, ohne zu zögern, in den Computer ein. Sofort öffnete sich ein weiteres Fenster.

»Es hat geklappt, Zara«, brachte er hervor, in der Hoffnung, sie möge ihren Griff lockern. Loslassen könnte sie den Kollegen nicht, das war ihm klar. Dann würde er Alarm schlagen – und sie beide würden verhaftet. Was würde Europol sagen? Na gut, ein echtes Problem hatten sie ohnehin, denn der Kerl würde ja bezeugen, was passiert war, sobald Zara außer Reichweite war. Aber nun wandte sich Isaakson wieder dem Desktop zu:

»Zugelassen auf die Police Nationale.«

»Ein Bullenwagen?«

»So steht es hier. Warte, da steht noch mehr. Ein Personenbegleitfahrzeug für einen Politiker.«

»Wusste ich's doch, dass was dahintersteckt. Für wen?«

»Momentan im Einsatz in Cavaillon. Besondere Schwere der Sicherheitsgefährdung. Deshalb gibt es zwei Beamte im Wagen.«

»Für wen, Isaakson, sag schon …«

»Für den Bürgermeisterkandidaten von Cavaillon, Pierre-Eric Maréchal.«

Er sah, wie bei seiner Partnerin das Erkennen einsetzte.

»Wer ist das, Zara? Sag schon, ich kenne als Schwede nicht jeden eurer politischen Wohltäter.«

»Sagen wir mal so, er ist ein rechtsextremer Wichser und zugleich die größte Hoffnung der neu gegründeten Bewegung *La Grande Nation*. Ein Islamkritiker, wie er im Buche steht. Gegen den ist Geert Wilders ein Gutmensch. Voller wilder Propaganda und Verschwörungstheorien. Will Präsident werden, ganz im Ernst. Steht bei vielen Jungs in den Banlieues auf der Todesliste. Deshalb wundert mich …«

»Was wundert dich?«

»Ach nichts. Gehen wir …«

Sie beugte sich wieder zu dem Polizisten herunter, dem das Blut aus der Nase lief, den Kopf immer noch fest im Griff beider Hände, den Arm hatte sie in der Zwischenzeit freigegeben.

»Okay, du Arsch. Wir waren nie hier. Und vor allen Dingen: wir wollten nichts von dir wissen. Wenn ich höre, dass du über uns redest, besuche ich dich zu Hause. Und dann is nix mehr mit Arsch breitsitzen und abends schön am Hafen Pastis trinken. Dann ist Krankenhaus – wenn's gut läuft. Blinzele, wenn du das verstanden hast.«

Der Mann schwitzte, all das Blut im Gesicht, an den Händen, er würde sowieso ins Krankenhaus müssen.

Aber er vermochte es gerade noch so, zu blinzeln.

»Gut, das war's. Los, wir hauen ab.«

Das ließ sich Isaakson nicht zweimal sagen.

Er betete, während dieser Ermittlungen das Commissariat in Marseille nicht noch einmal betreten zu müssen. Vor allem nicht mit Zara, die mit einem Schlag von einem autistischen Lamm zu einer gewalttätigen Furie geworden war.

ZOË

12. JULI 2018
PLACE FERNAND LOMBARD,
CAVAILLON

Er hatte sie die ganze Fahrt über so merkwürdig angeguckt. Aber gesagt hatte Isaakson kein Wort. Auf dem ganzen Weg hinaus aus der Innenstadt, vorbei an der Cité im Norden, die Zoë so vertraut war, als würde sie hier immer noch allwöchentlich Geschäfte machen.

Dann vorbei am *Étang* und dem Flughafen auf die A7, und dann immer nach Norden in Richtung Lyon, um eine halbe Stunde hinter Aix-en-Provence abzufahren.

Sie hatte nach einer Weile das Radio angestellt, die Stille war ihr zuwider. *Radio Nova* spielte irgendeinen Hip-Hop aus der Pariser Banlieue, den Zoë nicht richtig zuordnen konnte. Seitdem sie in Italien wohnte, war sie bei den schwarzen französischen Rappern nicht mehr ganz auf dem Laufenden.

Sie fand, dass Isaakson, nachdem sie die Musik angestellt hatte, noch überraschter aussah.

Verdammt, sicher hörte Zara nie Musik. Oder – wenn überhaupt – dann *France Culture*.

Sei's drum.

Die Aufgabe war nicht gewesen, sich zu verstellen. Sondern den verdammten Fall zu lösen.

Sie konnte sich nicht erinnern, in diesem Dreckskaff schon einmal gewesen zu sein.

Cavaillon bestand in seinen Ausläufern aus schmutzigen Neubauten und ziemlich schäbigen Gewerbegebieten. Auch im Zentrum wurde es nicht deutlich besser. Der Touristentraum der Provence mit Lavendel, Boules und pittoresken Feldsteinhäuschen erfüllte sich hier nicht.

Zoë musste sowieso immer lachen über die Verklärtheit der belgischen, schweizerischen und deutschen Touristen, die zu Zehntausenden hierherreisten und keine Ahnung hatten, was zwanzig Kilometer weiter südlich in Marseille los war: Drogen, Schießereien, Prostitution und Bandenkriminalität. Politik und Fremdenverkehrsämter gaukelten eine ungeheure Idylle vor – sie hatten aus Marseille eine scheinbar heile Hafenstadt gemacht, eine Fassade, die nur aufrechtzuerhalten war, wenn der Besucher blind und taub war.

Die kleinen Gassen Cavaillons wurden enger, am Ende stand ein Citroën der Police Municipale und sperrte die Straße zur Mairie.

Zoë parkte am Rand, und sie stiegen aus.

Lärm war zu hören. Sprechchöre. Tröten.

»Was ist hier los?«, fragte Zoë den dicken Dorfbullen, der sich an sein Auto lehnte und einen Zigarillo rauchte.

»Wahlkampf. Sie können da nicht stehen bleiben.«

Isaakson zeigte seinen Ausweis.

»Was is'n das für'n Wisch?«, fragte der Mann.

»Europol.«

»Oh, Europol. Hier im Süden sind wir ja alles große Europäer«, erwiderte der Dorfbulle und lachte laut.

»Wir sind nicht hier, um Sie anzuwerben«, sagte Zoë. »Wer kämpft denn?«

»Maréchal. Guter Typ. Wird ein klasse Bürgermeister. Ich arbeite gern unter dem.«

»Der Nazi wird also Ihr neuer Chef?«

Der Polizist stutzte und blickte Zoë an, als hätte sie ihre Waffe gezogen.

»Wie haben Sie ihn genannt?«

»Nazi. Problem damit?«

»Na hören Sie mal, Mademoiselle. Der Mann benennt die richtigen Probleme, die wir in der Region haben. Und er wird, anders als die fetten Säcke von den Konservativen, nicht nur Reden halten, sondern auch handeln. Was ist denn, wenn wir einen von den kleinen Dealern hochnehmen? Der lacht uns aus. Ist am selben Abend draußen und versucht, uns mit 'nem Motorroller zu überfahren. Das muss aufhören, dieser Scheiß mit dem Pack.«

»Herrje, wenn es so weit ist, dass fette Dorfbullen zu rassistischen Arschlöchern werden, dann seh ich ja wirklich schwarz für *La Grande Nation*. Aber gut, ich geb Ihnen einen Tipp: Keine Sorge vor dem Motorroller. Bei Ihrer Statur haben Sie sicher nicht mal 'n Kratzer. Schönen Tag.«

Der Dorfbulle öffnete erneut seinen Mund, um loszuschimpfen, da drehte sie schon ab und ging in Richtung Rathausvorplatz, Isaakson hinter ihr her.

»Willst du jetzt alle Kollegen von hier bis Paris gegen uns aufbringen?«

»Hmm?«

»Ach komm, Zara. Du hast mich gebeten, dein Verhalten nicht zu hinterfragen. Aber für mich sieht es so aus, als ob du alle Zurückhaltung der letzten zwei Jahre über Bord geworfen hast, weil man deine Medikamente umgestellt hat.«

Zoë musste lachen. So musste es wohl wirken. Sie konnte sich blendend vorstellen, wie Isaakson vorher über Zara gedacht hatte.

Die Ultrakorrekte.

Die Emotionslose.

Die Frau ohne Lachen.

Er würde wirklich eine neue Zara kennenlernen. Dennoch musste sie ihre Rolle spielen.

Sie drehte sich abrupt zu ihm um. So abrupt, dass er gegen

sie stieß. Ihr Kopf war ganz nah an ihm. Er roch gut. Eine leichte Wolke von *Eau de Toilette.* Deutlicher aber der Duft eines Mannes, der einen halben Tag durch die Sonne der Provence gefahren war. Nicht unangenehm, kein Schweiß oder so. Nur Männlichkeit.

»Isaakson, hör zu. Ich mach mir Sorgen, dass hier was richtig Krasses im Busch ist. Deshalb hab ich mir gesagt, ich muss hier mal einen Zahn zulegen. Die Regeln nicht mehr ganz so genau auslegen, verstehst du?«

Er nickte. »Versteh ich. Und du weißt, dass das meine Maxime ist, mit der du bisher nichts anfangen konntest. Versuch bitte dennoch, nicht jedem Bullen den Arm oder das Herz zu brechen. In Ordnung?«

Sie lachte und drehte sich wieder um.

Kurz darauf standen sie auf dem Rathausplatz. Im Rücken einer Menschenmenge.

Zoë sah reichlich Trikolore-Flaggen und viele alte Herren, die allesamt aussahen wie der Dorfbulle. Wütende verhärmte Gesichter. Ohne Zweifel, das hier waren nicht die Sozialisten. Und richtig: dort vorne war eine, da drüben noch eine: Flaggen der Partei LGN.

Auf der Bühne, ganz weit vorne, das Emblem der Partei, sechs, sieben Würdenträger aus der Region und aus Paris, allesamt im Anzug, und zwei blonde Frauen in je einem scheußlichen Kostüm. Am Redepult ein Mann, den Zoë kannte, weil die Jungs in der Cité über ihn sprachen. Maréchal. Der Hoffnungsträger. Klein, dunkel, feine blaue Anzughose, das Sakko hatte er übers Pult geworfen, die Ärmel des weißen Hemdes hochgekrempelt. Er schwitzte so stark, dass das Hemd klitschnass war. Keine Krawatte. Ein hemdsärmeliger Politiker, so sollte das Image sein.

Seine Worte, hineingeschrien in das miese Mikrofon der Veranstalter, ließen den Platz förmlich beben. Selbst aus den

Sandsteinwohnhäusern neben dem Rathaus hingen Bewohner aus den Fenstern, einige klatschten. Über allem flatterte die große Trikolore an der Mairie.

»Und ich sage euch: Wenn ihr euch in vier Tagen richtig entscheidet, dann wird Cavaillon eine gute Zukunft haben. Eine rosige Zukunft. Und vor allem: eine französische Zukunft. Kein Multikulti. Kein Maghreb in Frankreich. Stattdessen: Gute Heimreise. Oder ab in den Knast.«

Jubel brandete auf. Es erinnerte Zoë an Nazidokumentationen, wie laut die Menge schrie und klatschte, wie in all diese alten Männer, die zu Hause sicher schon emotionslose Halbleichen waren, wieder mächtig Leben gehaucht wurde.

»Ich sage euch: Schaut euch die Städte ringsum an. Die Kriminalität, die Gangs, die Banden, die armen Rentner aus unserem schönen Land, die beklaut und bestohlen werden, dabei haben sie doch so wenig. Ich sage euch: Hier ist auch nicht alles gut. Aber wenn sich jetzt die Linken unser schönes Städtchen unter den Nagel reißen, mit ihrer Multikulti-Mentalität und diesem ständigen Wasser predigen und Wein saufen, dann sage ich euch: Cavaillon wird untergehen.«

Buhrufe. Stinkefinger in der Luft. Knapp neben Zoë entzündeten zwei Jugendliche ein bengalisches Feuer und hielten es in die Höhe. Langsam entwickelte sich eine Stimmung wie im Fußballstadion.

Zoë sah, dass Isaakson immer blasser wurde. Offen vorgetragene Hetze musste einem Schweden wirklich befremdlich vorkommen.

»Also, meine Mitbürger, entscheidet euch richtig. Damit Cavaillon in Zukunft weiterlebt, während andere Orte, die die falschen Entscheidung getroffen haben, längst fest in der Hand der falschen Franzosen sind. Wir aber – wir hier –, wir sind die richtigen Franzosen.«

Beifall, Gebrüll, der Rauch der Bengalos, es war wie ein Rausch.

Maréchal verrenkte sich auf der Bühne, reckte die Arme in die Luft und winkte gleichzeitig, während die Menge schrie: »Maréchal, Maréchal.«

Der Lärm war gespenstisch. Aber genauso heftig, wie der Spuk begonnen hatte, endete er auch. Als nämlich der Bürgermeisterkandidat den Würdenträgern die Hände schüttelte und kurzerhand die Bühne verließ. Im Schlepptau bewegte sich ein junger Mann, der aussah wie …

Zoë erstarrte. Sie hatte ihn erst jetzt erkannt, weil sie sich vorher von Maréchals schreiender Rhetorik hatte ablenken lassen. Der junge Mann sah deutlich zu arabisch und dunkel aus für einen Wahlkämpfer dieser Rassistenpartei.

Die Opas rollten ihre Fahnen ein und strebten den Dorfbars entgegen, auf der Suche nach Pastis und anregenden Debatten über die Pest, die Frankreich befallen hatte.

»Komm, los, schnappen wir ihn uns, den Retter Frankreichs«, sagte Zoë.

ISAAKSON

12. JULI 2018
PLACE FERNAND LOMBARD,
CAVAILLON

Monsieur Maréchal?«, rief Isaakson laut und deutlich. Der Politiker und sein Anhängsel im Anzug gingen in raschem Schritt zu einem der Sandsteinhäuser, das ein Restaurant beherbergte.

Er wollte verhindern, dass Zara den Kandidaten zuerst ansprach und sogleich als fett, dumm oder Nazi diffamierte.

Zuerst drehte sich der junge Mann neben ihm um, dann Maréchal.

»Wir geben keine Interviews, wir machen erst morgen wieder etwas, Sie haben ja die Rede«, sagte der Jüngere, dunkelblauer Anzug, offensichtlich nicht von der Stange, weißes Hemd, oberster Knopf offen. Sein Blick ruhte eine Spur zu lange auf Isaaksons Kollegin, dem Schweden fiel das sofort auf.

Seine Haare waren pechschwarz, er war sauber rasiert und sah sehr fremdländisch aus. Merkwürdig für einen rechten Politiker.

»Keine Sorge, auf noch mehr Phrasen von Ihnen können wir gern verzichten. Aber ein paar offene Worte wären schön. Wir sind von Europol«, sagte Zara, bevor Isaakson hatte reagieren können.

»Europol«, sagte Maréchal und nickte anerkennend. »Die Organisation, die den islamistischen Terror in Europa nicht mal erkennt, wenn er bereits hinter ihr steht. Und dann sind Sie auch noch witzig. Willkommen in Cavaillon.«

Zara grinste.

»Na, Terror vielleicht nicht. Aber schmierig-fiese Rassisten erkenne ich, wenn sie vor mir stehen.«

Maréchal sagte nichts, er blickte sie nur aus großen Augen an, offensichtlich belustigt von der Situation.

Der Jüngere aber bekam einen hochroten Kopf. »Sie geben mir sofort Ihre Dienstnummer, Mademoiselle, und dann wenden wir uns an Ihre Behörde, was nehmen Sie sich …«

»Silas«, fiel ihm Maréchal ins Wort, »lass gut sein, war ein warmer Tag, wahrscheinlich sind auch die Ordnungskräfte müde. Mademoiselle, gestatten, Pierre-Eric Maréchal, und das ist mein Referent. Können wir hineingehen und etwas trinken? Meine Kehle ist sehr trocken. Danach beantworte ich gerne jede Ihrer Fragen.«

Zara wies hinein, Isaakson atmete auf. Die Eskalation war vorübergehend abgewendet.

Sie betraten das Restaurant, das sich bei näherem Hinsehen als eine dieser typischen *Bar Tabacs* entpuppte, mit riesigem Zigarettenregal, langem Tresen und zahnreduzierten älteren Herren, die sich jeder an seinem Glas Pastis festhielten.

Es gab ein großes Hallo, als die Gäste das Eintreten des Bürgermeisterkandidaten bemerkten.

Hände wurden gereicht, ein Rentner bat Maréchal sogar um ein Selfie.

Wäre Cavaillon wie diese Bar, würde Maréchal in vier Tagen hundert Prozent der Stimmen bekommen.

Der Mann namens Silas bestellte Cola, Isaakson wartete, bis Zara bestellte.

»Na, Monsieur Maréchal, Sie sind ja auch ein Kind der Region. Also Pastis?«

Der Politiker sah die Polizistin herausfordernd an.

»Klar, wenn Sie mittrinken?«

»Natürlich. Isaakson?«

Der Schwede nickte.

Kurze Zeit später bekam der Referent seine Cola, während die drei anderen Wasser in das hohe Glas mit der Flüssigkeit gossen, die durch die Eiswürfel schon milchig geworden war.

»*Santé*«, rief Maréchal, und in der ganzen Kneipe erhoben die Männer ihre Gläser.

Isaakson betrachtete Zara, die zum ersten Mal in seiner Gegenwart trank. Sie trank nicht. Sie stürzte das Glas herunter, in einem Zug. Dann stellte sie das Glas hin und machte dem Barkeeper ein Zeichen, er solle nachfüllen.

Isaakson traute diesmal seinen Augen nicht statt wie bisher seinen Ohren.

Im Fernseher an der Wand lärmte einer dieser französischen Rund-um-die-Uhr-Nachrichtensender vor sich hin.

Maréchal setzte sein Glas ab und lächelte die Beamten an. »Also, was kann ich für Sie tun?«

»Wir haben Sie gesehen«, sagte Zara, wieder schneller als der Schwede. »Vor der Moschee in der Cité *La Castellane*. Und wir würden gerne wissen, was Sie dort wollten.«

Maréchals Grinsen war durch nichts aus seinem Gesicht zu vertreiben, es saß dort wie festgetackert.

»Ich habe Sie auch gesehen. Und – wissen Sie – das ist der Grund, warum gerade Sie als viel gescholtene Sicherheitskräfte den politischen Wechsel anstreben sollten. Haben Sie gesehen, wie viele Kräfte es brauchte, um Sie zu schützen? Hier? Mitten in Frankreich? Sie mussten da reinfahren wie in ein Kriegsgebiet.«

Isaakson übernahm.

»Verzeihen Sie, Monsieur Maréchal, aber die Wahlkampfkundgebung ist vorbei. Uns geht es um Ihren Besuch in der Moschee. Sie haben uns gesehen, und wir haben Sie gesehen. Und wir würden gerne wissen, was ein Mann wie Sie, der stets deutliche Kritik am Islam übt, in einer Moschee will.«

»Ach, Monsieur, ich bitte Sie, ich bin doch kein Fundamentalist«, sagte Maréchal gönnerhaft. »Natürlich ist es mir ein Anliegen, mit den gemäßigten Kräften der Muslime zusammenzuarbeiten. Und ich darf hinzufügen: Besonders die Einwanderer, die schon lange hier leben, sind große Kritiker der ungebremsten Zuwanderung und der stetigen Radikalisierung der jungen Männer ohne Perspektive. So wie der Imam in Marseille-Nord, den ich an diesem Tage aber aus einem anderen Grund besucht habe. Ich war – und ich denke, das ist der Grund, aus dem Sie hier sind – bei ihm, einem langjährigen Freund und Spender, um mit ihm zu trauern über den Verlust seiner Verwandten. Dieses junge unschuldige Mädchen, das in die Mühlen der Gangs geraten ist, die ich mit meiner politischen Arbeit aus unseren Städten verdrängen will. Wer junge Menschen umbringt, die ihr Leben noch vor sich …«

»Oh, Maréchal, bitte«, rief Zara leicht aufgebracht, »nicht schon wieder diese Leier. Sie brauchen vor uns nicht auch noch den trauernden Bedenkenträger zu geben. Kannten Sie das Mädchen?«

»Natürlich nicht persönlich«, antwortete der Politiker schnell, »aber ich kenne den Imam seit vielen Jahren. Wir haben uns des Öfteren über radikalisierte Jugendliche ausgetauscht. Sie wissen, dass es in dieser Cité, aus der auch Zinédine Zidane stammt, schon einige dieser Fälle gab? Und bei diesen Treffen sind wir uns nähergekommen. Er hat von seinen Verwandten erzählt. Auch von seiner Nichte. Da war es mir ein Anliegen, ihren Tod zu betrauern.«

»Sie sind ja ein wirklicher Softie, Maréchal. Kommt im Fernsehen ganz anders rüber. Wie stehen denn die letzten Umfragen? Ich höre, es wird knapper als knapp. Denn Ihre Fanbase bei den leicht Zurückgebliebenen wird nicht ausreichen, um die ganze Stadt einzunehmen.«

Der Referent war etwas blass um die Nase geworden, doch sein Chef antwortete gelassen: »Sie sind mir ja eine Marke, Mademoiselle. Sie kommen sicher aus irgendeinem wunderbar sicheren Land ohne Einwanderung – aus Estland vielleicht? –, obwohl Ihr Akzent eher darauf hindeutet, dass Sie den Süden ganz gut kennen. Aber was die Umfragen angeht: Denken Sie an Trump und an den Brexit. In diesen Zeiten wählen die Bürger aus dem Bauch heraus. Und meine Gegnerin … nun ja, sie ist keine Frau der Tat. Warten wir es ab. Fünf Prozent hole ich locker auf in den Tagen bis zur Wahl. Sie können gerne Sonntagabend hierherkommen. Wir werden dann gemeinsam feiern. Die Kollegen der örtlichen Ordnungskräfte werden sicher mit dabei sein. Die wissen, was gut ist.«

Zara trank das nächste Glas aus und setzte es geräuschvoll ab.

»Ja, den Dicken haben wir schon kennengelernt. Haben Männer ab hundert Kilo eigentlich zwei Stimmen? Dann haben Sie ja doch gute Chancen, Maréchal. Im Übrigen habe ich Sonntagabend schon was vor. Estnischer Nationalfeiertag, wissen Sie? Schönen Tag, auch dir, Silas. Grüß deinen Bruder.«

Sie drehte sich um und ging, ohne zu bezahlen, hinaus.

Der Schwede beobachtete, wie sich Maréchals Referent am Kopf kratzte und sein Blick für einen Moment verschwommen in die Weite ging.

Isaakson wusste nicht, was er sagen sollte, aber Maréchal machte ein beschwichtigendes Zeichen.

»Frauen, mein Lieber, Frauen. Vielleicht sind es die besonderen Tage bei Ihrer Kollegin? Machen Sie sich keine Sorgen. Sie sind eingeladen. Schönen Abend.«

Isaakson nickte.

»*Merci.* Auf bald.«

Wäre er in der Tür stehen geblieben, hätte er beobachten können, wie das Grinsen des Politikers verschwand und er Silas ein Zeichen gab.

Dieser ging in die ruhige Ecke des Lokals, nahm sein Handy heraus und wählte eine Nummer. Vierzig Kilometer südlich hob ein Mann an einem nicht registrierten Prepaid-Handy ab.

ZOË

12. JULI 2018

A7 HINTER DER MAUTSTELLE VON BOLLÈNE

Sie erkannte die Nummer sofort.

Nicht ranzugehen war keine Option.

Aus den Augenwinkeln beäugte sie Isaakson auf dem Beifahrersitz, der seinen Gedanken nachhing.

Sie musste.

Bevor sie abnahm, reduzierte sie mit vier schnellen Klicks die Anruflautstärke, dann drückte sie das grüne Häkchen, um den Anruf anzunehmen.

»Ja?«

»Alles in Ordnung, Mademoiselle? Oder stimmt was nicht?«

»Reden Sie …«

Die Stimme des alten Mannes am anderen Ende war vorsichtig, ein Räuspern war zu vernehmen.

»Sie sind merkwürdig, wenn Sie sich so kurz angebunden melden. Aber da Sie das Codewort nicht sagen, scheint alles in Ordnung.«

»Hören Sie, ich bin in Eile. Sagen Sie, was Sie wollen.«

»Schon was rausbekommen?«

»Ich arbeite dran.«

»Das ist ja eine langwierige Angelegenheit.«

»Ja, die Vorgehensweise ist nicht ganz einfach.«

»Stecken die Al-Hamsis drin?«

»Sie werden es nicht glauben, ich habe den jüngeren Bruder gerade einen Meter vor mir stehen gehabt.«

»Und? Lebt er noch?«

»Oh ja. Wie ein Fisch im Wasser.«

»Wieso?«

»Es ist kein guter Moment.«

»Okay, melden Sie sich deswegen bei mir. Etwas anderes: Wir brauchen einen Transport.«

»Geht nicht.«

»Heute Nachmittag.«

»Ich sagte, dass es gerade nicht geht.«

»Am Hafen steht ein Schiff. Unser Mann bringt die Ware nach Aubagne. Von dort aus müssten Sie sie verteilen.«

»Hören Sie, es ist mir nicht möglich, das heute zu schaffen.«

»Mademoiselle, ich weiß nicht, was los ist. Ich weiß nur, dass wir beide wissen, dass Sie heute Nachmittag in Aubagne sein werden. Wir haben einen Vertrag. Und wir haben noch zwei Wünsche frei in diesem Jahr. Danach können Sie meinetwegen Urlaub machen, natürlich nicht, bevor der Tod des kleinen Mädchens aufgeklärt ist. Heute Nachmittag sind Sie in Aubagne. Ob Sie verteilen oder nicht, ist mir eigentlich egal. Hauptsache, es kommen Dinge in der Cité Nord an. Dort haben wir eine große Eilbestellung. Die Adresse in Aubagne kennen Sie. *Au revoir.*«

Es piepte dreimal, dann war die Leitung tot.

Sie benutzten faszinierende Verschlüsselungssoftware.

Die Bullen waren machtlos. Sie hatten es immer nur vermocht, kleine Dealer hochzunehmen. Die nicht wussten, woher die Ware kam, keine belastende Software auf ihrem Handy und die Bosse der Organisation nie gesehen hatten. Doch an die dicken Fische, an den alten Mann, an seine Neffen und Nichten und an ihre wichtigste Auftragnehmerin waren sie nie herangekommen.

Deshalb konnte Zoë so unangetastet durch die Gegend fahren.

Die Nummer heute, der neuerliche Auftrag, passte ihr ganz und gar nicht. Sie hatte angenommen, dass sie nach dem heißen *Go Fast* erst mal eine Weile Ruhe haben würde.

Aber offenbar war etwas im Busch. Warum sollte es sonst auf einmal eine so große Bestellung geben? Derlei Dinge wurden sonst generalstabsmäßig geplant, oft Monate vorher.

Wie sollte sie das anstellen? Wie sollte sie Isaakson abschütteln? Sie steckten mitten in den Ermittlungen.

Andererseits wusste sie, dass der alte Mann recht hatte. Sie hatte keine andere Wahl. Sie musste es tun, musste die Ware ausliefern. Der Vertrag galt. Und er sicherte ihr ein fürstliches Auskommen. Für das sie nicht mal mehr töten musste.

Zara konnte nicht erwarten, dass Zoë für den Aushilfsjob als Polizistin ihre eigentliche Karriere wegwarf.

Oder ihr Leben riskierte.

Denn da machte sie sich keinerlei Illusionen.

Sie war die Beste.

Die Schnellste.

Die Cleverste.

Und die Teuerste.

Die Bullen würden sie nie kriegen.

Aber sollte sie sich mit Benito Bolatelli und seiner Organisation überwerfen, dann würden sie sie aufspüren, sie finden und sie töten.

12. JULI 2018

Telefonat auf +33 8 8102 5622

»*Salam aleikum, habibi.*«

»Lass den Scheiß. Keine Zeit. Ich hab alles besorgt. Heute Nachmittag sollte Lamine sein Zeug haben. Es kommt eine riesige Ladung in die Cité. Wie weit seid ihr?«

»Wie gesagt, *habibi:* Wenn das Zeug da ist, legen wir los. Wenn Lamine wieder funktioniert.«

»Pass mal auf, du beschissener Hurensohn, jetzt reicht's mir. Ich bin keine Drogenabholstation. Ihr fangt jetzt an und besorgt die ganze Scheiße, die bestellt war, mein Auftraggeber ist echt hypernervös. Und ihr wollt alle nicht, dass er persönlich kommt und euch den Arsch aufreißt. Ruf Lamine an und sag ihm, er wird heute Nachmittag den Stoff seines Lebens kriegen. Aber dafür soll er sich jetzt zusammenreißen. Und seinen verdammten Job machen. Verstanden?«

»Nun brüll doch nicht so, Mann. Es ist alles bereit. Heute Abend können wir alles testen.«

»Sag das doch gleich.«

»Du hast mich doch nicht …«

»Ach, halt die Fresse. Schick mir Fotos vom Test. Morgen oder übermorgen steigt die Party. Ich sag zwei Stunden vorher Bescheid. Länger als eine Stunde solltet ihr dahin nicht brauchen. Und pass auf Lamine auf. Er soll nicht in der beschissenen Cité rumlaufen. Nicht, dass ihm noch was zustößt.«

»Okay, Boss.«

Ende des Gesprächs

SMS an +33 6 152900113

Hey, Bruder. Alles geht seinen Gang. Party wie geplant am F-Day.

SMS an +33 7 292730291

Lenk deinen Partner ab in den nächsten zwei Tagen. Es geht bald los. Wir brauchen deine Rückendeckung. Danach klären wir dein Problem, und dann kassieren wir richtig ab.

ZOË

12. JULI 2018
CITÉ LA CASTELLANE,
MARSEILLE

Ich glaube auch, dass die Lehrerin der Schlüssel ist. Wird Zeit, dass wir sie treffen. Ich fasse es einfach nicht, dass eine Frau im Staatsdienst melderechtlich nirgendwo erfasst ist. So etwas gibt es in Schweden nicht.«

Isaakson war ärgerlich, und er hatte recht. Sie hatten nun seit zwei Tagen versucht, die Adresse von Madame Bellaiche über offizielle und inoffizielle Kanäle herauszubekommen. Zara hatte es versucht, hatte Zoë im Notizbuch gelesen. Und Isaakson hatte es via Den Haag versucht. Ergebnis? Fehlanzeige.

Da hatte Zoë eine Idee gehabt, wie sie das Wichtige mit dem Nützlichen verbinden könnten.

»Lass uns zur Schule fahren und dort noch mal richtig auf den Busch klopfen«, hatte sie am frühen Nachmittag zu dem Schweden gesagt.

Aubagne, eine Stunde vorher, war ein Kinderspiel gewesen.

Das Gute daran, Zaras Rolle einzunehmen, war, dass sich bei ihrer Schwester niemand wunderte, wenn sie merkwürdige Anwandlungen hatte. Also hatte sie Isaakson in ein Café in der Innenstadt gesetzt und gesagt, sie komme gleich wieder.

Was sie auch tat, nachdem sie einem Mann auf einem dunklen Motorrad mit einem getönten Helm eine Reisetasche abgenommen hatte.

Sie hatte, wie es ihre Art war, den Inhalt überprüft, ihn in der Hand abgewogen und einmal bestätigend genickt. Sie hatten sich umarmt, dann war er abgefahren.

Das Ganze hatte sie so öffentlich wie möglich gehalten – auf der *Rue Gachiou,* einer Straße mit vielen Geschäften und einem kleinen Park auf der Anhöhe.

Viele Fußgänger, kaum Polizisten.

Wer würde schon auf die Idee kommen, dass hier nicht nur ein Mann seiner Freundin ihre Reisetasche von zu Hause brachte. Niemand.

Isaakson hatte die Tasche betrachtet, als sie wieder zum Auto gingen.

»Hmm?«, hatte er gemurmelt und darauf gezeigt.

»Papiere«, hatte sie geantwortet.

Als sie im Auto saßen, hatte sie im Notizbuch geblättert. Immer noch ging von diesen Seiten eine außerordentliche Faszination aus. Die sauberen Skizzen, mit Bleistift gezeichnet, die vielen Notizen, seitenlang in dieser kleinen zackigen Schrift, die ihrer Schwester eigen war. Mit diesen speziellen Buchstaben, die ausschlugen wie eine Herzrhythmuskurve auf der Intensivstation.

Wie gern sie darin las. Als suche sie nach einem Schlüssel, der ihr den fremden Zwilling erklärte.

Sie betrachtete die Aufzeichnungen über Madame Belaiche.

»Isaakson hat sie angesprochen, er konnte nicht anders. Ich wusste nicht, was es bringen sollte. Aber er hatte die Sache mit Aïcha noch nicht verstanden. Die Lehrerin hat mehr erklärt, als ich gedacht hatte. Die Situation am Zaun war knifflig. Weiß nicht, ob die Eskalation zu vermeiden ist. Ich möchte keine Eskalation.

Ich habe meinen Entschluss getroffen. Z.

Madame B weiß noch mehr. Ihre Augen sagen, dass die Hintergründe düster sind. Und kurz bevorstehen.

Wir müssen auf sie aufpassen. Ich kann nicht auf sie aufpassen. Z.«

Es war ein Einblick in Zaras Gedankenwelt. In ihre Denkweise. In ihre Ängste und Zweifel.

Die Worte klangen kühl. Und dennoch spürte Zoë die Angst und die Unmittelbarkeit der Gefahr, die von diesen Notizen ausging. Sie würden Madame Bellaiche finden müssen.

Sie sah auf die Uhr, als sie vor der Schule parkten.

Noch eine halbe Stunde, dann wäre er hier.

Sie wusste noch nicht, wie sie es mit Isaakson anstellen sollte. Egal. Es würde sich finden.

Sie stieg aus und wollte gerade die Tür schließen, als Isaakson sich wieder ins Auto beugte und sagte: »Du kannst doch die Papiere nicht einfach so hierlassen.«

Dann griff er auf den Rücksitz, und Zoë vermochte es, nach Sekundenbruchteilen bei ihm zu sein und ihm die schwere Tasche aus der Hand zu nehmen.

»*Merci.* Ich nehm die. Alles gut.«

Isaakson sah sie an, als zweifele er erneut an ihrem Gesundheitszustand.

Der Schulhof war leer. Mittwoch. Da war nachmittags kein Unterricht.

Sie hatten sich deshalb entschieden, diesmal ohne Armeekommando vorfahren zu können.

Drinnen stand das Büro zum Sekretariat offen.

Im Vorraum war niemand.

Zoë hörte das Klappern einer Tasse und dann Tastaturanschläge.

Der Directeur war da.

»*Bonjour,* Monsieur«, sagte Zoë, als sie ihn sah und sofort verabscheute. Die hohe Gestalt, die fahrigen Augen, das fliehende Kinn.

»Sie schon wieder. Ich habe doch gesagt …«

»Geben Sie uns die Adresse von Madame Bellaiche«, forderte Zoë nachdrücklich.

»Sie wissen, dass ich das nicht darf.«

»Sie müssen, Monsieur. Es geht um die nationale Sicherheit.«

»Erzählen Sie doch nicht so einen Unsinn. Was hat denn Madame Bellaiche mit der nationalen Sicherheit zu tun?«

Zoë spürte, wie der Schwede an ihrer Seite kurz davor war zu platzen.

»Okay, Sie Bürokratenhengst«, sagte Isaakson in seinem gestochenen Französisch mit dem nordischen Akzent, den sie nicht gerade unsexy fand. »Sie sagen uns jetzt, wo die Frau wohnt, die uns eine wichtige Zeugin ist. Oder Sie verbringen die nächsten Tage auf einem Polizeirevier. Und zwar nicht auf dem Ihres Freundes Navarro in Marseille. Wir setzen Sie wegen Behinderung einer paneuropäischen Ermittlung in eine Maschine und fliegen mit Ihnen nach Den Haag. Ich kann Sie drei Tage da festhalten. Lust?«

»Wie können Sie es wagen, mir zu drohen?«, fragte Monsieur le Directeur entrüstet, fing aber an, die Finger nervös zu bewegen, mit den Papieren auf dem Schreibtisch zu rascheln, in ihn war sprichwörtlich Bewegung gekommen. Immer wieder blickte er zum Telefon.

»Machen Sie sich keine Hoffnungen, Monsieur«, sagte Zoë barsch, »Ihre Freunde in der Innenstadt werden Ihnen nicht helfen. Wir sind eine Nummer zu groß für die.«

Seine hohe Gestalt sank in sich zusammen, seine Augen lagen tief in den Höhlen, und er wirkte so müde und ausgelaugt, als laste die ganze Wut der Cité auf seinen Schultern.

»Ach, wissen Sie, es ist mir mittlerweile einfach nur noch egal. Sie wohnt …«

NAVARRO

12. JULI 2018
HÔTEL DE POLICE,
2, RUE ANTOINE BECKER, MARSEILLE

Er hatte zwei Zigaretten draußen auf dem Parkplatz geraucht, mit den Jungs von der CRS. Einer hatte einen Flachmann dabeigehabt, der rumgegangen war.

Er liebte die uniformierte Einheit. Die kernigen Burschen, die Pfefferspray und Schlagstöcke trugen und sie auch einsetzten, wenn es in der Innenstadt oder den Vororten mal wieder zu heftig zuging.

Das war richtige Polizeiarbeit. Statt im Büro hinter Aktenbergen zu sitzen.

Echte Bullen, die sich nicht blöd anquatschen lassen mussten von irgendwelchen Mufti-Kids. Stattdessen konnten sie einen Kreis um zwei, drei Drogenpisser bilden und denen mal ordentlich einen mitgeben. Statt im Verhörraum auf jedes Wort achten zu müssen, damit einen nicht irgendein beschissener Milieuanwalt wegen Menschenrechtsverstößen verklagte. Echte Bullen, die auf der Straße wirklich etwas für die Sicherheit tun konnten, wo er, Navarro, nur herumtaktieren musste – mit seinen Vorgesetzten, dem verdammten Präfekten, aber auch mit den alteingesessenen, angesehenen Familien, die in Marseille das Sagen hatten – Interessenausgleich nannte man das.

Doch dann hatten die Jungs wieder arbeiten müssen, waren in ihre zwei Mannschaftsbusse gestiegen und davongebraust.

Er ging zurück, stieg mühsam die Treppen hinauf, sein schummriges Büro wartete.

Als er die Tür öffnete, sah er, wie der junge Petit gerade den Hörer auflegte. Er war noch blasser als sonst. Ein komischer Kauz.

Navarro wusste nicht, ob er ihm vertrauen konnte.

Normalerweise kannte er die jungen Bullen in Marseille, und er wusste, dass man mit ihnen eine Menge besprechen und anstellen konnte. Aber Petit war von irgendwo aus dem Norden gekommen.

Navarro hatte noch nicht einzuschätzen vermocht, ob mit ihm etwas anzufangen war.

»Was los?«

»Ey, die laufen Amok.«

»Wer sind die?«

»Na, die Bullen aus dem Norden. Aus Den Haag.«

»Die scharfe Tusse und ihr blonder Macker?«

»Genau.«

»Wieso? Erzähl ...«

Er war ganz Ohr.

»Mich hat die Polizei von Cavaillon angerufen. Die beiden waren in der Stadt und haben den Kandidaten fürs Bürgermeisteramt mit Fragen bedrängt.«

»Weshalb denn Maréchal?«

»Du kennst ihn?«

»Du etwa nicht? Hast du keinen Fernseher?«

»Offenbar war er bei der Moschee.«

»Wie sind sie auf ihn gekommen?«

»Das hab ich auch gefragt. Es heißt, sie hätten sein Auto vor der Moschee gesehen. Das Kennzeichen hat aber eine interne Geheimzeichnung. Ich war eben in der Registratur, um denen die Hölle heißzumachen – und stell dir vor: Die beiden waren hier und haben Luc bedroht und sogar misshandelt. Ich war bei ihm, er war völlig aufgelöst. Er schämt sich schrecklich.«

Navarro traute seinen Ohren nicht.

»Du, wir müssen was machen. Wir müssen die stoppen. Das hier ist unser Revier. Die wühlen jede Menge Staub auf.«

Navarro nickte.

»Ich lass mir was einfallen«, sagte er, nahm die Akte, die in seiner abgeschlossenen Schublade lag, heraus und schlug sie auf. Wieder betrachtete er das Gesicht der jungen Frau mit dem kahlen Kopf.

ISAAKSON

12. JULI 2018
CITÉ LA CASTELLANE,
MARSEILLE

Zara hatte es endlich verstanden. Dass sie in dieser Miststadt nur mit Druck weiterkommen würden. Ein Gespräch mit dem Schuldirektor, und schon hatten sie die Adresse.

Offenbar war die junge Frau erst vor Kurzem in einen der Wohnblöcke in der Cité *La Pomme* im südlichen Marseille gezogen. Deshalb gab es nirgendwo Unterlagen über ihre Adresse.

Zara hatte eben zweimal nervös auf die Uhr gesehen, dann hatten sie die Schule schnell verlassen.

Sie trug diese Reisetasche bei sich.

Was war da drin?

Er hatte sie in der Hand gehabt. Papiere waren es nicht. Das Gewicht war zu massiv für Akten.

Warum log sie ihn an?

Sie war immer merkwürdig gewesen.

Aber sie hatte nie gelogen.

Sie hatte entweder konsequent die Wahrheit gesagt oder geschwiegen und ihn am langen Arm verhungern lassen.

Sie gingen hinaus, und Isaakson atmete auf, als er sah, dass der Schulhof immer noch leer war.

Eine neue Eskalation mit Kids aus der Vorstadt hätte er heute Nachmittag nicht gebraucht.

Es schien ihm, als sängen sogar die Zikaden entspannter als vorgestern bei der heiklen Situation auf dem Platz.

Sie mussten dringend die Lehrerin aufsuchen, das stand fest. Sie hatte gewiss die Antworten, die sie brauchten – und dann konnten sie den oder die Mörder von Aïcha festnehmen und von hier verschwinden.

Er hasste diese Stadt. Er wollte zurück in sein sauberes Den Haag. Zu seiner neuen Flamme, eine letztwöchige Eroberung aus einem Pub im Stadtteil Kortenbos.

»Fahren wir zu der Lehrerin?«, fragte er also Zara, die wieder ein Stück voranlief, wie es ihre Art war.

»Gleich. Ich muss vorher noch mit einem Informanten reden.«

»Einem Informanten? Wo?«

»Hier. Er kommt hierher.«

»Wer ist er?«

»Ein Mann aus dem Viertel. Da vorne ist er. Kannst du …«

»Was?«

»Ins Auto gehen.«

Isaakson glaubte, sich verhört zu haben.

»Was soll das? Wir sind Partner …«

»Er wird nur mit mir sprechen.«

»Dann sag ihm, dass er auch mit mir reden soll.«

Isaakson betrachtete den jungen Mann. Ohne Zweifel ein Algerier, der sich langsam und gemessenen Schrittes auf sie zubewegte. Er wirkte total unaufgeregt, strahlte vielmehr ein kräftiges Selbstbewusstsein aus, das ganz anders war als die vorgegaukelte Breitbeinigkeit, die die anderen Jungs in diesen Vierteln sonst zur Schau stellten.

»Isaakson. Geh ins Auto.«

Ihr Ton erlaubte keinen Widerspruch.

Der Schwede zuckte mit den Schultern und trat den Rückzug an.

ZOË

12. JULI 2018
CITÉ LA CASTELLANE,
MARSEILLE

Sie küsste Abdul auf die Wangen. Sie vertraute nur wenigen wie ihm.

»*Salut,* Zoë«, sagte er. Schon deshalb hätte Isaakson nicht dabei sein dürfen.

Der Maghrebiner strahlte sie an. Sie vermutete, dass er sie durchaus spannend fand. Er hatte aber in all den Jahren ihrer Zusammenarbeit nie versucht, sich ihr zu nähern.

»Abdul, *ça va?*«

»Dazu komme ich gleich. Aber jetzt sag erst mal, wie geht es dir? Du warst eine Weile weg.«

»Zwei Aufträge außerhalb. Jetzt mach ich nur noch den Job, und dann hau ich erst mal ab.«

»Schon wieder irgendeine karibische Insel?«

»Indischer Ozean, wenn es gut läuft.«

»Du Glückliche, ich hätte auch gerne deinen Job.«

»Hättest du nicht«, sagte sie und grinste. »Hier ist alles drin. Es ist Eins-a-Stoff, ich hab schon probiert.«

Sie hatte auf dem Weg nach Marseille unter dem Vorwand, pinkeln zu müssen, an einer Raststätte angehalten und auf der Toilette die Ware noch mal überprüft.

Herkunftsort des Stoffes war Venezuela.

Wenn Zoë es richtig verstand, wurde das Zeug auf Fisch- oder Reisfrachtern nach Guinea-Bissau verschifft, nach Nigeria oder Togo. Und von dort ging es dann einmal quer durch die Sahara nach Algerien und Marokko. Um von den *Mulis* der wichtigsten Familie Marseilles anschließend in kleinen Umverpackungen nach Frankreich geholt zu werden.

Hier wurde das Zeug in Empfang genommen und weiterverteilt. Das war der gefährlichste Teil der Route, weil man in Frankreich – anders als in der Sahara oder in West- und Nordafrika – nie wissen konnte, welcher Bulle korrupt war und welcher nicht.

Deshalb setzte die Familie hier nur auf echte Profis. Menschen wie Zoë. Die teuersten Leute der Branche.

»Ich würd jetzt darauf verzichten nachzuzählen.«

»Kannst du.«

»Ich weiß.«

Zoë sah kurz zum Auto, erkannte, dass Isaakson in sein Handy blickte, wahrscheinlich spielte er.

»Abdul, wenn ich ehrlich bin, war ich etwas überrascht. Sowohl von der Menge als auch von der Eiligkeit der Bestellung. Was ist hier los?«

Der Algerier nickte.

»Etwas stimmt nicht. Irgendein Auftraggeber, ein neuer, hat gestern bei meinem Kontakt sehr viel Zeug bestellt. Und gesagt, es gebe Grund zur Eile und es gebe sehr viele Abnehmer im Viertel. Das Zeug müsse aber heute noch ankommen, sonst sei es zu spät.«

»Was bedeutet das?«

»Ich weiß es nicht. Ich habe gespürt, dass ich nicht gänzlich eingeweiht werden sollte. Und ich hatte keine große Lust, zu viel zu wissen. Es klang alles nicht gut.«

»Hmm …«

»Ich würde dir eins empfehlen – ohne Gewähr. Es gibt einen Typen, der wackelt, weil er auf sein Zeug wartet. Du kennst ihn.«

»Wer?«

»Lamine, der Typ aus dem Senegal aus dem riesigen Block.«

Zoë erinnerte sich an die fein säuberlichen Notizen in Zaras Block.

»Der Cousin von dem toten Mädchen?«

»Genau. Ich hab ihn gestern kurz gesehen. Völlig fertig, ist kurz vorm Durchdrehen.«

»Danke.«

»Wofür?«

»Für den Tipp. Warte.«

Sie griff zur Tasche, öffnete sie, sah noch mal zum Auto und nahm eine kleinere Tüte heraus, um sie gleich darauf schnell in ihre Jacke zu stecken.

»Verteil die Pakete. Ich übernehme das für Lamine.«

»Seit wann willst du denn die für Banlieue-Kids haben? Ich dachte, du hältst dich schön aus allem raus und kassierst nur.«

»Zeiten ändern sich, Abdul. Sagt doch unser neuer Präsident. Wir Franzosen müssen uns verändern, müssen uns ganz anders umeinander kümmern. So sei es, mein Lieber. Wir sehen uns.«

Sie gab ihm die zwei Küsse auf die Wangen und ging langsam zum Auto zurück.

»Zoë …«, rief es hinter ihr, und sie wandte sich um, beide Hände an der Jacke, die eine an der Tüte mit Koks, die andere an der Waffe, die im Hosenbund steckte.

»Irgendwas geht hier vor sich. Es wurden auch Knarren bestellt. Ich hab keine besorgen können.«

»Kennst du den Auftraggeber?«

»Ich weiß nicht. Klingt, als seien es eure Erzfeinde. Aber sie lassen es irgendwie so aussehen, als seien sie es nicht.«

»Die Al-Hamsis?«

»Da steht ein großes Ding bevor. Pass auf dich auf.«

ZOË

12. JULI 2018
CITÉ LA CASTELLANE,
MARSEILLE

Sicher, dass wir hier so einfach reingehen können?«, fragte Isaakson und sah nicht wirklich glücklich aus.

Sie waren nur drei Minuten gefahren, nun stand ihr kleiner Wagen im Schatten der beiden riesigen Hochhäuser.

Den ganzen Tag über war es wolkenlos gewesen, inzwischen aber zogen breite Bänder von dunklen Schleiern über den Abendhimmel.

Das Zwielicht passte zur Stimmung in dieser engen Straße mit dem abgebrannten Müllcontainer direkt neben ihrem Auto.

»Ich kriege nichts raus, wenn achtzehn Soldaten mit gezogener Waffe neben mir stehen. Da redet in Marseille nicht mal ein Müllmann. Geschweige denn die Dealer.«

»Was hat dein Informant denn gesagt?«

»Dass wir unseren Mann hier finden.«

»Und was kann unser Mann?«

»Unser Mann hat irgendein Problem. Er bräuchte dringend Stoff. Dann würde er reden. Denn er ist …«

»Er ist was?«

Isaakson war ungeduldig.

»Er ist der Cousin von Aïcha.«

»Was?«

»Ja, eine Goldgrube. Eine nervöse Goldgrube. Wenn er redet, haben wir unsere Mörder.«

»Aber warum sollte er reden? Wir haben doch nichts, was ihn interessiert.«

Zoë hatte die Entscheidung längst getroffen. Sie konnte es nicht allein schaffen, sie brauchte Isaakson. Er durfte nicht alles wissen. Eigentlich durfte er gar nichts wissen, aber sie musste ihm doch immer wieder einen Brocken zuwerfen, damit er weiter dabeiblieb.

Sie öffnete ihre Jackentasche und hielt die Tüte hoch. Der Schwede erstarrte.

»Was soll das denn? Wo hast du denn das Koks her?«

»Fundus.«

»Fundus?«

»Fundus der Police in Marseille. Ein Kontakt hat es mir besorgt.«

»Zara?«

Von seiner nordischen Gelassenheit war nichts mehr übrig, seine Stimme war Aufregung pur.

»Hier stimmt doch was nicht. Wir haben auf einmal eine Reisetasche im Auto, dann ist sie weg, weil du sie mitten in der Cité einem Algerier übergibst. Und mir zwanzig Minuten später ein halbes Kilo Koks zeigst. Was ist hier los?«

»Isaakson, du willst es nicht wissen. Lass uns unseren Mann suchen.«

»Zara …«

»Vertrau mir. Bitte.«

Er suchte ihren Blick, fand ihn, und was er sah, ließ ihn nicht weiterfragen. Trotzdem hatte sie das Gefühl, dass er nicht mehr lange mitspielen würde.

Ein junger Schwarzer trat aus dem linken Häuserblock. Vielmehr lief er. Hektisch sah er sich um, kratzte sich immer wieder im Nacken oder an den Armen und machte den Eindruck eines Mannes, der mit den Nerven am Ende war.

Isaakson sah Zoë an.

»Das ist er, oder?«

Sie nickte.

»Bleiben wir dran.«

Sie startete den Wagen und bog langsam in die kleine Straße ein.

Der Himmel war mittlerweile vollständig bewölkt, in der Ferne zuckten erste Blitze.

NAVARRO

12. JULI 2018
HÔTEL DE POLICE,
2, RUE ANTOINE BECKER, MARSEILLE

Wir müssen sie stoppen«, kam es vom hinteren Ende des Raumes. Wieder Petit. Der sich seit vorhin nicht wieder beruhigt hatte.

»Was ist denn los?«, fragte Navarro, der riesige Lust auf eine Schachtel Zigaretten und mehrere Gläser Pastis in Folge hatte.

»Sie sind in der Cité unterwegs. Ein Informant sagt, sie stellen Fragen und ermitteln ohne Sicherheitstrupp.«

»In der Cité?«

»Ja, es scheint, sie geben bei Aïcha einfach nicht auf.«

»Verdammt, diese Wichser.«

»Los, wir müssen da hin.«

»Was sollen wir machen?«

»Überlegen wir uns, wenn wir wissen, wie die Lage da ist. Aber wir können nicht riskieren, dass all unsere V-Leute auffliegen und dass es mal wieder ein Massaker im Vorort gibt, nur weil zwei Vollpfosten alles durcheinanderbringen. Unsere schöne Ordnung.«

Er hatte Petit noch nie so viel reden hören wie an diesem Tag.

»Komm mal her«, entschied er, »ich muss dir was zeigen.«

Der junge Kollege trat zu seinem Schreibtisch.

»Sieh mal, kommt dir die bekannt vor?«

Petit sah auf das Foto auf der Akte.

»Sieht irgendwie aus wie die Europol-Schlampe.«

»Finde ich auch.«

»Und wer ist das?«

»Unser Phantom. Die Mafia-Braut, von der wir gar nicht wissen, dass es sie gibt. *Die Fürstin der Unterwelt.*«

ZARA

12. JULI 2018
REWE-CITY,
SCHÖNHAUSER ALLEE, BERLIN

»Gustav, möchtest du die veganen Fruchtriegel oder die Quetschi-Früchte mit Mango, die du so magst?«

Die Mutter neben ihr schrie den kleinen Jungen an, der im Einkaufswagen saß und im Regal wahllos nach allem griff, was er zu fassen bekam.

»Gustav, lass das, Gustav …«

Der Ton, in dem die Mutter sprach, pendelte zwischen Opernstimme und Rasentrimmer. Die Gucci-Handtasche stand im Kinderwagen so selbstverständlich, wie die Designersonnenbrille im Haar saß. Der kleine Gustav trug seinerseits eine Steppjacke von *Moncler*.

Zara schloss die Augen und erinnerte sich an ihre Kindheit. Herrgott, sie hatten doch alle keine Ahnung. Alle hier um sie herum. So langsam festigte sich diese Einschätzung.

Sie fühlte sich wie dieser Army-Bombenentschärfer in *The Hurt Locker*, der nach Jahren im Kriegseinsatz heimkehrte, nach Kansas oder so, und im wohlsortierten Supermarkt denkt, er würde gleich durchdrehen.

Vorhin hatte sie auf dem Gehweg beobachtet, wie ein Fahrradfahrer sich fast mit einem Fußgänger geschlagen hatte, weil sie beide nur knapp einem Zusammenstoß entgangen waren.

So viel Ärger, so viel Unmut, so viel Hass wegen Nichtigkeiten.

Sie hatten ja keine Ahnung.

Europa war im Krieg.

Sie kannte alle Akten.

Von Terrorverdächtigen.

Von potenziellen Terroristen.

Von Gefängnisinsassen, die nur darauf warteten, dass sie dank der laschen deutschen Gesetze freikamen und endlich zuschlagen konnten.

Sie kannte all diesen Scheiß. Die Gefahr.

Und diese verblödeten Hipster, die ihr Leben in vermeintlicher Sicherheit hätten genießen können, machten lieber ihr kleines Leben zu einer beschissenen Kampfzone.

Sie wusste, dass sie gerade wie ihre Schwester redete. Aber es ödete sie dermaßen an.

Sie wusste trotzdem, warum sie hier war. Warum sie jeden Tag ihre Arbeit machte. Weil es ihre Aufgabe war, dass es immer so weiterging. Dass diese naiven Idioten weiter so dahinleben konnten. Dass die einzige Berliner Kampfzone der Fahrradweg war.

Sie öffnete die Augen und griff zur *FAZ* im Ständer. Ein Artikel auf der Titelseite hatte ihr Interesse erregt. Dann sah sie Amélie an. Die ihrerseits ganz friedlich im Wagen saß und die Obstriegel anhimmelte.

»Chérie, magst du einen?«

Die Kleine nickte.

»Dann nimm ihn dir.«

Das Mädchen griff nach dem Riegel und lächelte dankbar.

»Gehen wir gleich auf den Spielplatz?«

Amélie hob ihre Arme in die Luft und bewegte sie in einem stummen Rhythmus.

Zara musste lächeln.

Sie hätte nie gedacht, dass sie einmal so leben würde.

Sie hasste es. Sie liebte es.

ZOË

12. JULI 2018
EINKAUFSZENTRUM GRAND LITTORAL,
MARSEILLE

Er war gelaufen wie ein Feldkaninchen, unstet, hakenschlagend, ultranervös. Doch wenn er sich umsah, sahen seine Augen eher aus, als ängstige er sich, von Außerirdischen verfolgt zu werden.

Niemals hätte er sie entdeckt, weil er paranoid nach irgendetwas suchte – nicht nach einer realen Bedrohung.

Sie hatte Abdul eine SMS geschrieben.

»Wir treffen ihn in einer halben Stunde am Grand Littoral, in der kleinen Seitenstraße links vom Eingang. Da ist nichts los. Schreib ihm, dass du ein Mädchen schickst. Dann fürchtet er sich nicht. Z.«

Ins Einkaufszentrum hinein hatte Isaakson ihn verfolgt. Der Schwarze hatte ein kurzes Gespräch mit drei finsteren Typen geführt, sich dann bei *Quick* vier Burger reingezogen. Dann hatte er vor der Tür geraucht, sich umgesehen, gewartet.

Vor fünf Minuten hatte er den Weg in die kleine Seitenstraße angetreten. Hier war die Zufahrt für die Lieferanten, doch die kamen nachts. Es herrschte absolut tote Hose.

Die Rampe für die Lkws war leer, Lamine stand in ihrem Schatten, daneben standen kleine Bäume, die nur ein hoffnungsloser Optimist an dieser trostlosen Stelle angepflanzt haben konnte.

Zoë sah, wie er sich schon wieder eine neue Zigarette ansteckte, fahrig am Hals kratzte, hektisch von einem Fuß auf den anderen trat.

Mann, brauchte der dringend Stoff.

Sie wog den Beutel in ihrer Jackentasche. 300 Gramm waren das sicher. Sie trug also 10 000 Euro in ihrer Lederjacke.

Ihm würden zehn Gramm davon reichen. Aber sie hatte auf Nummer sicher gehen wollen.

Ein Blick zu Isaakson, der wieder neben ihr im Wagen saß.

»Okay, ich gehe. Du kommst nach, wenn du siehst, dass ich ihn habe.«

Der Schwede nickte.

ISAAKSON

12. JULI 2018
EINKAUFSZENTRUM GRAND LITTORAL,
MARSEILLE

Zara stieg aus dem Auto, und er beobachtete sie.

Ihm gefiel, wie gut sie vorankamen. Aber ihm gefiel gar nicht, wie sie vorging. Wie sie die Hand in der Jackentasche mit dem Koks bewegte. Wie sie ausschritt. Lässig, viel lässiger als noch vor drei Tagen.

Diese neue Kluft. Die Lederjacke, die Jeans.

Zara hatte immer Kleider getragen.

Er hatte schon Kopfschmerzen vom ständigen Nachdenken. Er überlegte hin und her, was zu tun war.

Er müsste Rui anrufen. Der kannte Zara am besten. Vielleicht hatte es ja eine solche Phase schon mal gegeben.

Die aktive brutale Phase.

Sollte er ihn gleich anrufen?

Wenn er ihm von dem Koks erzählte, würden sie beide sofort abberufen.

Schließlich wusste nun auch Isaakson selbst davon, hatte sie aber nicht gestoppt.

Verdammt.

Eine echte Zwickmühle.

Er hatte noch nie einen Partner verraten. Verpetzt.

Er würde warten.

Bis sie wussten, wer dieses kleine Mädchen so brutal ermordet hatte. Darum waren sie schließlich hier.

Seine Hand lag auf der Waffe im Holster, er beobachtete

jeden von Zaras Schritten. Sah, wie sie lässig auf den Jungen zuging. Der sah sie mit großen Augen an, sein Gesicht war ihr zugewandt.

Sie nickte mit dem Kopf, offenbar sprach sie ihn an.

Er nickte, die Augen wurden noch größer.

Der Junge stand breitbeinig da, er hatte die Pose angenommen, die in diesen Kreisen üblich war.

Isaakson schaute einmal kurz in den Rückspiegel.

Ein Roller war vorbeigefahren. Zwei junge Männer, dunkel getönte Helme. Sie hatten hergesehen, als sie die Kreuzung langsam passiert hatten. Späher. Scheiße. Doch der Roller war verschwunden.

Sofort ging sein Blick nach vorne.

Zara redete, der Junge hörte zu, seine Hände waren die ganze Zeit in Bewegung. Rein in die Hosentasche, wieder raus. Sollte er ein Messer ziehen, würde Isaakson aus dem Auto springen und schießen.

Zara hatte die Schussbahn mit Absicht frei gelassen.

Sie holte die Tüte heraus, sie zeigte sie ihm, er wollte danach greifen, der Blick manisch und sehnsuchtsvoll, doch mit einer lässigen Bewegung steckte sie die Tüte wieder ein.

Er sprach jetzt, sein Mund bewegte sich schnell.

Doch dann geschah alles ganz plötzlich.

Zara schnellte mit einem Satz nach vorne, griff seinen Oberkörper, rammte ihm eine Faust in die Rippen, dann nahm sie seinen Kopf, den Kopf des Jungen, der zwanzig Zentimeter größer war als sie, und drückte ihn gegen den unteren Teil der Laderampe. So hielt sie ihn, drückte fest zu, während sie auf ihn einredete.

Mit einem Satz war Isaakson auf dem Weg.

ZOË

12. JULI 2018
EINKAUFSZENTRUM GRAND LITTORAL,
MARSEILLE

Sie hörte seine Schritte auf dem Asphalt. Sie hielt kurz inne, doch den Kopf des Jungen hielt sie fest umklammert.

Ihr Knie rammte sie immer wieder leicht in seinen Bauch, damit der Schmerz in den Rippen nicht nachließ.

Sie wusste, wie schlimm das sein musste. Der kalte Entzug verstärkte alle Gefühlsregungen.

»Lamine, erzähl es mir. Erzähl mir den Scheiß, dann kriegst du dein Zeug.«

Isaakson stand jetzt neben ihr. »Zara, lass ihn los.«

»Ja, lass mich los, verdammt, blöde Schlampe, was willst du …«

Noch ein Schlag mit dem Kopf gegen die Wand.

»Rede, du kleiner Pisser.«

»Was willst du denn?«

»Das weißt du ganz genau. Wer war das mit Aïcha? Und was habt ihr vor?«

Isaakson legte ihr die Hand auf ihren Arm. »Zara, ruhig …«

»Verdammt, der kleine Pisser soll reden.«

Doch Lamine redete nicht, er zitterte nur, stammelte ununterbrochen etwas von »Stoff, Stoff …«.

Sie hörten die Sirene erst, als das Auto um die Ecke bog.

Navarro und Petit sprangen sofort raus und rannten mit gezogenen Waffen auf sie zu.

»Renn, Zara«, rief Isaakson. Sie wusste, dass sie keine andere Wahl hatte.

Wenn sie von dem Kennzeichenmann und dem Schuldirektor erfahren hatten, würden sie sie mindestens verhören müssen. Sie hatte aber 300 Gramm Koks in der Tasche. Und sie hatte keine Zeit für ein Verhör.

Sie gab dem Jungen einen Stoß, sodass er in Isaakson hineintaumelte, dann rannte sie los, die kleine Straße hinunter, hörte nur, wie Navarro hinter ihr rief: »Bleiben Sie stehen, Polizei.«

Er würde nicht schießen. Das wusste sie.

Sie drehte sich nicht mehr um.

FRANKFURTER ALLGEMEINE ZEITUNG

12. JULI 2018

Jugend am Abgrund – die Katastrophe der Banlieues

Von Martina Spiegel, Paris

Es ist wohl seine letzte Chance. Nutzt der neue Präsident die nicht, sind die Vororte der großen Städte Frankreichs in den kommenden Jahren erneut Schauplatz von sozialen Unruhen.
Die Zahlen sind nicht ernüchternd, sie sind eine Katastrophe – und Ausdruck der Kapitulation des Staates vor seinen Problemen:
Die Lebenserwartung in den sozialen Brennpunkten ist deutlich geringer als im Rest Frankreichs. 50 Prozent der Schüler gehen ohne Abschluss von der Schule ab. Die Jugendarbeitslosigkeit liegt in manchen Vierteln bei deutlich über 40 Prozent.
Das ist sicher nicht der einzige Grund, aber es ist eine der Grundlagen dafür, dass der Terror hier einen Nährboden findet. Bei den großen Terroranschlägen der vergangenen Jahre lebten viele Täter vorher in Cités in Paris, Toulouse, Nizza und Marseille.

Drogen, Prostitution, Bandenkriminalität – das allein ist Alltag.
Der Plan des neuen Präsidenten, so die Hoffnung, soll die Lage zunächst einmal psychologisch verbessern. Ein neues Selbstbewusstsein, aus dem eine innere Haltung erwachse – vielleicht ist es so am besten erklärt.
Firmenbosse, die Menschen aus den Cités einstellen, sollen eine Prämie von 15 000 Euro bekommen. Zudem soll es eine Polizei der alltäglichen Sicherheit geben, die den Bewohnern der Vororte nicht feind, sondern freund ist und Vertrauen zu einem als übermächtig empfundenen Staat aufbaut.
Es sind nur kleine Reformen, aber wenigstens sind sie ein Anfang. Für Satellitenstädte, denen bisher abwechselnd nur gedroht oder Unerfüllbares versprochen wurde.

ZOË

12. JULI 2018
HÔTEL NEGRESCO, NIZZA

Alles hier war Chiffon, Seide, Gold und Samt. Die Lilien auf der Kommode verströmten einen unerhört edlen Duft – falls es so etwas gab. Die Möbel waren so altehrwürdig wie das Hotel selbst und sahen dennoch so perfekt geputzt aus, als würden hier täglich ganze Kolonnen von Zimmermädchen mit Drahtbürsten einfallen.

Natürlich hatte er die Präsidentensuite ganz oben unter dem Dach.

Der Blick hinaus war so atemberaubend, weil man von der Promenade des Anglais gar nichts mehr sah. Das Zimmer lag so hoch, dass nur das Panorama des endlosen Mittelmeeres zu sehen war.

»Setz dich«, sagte er, und es klang nicht so freundlich, wie sie es von ihm gewohnt war.

Nun gut, wahrscheinlich müsste sie dankbar sein: Er hatte sie immerhin noch nicht erschossen.

Vor zwei Stunden in Marseille war das Bullenauto zwei Reihen vor ihr gewesen. Ein ziviler Wagen, ein Mégane. Das waren korrupte Schweine, sie war sich mittlerweile sicher. Wie hatten sie so schnell vor Ort sein können? Wie hatten sie davon Wind bekommen?

Dass die *flics* in Marseille die Hand aufhielten, war klar. Auch ihr Boss hatte mehrere von ihnen auf der Gehaltsliste. Aber dass ihr Netzwerk derart gut war und bis in radikalisierte Kreise reichte, überraschte sie dann doch.

Sie hatte die feindliche Übernahme des Gefangenen vor dem Marseiller Einkaufszentrum von einer kleinen dichten Baumgruppe aus beobachtet. Hatte gesehen, wie Navarro den Schweden anbrüllte und Isaakson dennoch die Oberhand behielt. Mann, war der cool.

Als sie sah, dass die Bullen in ihre Karre stiegen, war sie am Taxistand des Einkaufszentrums in einen Peugeot 406 gesprungen und hatte darauf bestanden, dem Wagen zu folgen.

Der Weg führte immer weiter hinein in die Stadt, Zoë nahm an, Richtung Polizeirevier. Doch dann fuhr Navarro am Hôtel de Police vorbei. Merkwürdig.

Sie war drangeblieben, bis zur Straße, die um den Hafen herumführte. Links waren die Stände des Fischmarktes.

Der Verkehr war dicht. An der Ampel weiter vorne kamen immer gerade so zwei oder drei Autos durch. Sie standen nun schon minutenlang im Stau.

Zoë kurbelte hinten das Fenster herunter, schloss für einen Moment die Augen und lauschte der arabischen Musik im Radio. Als sie die Augen wieder öffnete, schaute der alte Fahrer schnell weg.

Doch Zoës Blick blieb an einer hastigen Bewegung hängen, weiter vorn in der Schlange. Da, die Tür des Mégane hatte sich geöffnet, und der junge Lamine rannte weg, rasend schnell und hakenschlagend, die Arme flogen genau wie die Beine. Und Zoë traute ihren Augen nicht. Warum trug der Typ keine Handschellen?

Sie schmiss zwanzig Euro auf den Vordersitz und riss die Tür auf.

In diesem Moment wendete der Mégane und raste mit Blaulicht auf dem Dach in die entgegengesetzte Richtung davon.

Zoë drehte sich schnell um, damit Navarro sie nicht erkannte, doch der Wagen war schon vorbei.

Dort vorne war Lamine, er erreichte gerade die ersten Verkaufsstände.

Sie hielt mit wedelnden Handbewegungen den Gegenverkehr an und rannte los, über die Straße und ins Gewirr der Altstadt. Lamine war wirklich schnell gewesen, klar, er wurde von der Polizei verfolgt, war tierisch auf Entzug und wusste wahrscheinlich gar nicht mehr, wer Freund und Feind war. Obwohl es Freund für ihn wohl derzeit gar nicht gab.

Zoë behielt ihn im Auge, nur noch eine kleinere Straße müsste sie überqueren, dann war auch sie im Gewirr des Marktes angekommen, auf dem sie sich gut auskannte.

Ein Auto hupte, ein schwarzer Mercedes, der herangerauscht kam, und sie schaffte es gerade noch auszuweichen, um ein Haar wäre sie überfahren worden.

Sie durfte Lamine nicht verlieren, aber dann fiel ihr Blick auf die heruntergelassene Scheibe des großen, schweren Wagens. Sie sah in die Mündung eines geladenen Revolvers.

Der alte Mann, der die Waffe hielt, sagte nur: »Steig ein.«

Sie sah Lamine nach, der in die Metrostation sprintete, öffnete die Beifahrertür und schob sich in die Limousine.

Die Fahrt von Marseille hier herüber war wortlos verlaufen. Er hatte stur auf die Autobahn geschaut und sich bemüht, den Wagen heil nach Nizza zu bringen. Er fuhr nie selbst, hatte immer einen Chauffeur für seinen Maybach, drüben auf Korsika. Wenn er heute darauf verzichtete, dann musste es wirklich ernst sein.

Sie hatte auch deshalb die Stille nicht brechen wollen.

Jetzt sah sie sich in der teuren Suite um, prüfte Fluchtwege, doch da war nichts: Die Tür hatte er verschlossen, vom Balkon würde sie niemals wegkommen, es war einfach zu hoch.

Frankreichs Mafiapate Nummer eins hatte sie da, wo sie niemals hatte hingelangen wollen.

SHOKRAN AL-HAMSI

12. JULI 2018
FLUGSTEIG VON QATAR AIRWAYS,
AÉROPORT NICE CÔTE D'AZUR

Wir beginnen das Boarding für die Passagiere der First Class nach Doha. Bitte begeben Sie sich zum Gate, Sie werden dann in Fahrzeugen zum Flugzeug gebracht.«

Der ältere Al-Hamsi-Bruder ging als einziger Passagier aus der Lounge zum Flugsteig. Die junge Schwarze begutachtete sein Ticket nur beiläufig, dann hob sie die Hand, um ihn durchzuwinken.

Er stieg die Treppen hinunter, unten wartete schon das Fahrzeug. Ein Porsche Cayenne mit livriertem Fahrer, der die Tür aufhielt.

Al-Hamsi ließ sich in das weiche Leder sinken, die Sonne verschwand hinter getönten Scheiben.

Der Weg übers Rollfeld war nur kurz, dort vorn wartete schon die Boeing 777.

Es wurde Zeit, nach Hause zu fliegen. In sein klimatisiertes Penthouse mit dem spektakulären Blick auf die Skyline von Doha, Katar. Die Hochhäuser, die aussahen wie gigantische Spielzeuge, Spiegelflächen im Wüstensand.

Es wurde ein wenig zu heiß hier. Wenn es losging, wollte er auf keinen Fall hier sein.

Es war eigentlich unmöglich, dass sie einen von ihnen beiden drankriegten. Sie hatten nie zugelassen, dass ein Papier entsteht, das ihre Beteiligung an dieser Sache beweisen könnte.

Aber man wusste nie. Der Marseiller Bulle war das größte Risiko. Bei diesen kleinen Ratten wusste man nie, wann sie quatschten.

Und wenn es wirklich – im unwahrscheinlichsten Fall – schiefging, dann musste wenigstens ein Bruder in Sicherheit sein.

Shokran Al-Hamsi war nicht unzufrieden damit, dass die Wahl in diesen Fällen immer auf ihn fiel. Er musste grinsen. Schließlich hatte er es selbst entschieden.

Sie brauchten diesen Befreiungsschlag dringend.

Die Bullen waren – nachdem der Terrorwahnsinn abgeklungen war – viel besser ausgerüstet und aufgestellt als früher. Nur hatten die Behörden jetzt wieder Zeit für die organisierte Kriminalität.

Und Bolatelli, der alte Wichser, hatte immer noch so viele Stricher bei den Bullen, die er bezahlte. Jetzt würden sie den Bullen wieder richtig Arbeit bescheren. Und Bolatelli danach ein für alle Mal kalt stellen. Der verdammte Korse. Ein Verbrecher aus vergangener Zeit. Mit Ehrenkodex.

Als sich die Tür des Cayennes öffnete, spuckte Shokran als Erstes auf das Rollfeld.

Der Fahrer nickte ihm zu.

Die Treppe erklomm er in Windeseile.

Noch zwei SMS.

Eine ging an Silas.

Arbeitsanweisungen für die Zeit nach dem Knall.

Eine andere als Abschied an seinen jungen Gespielen, dann löschte er jede seiner Sex-SMS der vergangenen Tage.

Man konnte nie wissen, auf welche Ideen die Zöllner in Doha kamen.

Und mit abgehacktem Schwanz wäre sein Leben in Zukunft deutlich unlustiger.

BENITO BOLATELLI

12. JULI 2018
HÔTEL NEGRESCO,
NIZZA

Zoë, Zoë«, sagte der alte Mann kopfschüttelnd und trank einen Schluck Perrier. Er hätte viel lieber den korsischen Rosé getrunken, den das Hotel stets für ihn bereithielt, aber in diesen Momenten bevorzugte er einen klaren Kopf. »Was mache ich nur mit dir?«

Er betrachtete ihre kurzen blonden Haare, für die eine Frau in seiner Heimat früher aus der Dorfgemeinschaft verstoßen worden wäre.

»Mein Gehalt erhöhen, vielleicht?«

Sie hatte Mumm, das musste er ihr lassen.

Dabei wusste sie es ganz genau: Wenn er jemanden mit dem Vornamen ansprach, dann waren dessen Tage auf Erden gezählt.

»Du verstehst es nicht, oder?«

Er hörte seinen Bass durch den Raum, als spräche ein anderer.

»Es ist nicht nur, dass du meinen Auftrag nicht erfüllst. Ich höre vielmehr seit Tagen, dass du in einem Wagen der Polizei herumgondelst und Unruhe in unseren Vierteln verursachst. Und dann sehe ich es auch noch mit eigenen Augen. Und ich frage dich: Was macht meine wichtigste Frau zusammen mit einem Polizisten? Was besprecht ihr? Und was, verdammte Scheiße, soll das überhaupt? Mann, ich müsste dir hier in der Präsidentensuite eine Kugel in den Kopf jagen, wenn es nur nicht so spritzen würde … Der *directeur* würde mir das nie verzeihen …«

Sie war nicht unruhig, keine Spur, sie betrachtete vielmehr jedes Detail in diesem Zimmer, als würde sie es gleich malen wollen. Sie war so würdevoll, so stark, dass er sie bei aller Wut sogar bewunderte, auch wenn er sich dagegen wehrte.

Er nahm nun doch einen kleinen Calvados aus der Flasche, die auf dem Barwagen stand, setzte sich in den grauen Ohrensessel und sagte: »Wir haben nicht viel Zeit. Aber lass mich dir eine Geschichte erzählen. Ich war nicht immer der einsame alte Wolf, der ich jetzt bin. Umgeben von ein paar Getreuen, aber immer auf der Lauer vor den stets unzähliger werdenden Feinden. Der Justiz, der Polizei, den Finanzbehörden in Brüssel, der Konkurrenz, besonders der Konkurrenz von unseren liebsten Zwillingsbrüdern aus dem Nahen Osten. Nein, so war es nicht immer. Es gab da diesen Jungen: Paolo. Paolo Gentile. Sein Name täuscht nicht: Er war sehr nett, dieser Paolo. Wir sind zusammen aufgewachsen, ich war etwas älter. Fünf Jahre vielleicht. Wir lebten zusammen in Borgo wie Brüder. Ich habe ihm beigebracht, wie man ein Mädchen umgarnt. Er hat mir beigebracht, auf einen Baum zu klettern. Obwohl ich viel älter war. Aber er war viel gelenkiger, viel sportlicher. Ja, vielleicht war er viel mutiger. Vielleicht ist das die Erklärung dafür, warum es zwischen uns so endete. Als mein Vater mir seine Geschäfte übertragen hat, damals vor vierzig Jahren, da hat er mir aufgetragen, all diese Dinge immer allein zu machen. Ein Partner sei zu gefährlich. Ich könne die unwichtigen Dinge mit meiner Ehefrau teilen – Dorothea war damals erst wenige Jahre meine Frau. Aber ich dürfe die wichtigen Dinge niemandem erzählen, nicht ihr und erst recht niemand anderem. Ich habe ihm widersprochen und mich ihm widersetzt. Ich wollte Paolo als Partner. Ich wollte nicht schlaflos in Borgo leben, immer in

Sorge und immer in dem Wissen, dass ich meinen Reichtum und meine Angst mit niemandem teilen kann. Mein Vater hat nach zwei Jahren Diskussion zugestimmt, er hatte keine andere Wahl. Er hatte nur mich. Ich war sein einziger Sohn. So war ich der Boss und Paolo war mein – wie sagt ihr heute so neumodisch? – mein Wingman. Wir haben alles geteilt. Er hat für mich Leute rekrutiert, in den Bars auf Korsika. Er war so gesellig. Ich habe dagegen die großen Pläne geschmiedet und die taktische Arbeit gemacht.«

Er stockte, nahm noch einen Schluck Calvados, der ihm rauchig und dunkel die Kehle hinunterfloss.

»Es hat genau fünf Jahre gedauert. Dann war Paolo, wie er eben war. Zu mutig. Er hat angefangen, nach rechts und links zu schauen. Ich habe es sofort gemerkt. Er hat mich anders angesehen. Nicht mehr wie seinen Bruder. Sondern wie jemanden, der ihm etwas schuldig war. Ich konnte es nicht drauf ankommen lassen, dass er irgendwann sein eigenes Imperium aufbaut oder zur Polizei geht. Er wusste zu viel. Heute – und weil ich dir das jetzt sage, kette ich mein Schicksal an deines –, heute also befindet sich Paolo hinter meiner Garagenwand in einer recht umfänglichen Betonschicht. Er hat keine Augen mehr gehabt, als wir ihn da eingemauert haben, Dorothea und ich. Wir haben ihn sehr lange gequält, damit er versteht, was er getan hat. Nun gut, du siehst, Zoë, ich habe einen weiteren Grundsatz gebrochen, ich habe Dorothea von alldem erzählt. Aber sie hat bis zu ihrem schmerzhaften Ende vor vier Jahren nicht einmal darüber nachgedacht, mich zu hintergehen. Bei ihr hat sich die Entscheidung also vollständig ausgezahlt, während Paolo mich verraten wollte. Und dafür seinen Preis bezahlt hat. Den höchsten Preis.«

Sie regte sich immer noch nicht. Sie zeigte keine Angst und keine Unruhe. Ihre Stimme klang tonlos.

»Kein Verrat.«

»Was meinst du?«

»Es gab keinen Verrat.«

»Ich bin noch nicht fertig. Hör meine Geschichte zu Ende an. Dann reden wir über die letzten Tage.«

Sie nickte.

»Ich bin jetzt alt, wirklich sehr alt. Mit siebzig wollte ich immer aussteigen. Jetzt bin ich 75. Ich kann nicht mehr. Dorothea ist nicht mehr da. Xavi sitzt im Knast, und zwar nicht in meinem. Und die verdammten Al-Hamsis krallen sich mehr und mehr Cités mit ihren miesen Methoden. Ich habe nicht die Kraft, sie zu besiegen.«

Ein letzter Schluck, ein Blick auf die Uhr, er würde zum Ende kommen müssen.

»Du warst auserkoren. Seit sechs Jahren habe ich dich auserkoren, meine Nachfolgerin zu werden. Du bist so unendlich viel schneller und klüger, als ich es je war. Am ersten Tag, damals, als dein Vater dich mir vorgestellt hat, da habe ich es schon in deinen Augen gesehen. Ein Mädchen aus Nizza-Nord, das alle Jungs überragt hat mit seinem Talent, seinem Charme, seiner Kaltblütigkeit. Ich habe dich aufsteigen lassen – ohne mich hättest du keinen Fuß auf den Boden bekommen, natürlich nicht. Aber du hättest es auch mit meiner Hilfe versauen können, wie so viele andere Trottel. Doch du hast es geschafft. Irgendwann musste ich gar nichts mehr tun, als dir Geld zu geben und ein paar Tage später die zehnfache Menge von dir zurückzubekommen. Die Sache in Saint-Tropez hat meine Pläne gebremst. Du warst kurz von der Rolle, wusstest nicht mehr, wo du standest und ob du das Richtige tust. Ich habe abgewartet – und du kamst zurück auf die Spur. Und nun ist es so weit, eigentlich.«

Er atmete schwer und sah aus dem Fenster, wo die Möwen kreisten, als spielten sie mit der Sonne Fangen.

»Vielleicht war es kein Verrat. Vielleicht gibt es eine gute Erklärung dafür. Du hast diese eine Chance, es mir zu erklären. Denn sonst muss ich annehmen, dass du wie Paolo nicht zu wenig von etwas hast, sondern zu viel. Zu viel Mut nämlich. Ich war nie besonders mutig. Deshalb lebe ich noch. Du wirst meinen Job nicht überleben, wenn du zu mutig bist. Also, Zoë, erzähl mir von den letzten Tagen.«

ISAAKSON

12. JULI 2018
HÔTEL MAMA SHELTER,
RUE DE LA LOUBIÈRE, MARSEILLE

Als er zum ersten Mal wieder auf der Couch seines Design-Zimmers saß, öffnete er sich eine Dose Bier mit einer Hand und schloss die Augen.

Was für ein Tag. Was für ein beschissener Tag.

Sie waren nicht einen einzigen Zentimeter weitergekommen. Stattdessen gab es tausend neue Fragen.

»Haben Sie einen Knall?«, hatte Navarro ihn gefragt – nicht ganz zu Unrecht, wie Isaakson fand.

Der andere Bulle hatte Lamine sofort Handschellen angelegt, und Navarro hatte Isaakson weiter angeschrien. Was er sich denke. In seinem Revier mit seiner Partnerin Kollegen und Zivilisten zu verprügeln. Sie zu bedrohen. Und dann auch noch angesehene Politiker zu jagen.

Isaakson hatte den Kopf hängen lassen.

Jetzt war Demut angesagt. Er wusste das.

Lamine zitterte nach Zaras Attacke am ganzen Leib. Er wirkte beinahe beruhigt, wie er da vor dem Bullen stand, die Hände gefesselt, den Kopf gesenkt.

Navarro hatte gesagt: »Wir nehmen Sie mit. Oder Sie sagen uns sofort, wie wir Ihre Partnerin finden.«

Isaakson war ganz ruhig geblieben. »Sie wissen, dass wir von Europol diplomatische Immunität genießen. Sie müssten mir richtig viel Scheiß nachweisen, Commissaire, damit sie mich auch nur bitten dürfen, in Ihre Karre einzusteigen. Im

Übrigen finde ich, wir hätten von Anfang an zusammenarbeiten sollen. Um den Scheißkerl zu finden, der dieses arme Mädchen umgebracht hat. Das wollten Sie nicht. Und nun regen Sie sich über die Art unserer Ermittlungen auf. Vergessen Sie es. Tun Sie, was Sie wollen. Ich werde in mein Auto steigen und Feierabend machen. Und passen Sie gut auf den da auf«, er zeigte auf Lamine, »der hat was zu erzählen. Morgen werden wir ihn verhören. Dann werde ich mit meiner Partnerin zu Ihnen aufs Revier kommen. Schönen Abend.«

Er hatte sich umgedreht und war gegangen. Sie hatten ihn nicht aufgehalten.

Er hatte beobachtet, wie Navarro und der andere Bulle Lamine in ihr Auto setzten, Navarro fuhr, der andere saß hinten bei Aïchas Bruder.

Wenigstens war der jetzt eingelocht. Und sie würden ihn später ausquetschen können. Vielleicht noch in dieser Nacht, wenn er nur endlich Zara erreichen würde.

Hatte er gedacht.

Bis er kurz vor der Ankunft im Hotel einen Anruf erhielt.

»Navarro ist hier.«

»Was wollen Sie?«

»Sie haben gesagt, der Typ habe etwas zu erzählen?«

»Ja, das denken wir.«

»Was war es?«

»Wenn ich das wüsste, müsste ich ja nicht seine Aussage abwarten.«

»Haben Sie keine Idee?«

»Fragen Sie ihn.«

»Das ist schwierig.«

»Wieso?«

»Er ist weg.«

Isaakson war fast durch die Windschutzscheibe geschleudert worden, so heftig hatte er gebremst.

»Er ist *was?*«

»Wir standen an einer Ampel in der Innenstadt. Verdammter Stau. Da hat der Wichser meinem Kollegen mit dem Ellenbogen eine verpasst, der hat ihm fast die Nase gebrochen, verdammt. Und dann ist er aus dem Auto raus und losgerannt wie der Teufel. Ich hinterher, aber es war genau am alten Markt. Bei den engen Ständen kam ich nicht hinterher. Schießen ging auch nicht. Ich würde gerne wissen, welchen Verdacht Sie bei dem Jungen haben.«

Isaakson sah sein Gesicht im Rückspiegel, er war rot, vor Aufregung und Wut.

»Sie hätten uns unsere Arbeit machen lassen sollen. Stattdessen lassen Sie den Kronzeugen im Mordfall Aïcha verschwinden. Mein Gott, der hatte Handschellen um.«

Navarro wurde kleinlaut: »Die Fahndung läuft. Alle Beamten sind informiert. Wir kriegen den Kerl. Sagen Sie mir, was er getan hat.«

»Ich sage Ihnen einen Scheißdreck. *Au revoir.*«

Isaakson war wie im Film die paar Meter zum Hotel gelaufen, die Treppe hoch, hatte die Tür zu seinem Zimmer aufgemacht und war hinter der Tür zusammengesunken. Alles drehte sich in seinem Kopf. Dann hatte er so dagesessen, keine Ahnung, wie lange. Als er wieder zu sich kam, war es draußen stockdunkel.

Er hatte sich ein Bier aus der Minibar genommen, und nun saß er auf der Couch. Trank in schnellen Schlucken und atmete zum ersten Mal an diesem Tag richtig durch.

Sein Kopf schmerzte immer noch, es waren wohl die Nachwirkungen der Attacke vor drei Tagen.

Wahnsinn.

Nur drei Tage.

Er fühlte sich, als wären es drei Wochen gewesen. Er war so erschöpft.

Zara war weg. Sie reagierte nicht auf seine Anrufe.

Lamine war weg.

Sie hatten Madame Bellaiche noch nicht besucht.

Sie waren in einer elenden Sackgasse.

Und er fühlte sich, als wäre er der einzige Zurechnungsfähige in dieser ganzen Stadt.

Er verlor jedes Zeitgefühl, saß da und schaute ins Dunkel seines Raumes. Bis es klopfte.

Er ging leise durchs Zimmer und öffnete die Tür.

»Zara«, entfuhr es ihm, als er sie dort stehen sah.

Sie lächelte, als sie die Bierdose in seiner Hand sah.

»So eins brauche ich auch«, sagte sie.

»Komm rein.«

Er trat zur Seite, ging zu dem kleinen Kühlschrank und entnahm ihm zwei weitere Dosen. Gott sei Dank war diese Minibar extrem gut gefüllt für französische Verhältnisse.

Sie setzte sich neben ihn und trank, nachdem sie mit den Blechdosen angestoßen hatten.

»Lamine ist weg«, sagte er.

»Ich weiß«, sagte sie.

»Woher?«

»Ich hab mir ein Taxi geschnappt und bin den Bullen hinterher. Ich wollte wissen, was sie vorhaben.«

»Und?«

»Ich hab gesehen, wie er am Markt aus dem Bullenauto gesprungen ist. Ich war zu weit weg. Und ich hatte ja immer noch das verdammte Koks. Ich konnte Navarro nicht in die Quere kommen.«

»Und wo warst du die restliche Zeit?«

»Hab Lamine gesucht. Keine Chance …«

»Scheiße …«

»Du sagst es. Obwohl ich glaube …«

»Was?«

Sie sah ihn herausfordernd an.

»Mann, der Typ ist völlig fertig. Auf Entzug, komplett runter. Der hatte Handschellen an. Wie soll der es allein schaffen, zwei Bullen zu entkommen?«

»Du glaubst …«

»Dass sie nachgeholfen haben. Ja.«

»Aber was sollte deren Interesse sein, dass Lamine frei rumläuft?«

»Das ist die Gretchenfrage.«

»Meinst du, die Bullen hängen in dem Mord an Aïcha mit drin?«

»Sie hatten jedenfalls überhaupt kein Interesse daran, uns zu helfen.«

»Kann ich dich was fragen?«

»Ich sitz auf deiner Couch und trinke dein Bier. Das ist ja wohl das Mindeste.«

Er sah sie an, das spöttische Grinsen, die funkelnden Augen.

»Was ist mit dir los, Zara? Du trinkst, du raufst, du machst die verrücktesten Sachen, die ich jemals bei einem Partner gesehen habe. Und das ist so, seitdem man mir auf den Kopf geschlagen hat. Also bin entweder ich verrückt geworden – oder du.«

Er sah, wie sie überlegte, nachdachte, doch es wirkte nicht zaudernd, sondern kühl kalkulierend. Zudem war das Grinsen um ihren Mund nicht verschwunden.

»Kann ich dich erst mal was fragen?«

Er nickte.

»Wie findest du mich? Die neue Zara?«

Ihre Stimme hatte einen dunkleren Ton bekommen.

Er überlegte, wie weit er gehen konnte.

»Du machst mir Angst«, sagte er, ohne dass er sich dafür schämte. »Weil ich nicht weiß, was du vorhast. Ich habe das

Gefühl, du weißt viel mehr als ich. Ich komme nicht mit. Und dann immer diese Ausraster, die wirken, als geschehen sie nicht im Affekt, sondern als seien sie kalkuliert. Das macht mir Angst. Gleichzeitig bist du cooler. Und …«

»Und was?«

Ihm fiel erst jetzt auf, wie nah sie neben ihm saß. Aufrecht wie eine Statue. Dabei spürte er, wie sie glühte. Diese Mischung aus Kälte und Hitze machte ihn noch nervöser.

»Und ich finde dich, mit Verlaub, sehr sexy. Die neue Zara, meine …«

Er wusste nicht, was sie tat, als sie ihre Hand auf seinen Arm legte. Nicht, als sie seinen Kopf nahm und ihn zu sich zog, genau wie sie es vorhin mit Lamine gemacht hatte, natürlich nicht ganz so ruckartig, aber mit derselben Heftigkeit. Nicht, als sie ihre Lippen auf seine presste, dann sanft den Mund öffnete, Sekunden später heftiger, als ihre Zunge seine fand.

Erst nachdem sie mit ihren Händen nach unten gerutscht war, sein T-Shirt hochgeschoben hatte, ihn befühlt hatte, an seinem Oberkörper entlanggestrichen hatte, an seiner Brust, an seinem Bauch, waren ihre Hände zu seinem Gürtel gewandert, hatten ihn geöffnet, in Nullkommanichts hatte sie seine Hose geöffnet, sie heruntergezogen, nicht aufgehört, ihn zu küssen, und dann war sie mit ihrem Kopf abwärts gerutscht, küsste ihn wild am Bauch, dann tiefer, dann fand sie ihn, er schloss die Augen.

Da überkam ihn die Gewissheit, dass er gleich mit seiner Partnerin schlafen würde, seiner Chefin, der Frau, von der er nicht mal geglaubt hätte, dass er sie je auch nur umarmen würde.

Er sah ihren Kopf, wie er sich in seinem Schoß auf- und abbewegte, dann schloss er wieder die Augen und krallte sich krampfhaft an der Sofalehne fest.

ZOË

13. JULI 2018
CITÉ LA POMME,
MARSEILLE

Die ewig gleichen Wohnblocks tauchten links und rechts auf, kaum dass sie die Autobahn verließen, die sie aus der Altstadt und durch den *Prado*-Tunnel hierhergeführt hatte.

Graue Bauteile aus hellen Platten, schmale Fenster wie Gefängnisschlitze. Ein Meer von Satellitenschüsseln. Sehr bunte Wäsche an Leinen vor den Fenstern.

Manche Häuser kratzten an den Wolken, manche waren flacher. Gerade so, als habe der Architekt versucht, das Unmögliche zu schaffen: der Eintönigkeit Vielfalt zu schenken.

Doch die Trostlosigkeit kroch auch hier aus jedem Haus, obwohl *La Pomme* eine bessere Cité war, als es *La Castellane* je werden würde.

Der Himmel würde bald blau werden, es war kurz nach sieben, noch war alles in Ordnung. Nachher, in der Dunkelheit, sollten sie hier nicht mehr als Bullen erkannt werden. Aber die Zeit sollte reichen, um ins Haus zu gelangen – und nachher rasch und unerkannt wieder raus.

Zoë wusste, dass *La Pomme* klar in Bolatellis Hand war. Das Drogenbusiness hatte er schon vor Jahrzehnten an sich gerissen. Zoë selbst hatte einige Male hierher geliefert. Sie kannte einige der lokalen Jungs, die für Ordnung sorgten. Sie wollte denen dennoch nicht zusammen mit einem Europol-Kollegen über den Weg laufen. Denn auch Bolatelli wusste schließlich nicht die ganze Wahrheit.

Isaakson war den ganzen Weg über sehr schweigsam gewesen. Sie hatte gespürt, wie er sie von der Seite musterte.

Es war gut gewesen. Sie würde sogar sagen: schön.

Er war sehr wild, sehr männlich, sie hatte es gemocht, wie er an ihr gezerrt, wie er sich an sie gekrallt hatte. Wie er in sie gestoßen hatte.

Sie parkte vor Block Nummer 54, so nah wie möglich an der Tür.

»Dann holen wir uns mal unsere Antworten.«

»Ich hoffe, wir schocken sie nicht zu sehr.«

»Du hast gesagt, du hättest gespürt, dass sie reden wollte …«

»Du warst doch dabei.«

Sein Gesicht war reglos, als er das sagte. Prüfte er sie?

»Schon. Aber es war dein Gespräch. Und dein Gefühl.«

Er sagte nichts mehr.

Sie stiegen aus.

Hinten versank die Sonne, dort, hoch oben, hinter der Kathedrale von *Notre-Dame de la Garde*.

Ein paar Schritte, dann standen sie vor der Tür aus Eisen.

Isaakson suchte den Namen auf dem Klingeltableau. Es waren Hunderte.

Französische Namen? Vielleicht drei.

Es gab viermal *Bellaiche*. Er klingelte bei allen vieren.

In dem Moment flog die Tür auf und ein junger Mann mit tief ins Gesicht gezogener Basecap stolperte ihnen entgegen.

Er sah erst Zoë, dann den Schweden.

Sie hatte eine Sekunde zu lange gebraucht, so sehr war sie in Gedanken schon in Madame Bellaiches Wohnzimmer gewesen. Deswegen erkannte sie ihn erst jetzt. Es war Lamine.

Sie sah ihn, sein Gesicht, seine zitternde Unterlippe, seine bläulichen Wangen, die tief liegenden Augen.

Er hatte schon Sekunden vorher registriert, wer sie waren. Stieß Zoë beiseite, dann den Schweden und rannte los.

Er zog eine Blutspur hinter sich her. Erst jetzt sah sie: Seine Hände waren blutig, sein Jackenärmel, die Türklinke von innen, die Tür, die Zoë immer noch offenhielt.

»Du«, rief sie Isaakson zu, der sofort begriff und seinerseits losspurtete, Zoë dagegen rannte die Treppe hinauf, den Weg, den der Junge gekommen war.

Es war kein Problem, sie zu finden, denn es war jede Menge Blut an Lamines Jacke gewesen. Die Tropfen führten sie direkt in die fünfte Etage. In einen dunklen Flur, links und rechts zig Türen, bis zu einer, die offen stand.

Sie stürzte hinein, die Waffe gezogen, doch sie war sicher, dass niemand mehr hier war. Durchflog die Wohnung, klein, sauber, aufgeräumt, bis sie die Lehrerin fand, am Boden lang ausgestreckt, kurz vor der Ohnmacht, im Bauch steckte das Messer, mit dem Lamine auf sie eingestochen hatte.

Sie sah mindestens ein Dutzend Stiche, in die Kehle, in die Brust, in den Bauch. Um Madame Bellaiche herum sah es aus wie auf einem Schlachthof.

Sie hatte sofort das Bild vor Augen, das Zara von Aïchas Leichnam in ihr rotes Notizbuch gezeichnet hatte. Die Wunden glichen sich.

Es war so viel Blut.

Wut, sie konnte die Wut förmlich spüren, die Lamine an ihr ausgelassen hatte. Die blinde Wut, verbunden mit dem Wissen, ohnehin nichts mehr zu verlieren zu haben.

Sie kniete sich neben sie.

Madame Bellaiche hatte die Augen nur leicht geschlossen, sie flimmerten vor sich hin, die Haut war schon fahl, die Lippen ganz hell.

Die Blutungen nach außen waren sicher nicht das größte Problem. Im Bauchraum kam das Blut sehr dunkel aus den

Wunden, er hatte wohl jedes Organ getroffen, das lebenswichtig war.

»Madame«, sagte Zoë leise und streichelte ihr die Wange, »Madame, bitte ...«

Keine Reaktion.

Sie versuchte es erneut, diesmal etwas lauter: »Madame Bellaiche!« Statt die Sterbende weiter zu tätscheln, versuchte sie es mit ganz leichten Schlägen auf die Wange, bemühte sich gleichzeitig, die Wunde am Bauch zuzuhalten, die Blutung zu stoppen, sie brauchte doch nur ...

Gerade als sie aufgeben wollte, öffnete Madame Bellaiche ihre Augen, ein kleines bisschen nur.

Zoë beugte sich ganz nah zu ihr herab. Und die Lehrerin flüsterte ihre letzten Worte, als seien sie ein Mantra, das sie seit Tagen, Wochen, Monaten mit sich herumtrug: »Lagerhaus in Castellane, Bernex, am Tennis ... Sie wollen ... Explosionen. 16. Isle. Entschuldigung, dass ich ...«

Ihre Stimme brach, ihre Augen rollten nach oben.

Dann starb sie in Zoës Armen.

13. JULI 2018

Telefonat auf +33 8 8102 5622

»*Salam aleikum.*«

»*Salam.* Alles bereit?«

»Alles bereit.«

»Was ist mit Lamine? Ich hab gehört, es gab Probleme?«

»Die beiden Scheißbullen aus dem Norden … Die wollten ihn einsacken.«

»Was? *What the fuck* … Dann müssen wir es doch vorziehen. Oder ganz abblasen, wenn die uns draufkomm–«

»Nun bleib aber du mal ruhig, *habibi.* Ist alles gut gegangen. Unser Mann hat ihn rausgeholt.«

»Was heißt das?«

»Na, er hat ihn ihnen abgenommen und wieder auf die richtige Spur gesetzt.«

»Guter Mann. Echt guter Mann. Das andere Problem?«

»Lamine hat das andere Problem eben geklärt.«

»Was heißt das?«

»Endgültig.«

»Woher weißt du das?«

»Er ist eben angekommen. War ziemlich fertig. Aber ist alles gut gegangen. Die Alte wird nicht mehr reden. Niemals.«

»Ihr Wichser hättet da vorher dran denken müssen, dass die Kleine quatschen könnte. Verdammt.«

»Mann, jetzt hör auf, mich die ganze Zeit anzupissen. Es hat doch alles geklappt. Der hat richtig kurzen Prozess mit ihr gemacht.«

»Die Pyro ist bereit?«

»Steh neben ihr. Wir sind zu viert. In den Blocks verteilt sind die anderen Jungs, die das andere Zeug haben. Alles ist bereit für die Party.«

»Lamine ist stark genug, das durchzuziehen? Er fährt da hin und macht ganz alleine Bum?«

»Ja, er ist bereit. Er hat eben seinen Stoff bekommen und hat wieder ganz ruhige Hände. Ich bearbeite ihn nachher noch mal, von wegen seiner Cousine und so. Dass es das Beste ist.«

»Wenn wir einen verlieren, reicht das. Die anderen sollen versuchen, wieder rauszukommen, sobald die Scheiße richtig am Kochen ist. Ihr wisst, was zu tun ist. Raus aus Marseille, rüber nach Italien oder Spanien. Möglichst in verschiedenen Autos. Wir brauchen Ruhe. Und keine Ermittlungsergebnisse. Die sollen sich den Wolf suchen und dabei schön machtlos aussehen. Dann sind wir stark.«

»Alles klar, *habibi.*«

»Okay. Viel Erfolg, und pass gut auf Lamine auf. Ich trau ihm noch …«

»Jetzt pass auf, *habibi.* Ich hab den Jungen so weit bekommen, dass er da steht, wo er steht. Jetzt wird er es durchziehen. Du solltest ihm dafür Ehre erweisen. Und ihn nicht beschimpfen. Klar?«

»Belehr mich nicht, du Wichser. Was du gelernt hast, hab ich dir beigebracht.«

»Was …«

»Was ist das für ein Lärm?«

Keine Antwort.

»Was war das? War das ein Schuss?«

Keine Antwort.

»Hey, was ist da los bei euch? Schreit da jemand?«

»Verdammt, die Tür, ich muss …«

Peitschende Schüsse am anderen Ende der Leitung, ein Knall, ein Schmerzensschrei, dann bricht das Gespräch ab.

»*Habibi? Habibi?* Verdammt.«

SMS an +33 7 292730291

Fahr sofort ins Lagerhaus in Castellane. Da geht irgendwas ab. Schnell!!!

ISAAKSON

13. JULI 2018
LAGERHAUS, CHEMIN DE BERNEX,
CITÉ LA CASTELLANE

Die Jungs hatten wirklich eine Nase für Bullen. Sie hatten den Clio extra um die Ecke geparkt. Doch schon der erste Posten in einem Hochhaus hatte sie kommen sehen und gepfiffen, als sie sich dem Lager vorsichtig näherten.

Sofort war aus einer Nebentür ein Mann gekommen, klein, gedrungen, dunkel. Er hatte nicht gezögert, sondern geschossen. Sofort, als er Zara erblickte.

Der Schuss hallte an ihnen vorbei und schlug irgendwo hinter ihnen in die Botanik.

Isaakson warf sich zur Seite. Doch er sah aus dem Augenwinkel, wie sich Zara nicht vom Lagerhaus wegbewegte, wie es ein Mensch mit gesundem Menschenverstand tun würde. Sie rannte stattdessen im Zickzack auf das Haus zu und feuerte.

Isaakson sah, wie die Mündung ihrer Waffe kleine Lichtblitze abgab, eins, zwei, drei, vier Schuss, im Abstand von Sekundenbruchteilen.

Er nahm das Sperrfeuer zum Anlass, um sich ebenfalls nach vorn zu bewegen.

Ein Schrei.

Ein männlicher Schrei.

Er sah, wie der Typ nach hinten geschleudert wurde und zusammenbrach.

Zara lief an ihm vorbei, drehte sich blitzschnell um und zeigte auf den Kerl.

Isaakson verstand.

Er näherte sich ihm.

Der Mann war tot. Zwei Schüsse in die Brust.

Es war nicht Lamine.

Kein Schwarzer. Ein Maghrebiner. Er war älter. Langer, dunkler Bart. Stirnglatze.

Der Mann hatte mit einer Maschinenpistole geschossen.

Was zum Teufel war hier los? Was planten die? Wenn die mit solch schwerem Geschütz auf alles feuerten, was sich dem beschissenen Lagerhaus auch nur näherte.

Zara hatte auf der Fahrt nur gesagt, dass Madame Belaiche ermordet worden war. Bestialisch, hatte sie gesagt. Von Lamine.

Dass sie zum Lagerhaus nach *La Castellane* fahren müssten. Und auf alles vorbereitet sein sollten.

Isaakson hatte ausführlich berichtet, warum er keine Chance gehabt hatte, den fliehenden Lamine zu schnappen. Der war in dem Gewirr von kleinen Gassen in der Cité verschwunden. Schon wieder. Isaakson hatte in keiner Sekunde ein freies Schussfeld gehabt. Zudem war es nicht schwedische Manier, Verdächtige hinterrücks abzuknallen. Zara hatte die linke Augenbraue hochgezogen, wie sie es seit einigen Tagen machte, immer wenn er ihr dieses Argument vortrug. Als sei es total unsinnig.

Dabei hatte sie ihn bis vor wenigen Tagen genau dafür geschätzt.

Ein neuer Schuss aus dem Inneren des Gebäudes.

Er kam aus einem der schmalen Fenster, links an der Seite.

Sie waren zu zweit. Verdammt. Wie viele Männer waren da drin?

Isaakson nahm die Waffe des Toten, duckte sich und rannte auf das Lagerhaus zu. Zara war schon angekommen, sie machte sich an dem großen hölzernen Tor zu schaffen.

Es schien, als seien die Schüsse aus dem Fenster ziellos, sie surrten durch die Gegend, schienen aber nicht treffen zu wollen. Sah der Schütze nichts?

Isaakson hatte es fast bis zu Zara geschafft. Da drehte die sich um und rief: »Runter …«

Er warf sich auf den Boden, bedeckte seinen Kopf mit den Armen, als es auch schon rumste. Es gab eine mächtige Detonation, er spürte, wie ganze Holzstücke durch die Gegend geschleudert wurden.

Als keine Teile mehr umherflogen, schaffte er es wieder auf die Füße und sah durch den Rauch. Das Tor war fast vollständig aus den Angeln gerissen, in der Mitte prangte ein riesiges Loch.

»Hmm, war wohl etwas viel«, sagte Zara, die schon längst wieder auf den Beinen war und in seine Richtung schaute. »Alles okay?«

Statt einer Antwort fragte er: »Hast du Plastiksprengstoff …«

»Rein …«, sagte sie statt einer Antwort.

Sie drückte sich an den Rand der Wand, die an das Tor grenzte, und spähte hinein.

Aus dem Fenster fielen keine Schüsse mehr.

Merkwürdig. Die Explosion eben war heftig. Aber so heftig, dass sie im Lager zig Angreifer umgemäht hätte, war sie nun auch wieder nicht gewesen.

Isaakson ging geduckt an die andere Ecke des Tores. Es war ziemlich dunkel, am anderen Ende beleuchtete eine winzige Funzel die Szenerie. Er sah einen Raum mit einem Tisch und Stühlen, wie der Aufenthaltsraum einer Werkstatt. Kleine Kisten an den Wänden. Ansonsten herrschte Leere.

Dahinter ein weiteres Tor, einem Garagentor gleich, das offen stand. Offenbar schloss sich ein weiterer Raum an, der von hier nicht einzusehen war.

Hatten sie sich dort verschanzt?

Die Waffe im Anschlag, nickte er Zara zu.

Sie hechtete hinein, weit und mit erstaunlicher Kraft, drehte sich im Flug und riss, noch während sie im Inneren aufschlug, die Waffe hoch und leuchtete mit einer Taschenlampe, die sie wer weiß wo hergezaubert hatte, den Raum ab.

Stille.

Isaakson stieg über die Trümmer des Tores und suchte Schutz an der hinteren Wand des Raumes.

»Nach dahinten«, flüsterte sie. Dann griff sie wieder in ihre Hosentasche und wechselte blitzschnell ihr Magazin.

Er nickte.

Sie schlichen gebückt durch den Raum, nutzten die Deckung der wenigen Gegenstände, die herumstanden.

Doch es blieb ruhig, bis sie den Raum durchschritten hatten. Gerade als sie am Tor ankamen, hörte Zara es offenbar zuerst.

Sie warf sich zur Seite. Isaakson tat es ihr nach.

Schon prallten die Schüsse in die Wand, wieder war es eine Schnellfeuerwaffe, ganze Salven schlugen neben ihnen ein. Sie mussten hier raus …

Doch Zara schaffte es wieder auf die Beine und hinter den Tisch. Isaakson stand ebenso wieder auf und deckte seinerseits den Raum mit Salven aus der Maschinenpistole ein, die er dem Toten abgenommen hatte.

Der Mann stand da vorne im Dunkel.

Sie sahen nur die Lichtblitze seiner Waffe, als sich Zara hinter dem Tisch aufrichtete und einen einzigen Schuss abgab.

Sie sahen, wie ein dunkler Schatten hochgerissen wurde und verschwand. Es gab einen Aufprall, und das Dunkel des Schattens war eins mit dem Dunkel des Bodens geworden.

Die Waffe schwieg.

Sie rannten zum Tor.

In diesem Moment gingen im hinteren Raum zwei Lichter an. Sie leuchteten ihnen direkt ins Gesicht.

Scheinwerfer. Große Scheinwerfer. Ein Lieferwagen, ohne Zweifel.

Durch das Gegenlicht konnte Isaakson nichts erkennen, er suchte hinter dem Tor Schutz, doch Zara hatte es längst auf die andere Seite geschafft.

Er hörte einen Mann, der schrie, als sei das Böse in ihn gefahren. »Los, fahr, Lamine, fahr sie um, fahr sie über den Haufen«, brüllte er. Dann streckte ihn ein Schuss aus Zaras Waffe nieder – mitten in den Bauch.

Der Motor heulte auf, und in die Scheinwerfer kam Bewegung, als der Transporter anfuhr, er lag sehr tief, brauchte Zeit, um vom Fleck zu kommen, dann aber beschleunigte er, raste mit quietschenden Reifen los, kam schnell auf Tempo.

Zara stand an diesem Ende der Halle genau im Weg des Wagens, hob ihre Pistole und schoss.

Einmal.

Wieder nur ein einziger Schuss.

Nichts passierte.

Der weiße Sprinter raste weiter auf sie zu, und erst im letzten Moment, als das Auto kurz davor war, sie zu erfassen, hob sie federleicht ab und sprang zur Seite, um sich nur Sekundenbruchteile später wieder aufzurichten. Isaakson, der das alles beobachtete, wenn er das Geschehen auch nicht einzuordnen wusste, spürte, dass er diesen Moment nie wieder vergessen würde.

Die unmittelbare Gefahr des Todes und Zaras behände Reaktion, als würde sie bei einem Beachvolleyballspiel nach dem Ball hechten. Völlig ohne Angst oder ohne Aufregung, fast spielerisch.

Als habe sie vollkommen kaltes Blut.

Ihr Blick folgte dem Wagen, also wandte auch er sich um.

Gerade rechtzeitig, um zu sehen, wie das Fahrzeug ausbrach, stark ins Schlingern geriet, sich kurz darauf einmal um sich selbst drehte. Er konnte für Sekundenbruchteile den Fahrer erkennen, seinen schreckgeweiteten Blick, die ans Lenkrad geklammerten Hände, dann verlor er komplett die Kontrolle über den Wagen und krachte nur Augenblicke später in die Wand. Mit solcher Wucht, dass sich ein Balken des Lagerhauses senkte und auf den Führerstand fiel. Die Wand erzitterte, hielt aber.

»Sieh nach Lamine«, rief Zara und rannte um den Wagen herum zum Heck.

Isaakson ging, die Waffe schussbereit vor sich, zur Fahrertür. Er riss sie auf, und der junge Schwarze, dem er vor einer Stunde noch durch die Cité *La Pomme* hinterhergerannt war, fiel ihm entgegen. Auf seiner Stirn war ein kleiner roter Fleck zu sehen, aus dem sehr wenig Blut austrat.

Zara hatte ihn mit einer einzigen Kugel getötet.

Seine Augen standen offen, als er, gehalten von Isaakson, auf dem Boden aufkam.

Im Motorraum war durch den Aufprall ein Feuer entstanden, es drang Rauch aus dem Kühlergrill.

ZOË

13. JULI 2018
LAGERHAUS, CHEMIN DE BERNEX,
MARSEILLE

Sie hatte es schon geahnt. Doch als sie die beiden Ladetüren gleichzeitig aufriss, stand ihr doch für einen Augenblick der Mund offen.

Deswegen hatte der Wagen so tief gelegen.

Sie sah säuberlich aufgestapelte Blöcke, dazwischen gespannte Leitungen und Kanister.

Ein Blick reichte.

ANFO.

Dahinten war der Detonator.

Sie sah die Flammen, die vorne aus dem Motor schlugen. Ihr blieb nicht viel Zeit.

Verdammt, wie sollte sie …

Sie lief wieder um den Transporter herum und rief Isaakson, der den toten Lamine durchsuchte, zu: »Komm, hilf mir …«

Dann rannte sie zu dem dicken Mann, dem sie eine Kugel in den Bauch verpasst hatte. Blöder Wichser. Der hatte gewollt, dass Lamine sie überfährt. Sie hätte ihm gleich in den Kopf schießen sollen.

Ein Glück hatte sie es nicht getan.

Sie erkannte den Fettwanst sofort: Karim Ben-Thaleb.

Seine strähnigen dunklen Haare fielen über seine verschwitzte Stirn, seine Augen waren halb geöffnet und er röchelte. Das Blut, das aus seinem weißem Hemd floss, war hellrot. Keine Leber. Gut. Sie hätte also noch zwei Minuten. Hoffentlich waren die Bullen nicht schneller.

Sie beugte sich zu ihm herunter, sah sich schnell um, Isaakson kam gerade erst angelaufen.

»Karim«, flüsterte sie, »Karim, du beschissener Bastard von einem Drogendealer, machst du neuerdings auf Bombenbauer?«

Er öffnete die Augen, ein Stück weiter als eben, und dann gingen seine Augen von selbst riesig weit auf. Das Erstaunen übertraf den Schmerz. »*La Reine*«, brachte er mühsam hervor, als wolle er das Wort ausspucken, »*La Reine de Bolatelli* ...«

»Genau, du Bastard. Dein Albtraum ist hier. Sag, schnell, was wollt ihr mit der verfickten Scheißbombe machen?«

»Vergiss es ...«

»Was ist Isle?«

»Du Schlampe ...«

Jetzt stand Isaakson neben ihnen. Sie wusste, dass es gleich wieder unangenehme Fragen geben würde. Dennoch nahm sie ihre Hand und griff beherzt in seine Bauchwunde.

Karim bäumte sich vor Schmerzen auf, und seine Augen verdrehten sich, als würde er in diesem Moment verrückt.

»Sprich ... Was ist Isle?«

»Wir machen ein Feuerwerk ...«

»Ihr macht gar nichts mehr, du Wichser. Was ist Isle?«

Er blickte ihr ins Gesicht und brachte es fertig auszuspucken – trotz ihres Fingers in seiner Wunde. Der dünne Speichelfaden traf sie nicht, dennoch drückte sie fester zu.

Er bäumte sich wieder auf.

Zoë blickte auf die Uhr.

»Okay, wir haben keine Zeit. Es gibt folgende Möglichkeiten, Karim: Wir legen dich ins Auto und fahren dich ins Krankenhaus. Ich lass dich keine Sekunde mehr aus den Augen, bis du im Knast von Borgo ankommst. Und du weißt, wer da regiert. Ab dem Moment wird dein restliches Leben die Hölle. Und die wird so lange andauern, wie ich es will. Das war Möglichkeit eins.«

Sie hatte ihren Griff an seiner Bauchhöhle gelockert, sodass er sie fragend anblickte.

»Und Möglichkeit Nummer zwei. Du drückst …«

Isaakson flüsterte: »Zara, hör auf …«

Doch sie behielt ihre Hand, wo sie war.

Da griff ihr der Schwede an die Schulter.

Sie ließ Karim los, fuhr auf, schlug Isaaksons Hand weg und stand mit ihrem Gesicht ganz nah vor seinem. »Lass es. Meine Mittel. Keine Fragen. Fass mich nie wieder an, wenn ich arbeite.«

Sie kniete sich wieder hin und ließ Isaakson stehen.

Karim nickte.

»Sicher?«

»Ja«, stöhnte er. »Aber mach schnell, sie sind gleich hier …«

»Wer ist hier?«

»Navarro«, sagte er tonlos.

»Fass mit an«, sagte sie leise zu Isaakson, dann griff sie Karims Füße, und der Schwede nahm den blutenden Tunesier unter den Achseln.

»Wohin?«, fragte er, und seine Stimme drückte all das Widerstreben aus, das er allem Anschein nach fühlte, weil er nicht gutheißen konnte, was sie hier tat. Und sicher noch viel weniger, was sie gleich tun würde.

Sie wies mit dem Kopf zum Sprinter.

Schnurstracks trugen ihn die beiden herüber, mit dem Fuß schob Zoë die rechte Tür vollständig auf und hob die Füße über die Ladekante ins Innere des Transporters.

Als Isaakson sah, was sie vor zwei Minuten gesehen hatte, riss er die Augen auf.

»Verdammt …«, war alles, was er hervorbrachte.

»In der Tat«, sagte sie.

»Das ist …«

»ANFO.«

»Und du willst …«

»Los, schieb ihn rein.«

Er hob Karim ins Innere des Laderaums, bis er kurz hinter den Kisten mit seinem Kopf zu liegen kam.

»Warte kurz«, sagte sie zu Isaakson, der draußen stand, dann ging sie wieder auf die Knie und kroch nah an Karim heran.

»Kannst du dich aufrichten?«

Lange würde Karim nicht mehr haben, das zeigte die Menge des verlorenen Blutes. Das Innere des Wagens war gänzlich rot verschmiert.

Er nickte.

»Wenn du es nicht machst, komm ich wieder. Das wäre nicht gut. Ist klar, oder?«

Er nickte noch mal.

Sie zeigte zum Detonator, einem grauen Kasten mit einem Hebel, wie ihn normale Menschen, die nicht so verdorben waren wie sie, aus dem Bergbau kannten.

»Ihr wolltet Lamine wirklich sterben lassen?«

Karim vermochte, ein Schulterzucken anzudeuten.

»Er wollte Märtyrer sein«, sagte er stöhnend.

Sie schüttelte den Kopf. Dann fiel ihr noch etwas ein.

»Dein Handy …«

»Vergiss es …«

Sie drückte seine Hand weg und griff in seine Hose, nahm das blutige iPhone, während er sie wütend anstarrte.

»Verschwinde endlich.«

Diesmal war sie es, die nickte.

»Salut, Karim. Soll ich wen grüßen?«

Er blickte sie an, als habe sie einen Scherz gemacht. Doch als er sah, dass es ihr ernst war, brachte er hervor: »Sag Maman, ich lieb sie …«

»Mach ich.«

Dann stieg sie aus, griff Isaakson am Arm und rief: »Renn.«

Und rannte im selben Augenblick los, als sei der Leibhaftige hinter ihr her. Durchquerte die zweite Halle und war endlich draußen unter dem dicht bewölkten Gewitterhimmel, die Hochhäuser neben ihr waren jetzt keine Bedrohung, sondern Hoffnung …

Schneller, schneller, sie musste nur noch schneller …

Sie hörte seine Schritte hinter ihr, seinen Atem, den sie von letzter Nacht wiedererkannte, er war schon fast gleichauf mit ihr, der Schwede war wirklich in guter Form.

Sie waren noch nicht weit genug weg, sie rechnete im Kopf die Entfernung aus und das Gewicht, das die Bombe hatte, als sie glaubte zu hören, wie der sterbende Tunesier den Detonator niederdrückte. Natürlich war das Unsinn, und doch nahm sie genau jetzt einen Lichtblitz wahr, sah ihn, obwohl sie in die falsche Richtung schaute, und dann wurde sie von den Füßen geholt, bevor sie den Knall überhaupt hörte.

Im Flug sah sie neben sich Isaakson, auch er in der Horizontalen, die Arme lang nach vorn ausgestreckt, um sich gleich abrollen zu können, doch das misslang, denn die Druckwelle war zu stark, sie schleuderte sie meterweit, und dann fielen sie aufeinander, ineinander, rollten und kollerten auf dem Boden noch weiter, bis sie endlich liegen blieben.

Und hinter ihnen war es, als habe der Krieg gerade erst begonnen.

ZARA

13. JULI 2018
KOLLWITZSTRASSE 63.
BERLIN-PRENZLAUER BERG

Sie betrachtete das Flackern auf dem Bildschirm, das aussah, als zeige es einen Kriegsschauplatz in Bagdad oder Kabul.

Doch die BBC-Nachrichtensprecherin mit dem hochbritischen Akzent sprach immer wieder von *Fronx*. Noch war nicht viel klar. Im Laufband stand:

Bombenexplosion in Vorort von Marseille, 4 Tote, Behörden sprechen von Gasleck, kein Terrorverdacht

Zara glaubte das nicht eine einzige Sekunde. Sie betrachtete die Bilder der verkohlten Fenster und des aus den Angeln gerissenen Holztores, als sich eine kleine warme Hand auf ihren Arm legte.

»Mama? Was ist das?«

Amélie hatte sich unbemerkt aus dem Kinderzimmer angeschlichen.

Sie drückte schnell auf die Fernbedienung. Der große Fernseher wurde sofort schwarz.

Sie nahm das kleine Mädchen auf den Arm.

»Nichts, mein Schatz«, sagte sie beruhigend, »es ist nur ein großes Feuerwerk. Weit weg von hier.«

In den Augen der Kleinen sah sie den wachsenden Zweifel. Noch glaubte sie ihr alle Geschichten über ihr Leben, ihre eigene Kindheit, ihre Arbeit. Doch bald wäre sie noch größer und noch klüger. Dann würde es noch schwieriger.

»Amélie, *chérie,* Mama muss nachher noch mal zur Arbeit. Ich werde für zwei Tage weg sein.«

Die Augen der Kleinen verengten sich, ihr Mund setzte zu einem Schluchzen an, doch Zara drückte das Mädchen fest an sich.

»Nicht schlimm, *chérie,* nicht schlimm, ich bin doch bald wieder da.«

Ihre Tochter nickte.

»Magst du dich kurz hierhersetzen und in deinem Buch lesen? Ich schau mal, wie weit Papa mit dem Abendessen ist.«

Die Kleine nickte, griff sich das Buch mit den Urwaldtieren und blätterte die erste Seite auf. Die Beine hingen baumelnd von der Couch.

Zara ging in die Küche, wo ihr Mann an der Kücheninsel stand und Artischocken schnitt.

Sie sah ihn an, und er nickte ihr wortlos zu.

»Ich hab alles gehört. Wie lange?«

»Drei Tage?«

»Gut.«

»Ich muss den Nachtflug nach Paris kriegen. Esst ihr ohne mich?«

»Klar.«

»Ich verabschiede mich nachher noch von euch.«

»Gut.«

Er lächelte sie an, als sie die Küche verließ, durch das Wohnzimmer ging und die Tür zum Schlafzimmer öffnete.

Ganz oben aus dem Kleiderschrank nahm sie eine Kiste heraus. Sie stellte am Zahlenschloss die richtige Kombination ein und öffnete den Stahldeckel. Dann entnahm sie der Kiste die Pistole, die Zoë nicht hatte benutzen wollen. Sie konnte das Kreuz auf der Hüfte nicht vergessen. In ihre Handtasche steckte sie drei Magazine. Die Sicherheitskontrolle würde sicher spaßig werden.

Im Nebenzimmer hörte sie Amélie lachen.

Sie schloss kurz die Augen.

Warum hatte sie all diese Dinge kommen sehen?

Schon vor Jahren hatte sie den Segen ihrer Gabe zu schätzen gelernt – doch an solchen Abenden blieb sie der pure Fluch.

BBC WORLD NEWS

23 UHR, 13. JULI 2018

Live-Schalte aus London nach Marseille

»Hier ist die BBC aus London mit den World News. Ich bin Kylie McFlurry. Und aus aktuellem Anlass gehen wir direkt weiter zu unserer Frankreich-Korrespondentin Peggy Mulligan. Peggy, danke, dass Sie für uns die ganze Nacht im Einsatz sind. Sie sind in Marseille, wo vor drei Stunden eine gewaltige Explosion eine Vorstadt in Rauch eingehüllt hat. Können Sie uns sagen, was da passiert ist?«

Blonde Frau mit Mikrofon vor Hochhausblocks, in der Ferne sind noch immer Flammen zu erkennen, Rauch wabert über die Straße. Um die Journalisten herum ein riesiges Polizeiaufgebot.

»Hi, Kylie. Ja, richtig, es hat eine Explosion gegeben, ich stehe hier in einer der berüchtigsten Cités in Frankreich. In der Vorstadt La Castellane. Es ist so, dass gegen 20 Uhr 30 ein riesiges Lagerhaus sprichwörtlich in die Luft geflogen ist. Ich habe mit Menschen gesprochen, mit Anwohnern, und die haben gesagt, dass es einen unglaublichen Knall gab, eine wahnsinnige Detonation, aus heiterem Himmel, und die Wucht dieser Detonation kann man auch daran sehen, dass an allen Autos und Häusern der Umgebung die Scheiben herausgeflogen sind. Also, das muss eine große Sprengkraft gewesen sein. Es kam dann zu einem Feuer, Sie sehen ja hin-

ter mir, dass die Feuerwehr die Flammen noch immer nicht unter Kontrolle hat. Über Lautsprecher wurden die Anwohner aufgerufen, die Türen und Fenster geschlossen zu halten, denn es war bis vor einigen Minuten unklar, was genau da explodiert ist. Es herrscht hier, das muss ich sagen, eine sehr große Besorgnis.«

»Peggy, Sie sagen es: Eine Vorstadt in Frankreich und eine Explosion – da denken nicht nur wir sofort an Terrorismus. Wissen Sie schon, was genau dort passiert ist?«

»Kylie, die Mutmaßungen gingen hier natürlich rund unter den unzähligen Journalisten, die schon kurz nach der Explosion an Ort und Stelle waren. Die Menschen, mit denen ich sprechen konnte, die Anwohner aus den umliegenden Blocks, haben aber gesagt, dass das ein ganz normales Lagerhaus war, das Lager einer lokalen Handwerksfirma. Und das passt auch zu dem, was uns vor einigen Minuten der Präfekt der Region gesagt hat, der hier eingetroffen ist. Er hat Entwarnung gegeben, was die Gefährlichkeit der gelagerten Materialien angeht. Aber hören wir mal rein, hier das Statement vom Präfekten der Region Bouches-du-Rhône.«

Grauhaariger Mann, mittelalt, Anzug unter Funktionsjacke, Stimme leicht näselnd vor Dutzenden Mikrofonen, hinter ihm mehr Polizei, auch in Zivil.

»Meine Damen und Herren, ich danke Ihnen, dass Sie so schnell hierhergekommen sind. Ich darf Ihnen den Stand der Ermittlungen mitteilen: Hier ist um 20 Uhr 26 ein tragisches Unglück geschehen. In diesem Lagerhaus einer Baufirma ist es bei unsachgemäß durchgeführten Schweißarbeiten zu einem Gasleck gekommen. Offenbar ist es in der Nähe des

Lecks durch Funkenbildung oder möglicherweise auch durch eine Zigarette zur Auslösung dieser gewaltigen Explosion gekommen. Besonders tragisch ist, dass alle vier Arbeiter, die sich zu dem Zeitpunkt in dem Lager aufgehalten haben, an Ort und Stelle gestorben sind. Wir müssen Ihnen sagen, dass die Toten durch den Brand so schwer entstellt sind, dass eine Obduktion sehr, sehr schwierig werden wird. Ich kann aber – um allen Spekulationen entgegenzuwirken – sagen: Alle vier Opfer sind Franzosen. Ein Hintergrund zum Terrorismus, der die Geißel der französischen Gegenwart darstellt, gegen die wir mit aller Kraft ankämpfen, können wir in diesem Fall nicht erkennen. Wegen der laufenden Ermittlungen kann ich derzeit leider keine weiteren Fragen beantworten.«

NAVARRO

13. JULI 2018
LAGERHAUS, CHEMIN DE BERNEX,
MARSEILLE

Der junge Kollege rannte auf sie zu und schaffte es nur knapp, vor Navarro zum Halten zu kommen, der sich gerade seine *Police*-Armbinde um den Ärmel der Lederjacke band.

»Chef, Chef …«

»Was ist denn, Bruno?«

»Ich hab zwei Anwohner gefunden, die aussagen, dass zwei bewaffnete Personen kurz vor der Explosion ins Lagerhaus rein sind. Vorher sind Schüsse gefallen. Es waren Bullen, raunen die Leute hier. Obwohl sie keine Armbinde trugen. Dann hat sich keiner mehr ans Fenster getraut. Na ja, aber vorher haben die Anwohner eben diese beiden gesehen. Ein großer blonder Mann und eine kleine Frau mit kurzen blonden Haaren.«

»Zara von Hardenberg«, sagte Navarro nachdenklich und schaute aus dem Fenster.

Petit nickte.

»Danke, Bruno. Frag weiter rum«, sagte er und wandte sich dann an seinen Lieutenant. »Merkwürdig ist das. Die Kugeln, die in den Terroristen steckten, sind nicht alle von einer Bullenknarre. Wir haben neben den Neun-Millimeter-Geschossen auch solche mit Kaliber 22 gefunden. Aus einer Beretta.«

»Merkwürdig.«

»Ja, das ist es. Glaubst du, dass Zara von Hardenberg eine Verbrecherknarre nutzt? So sah sie nicht aus.«

»Andererseits weiß man bei diesen Europa-Bullen nie, was die so aushecken.«

»Stimmt auch wieder.«

Navarro spuckte aus und betrat das Lagerhaus, in dem weiter hinten noch immer kleinere Flammennester brannten. Die Feuerwehr war innen und außen mit Schläuchen zugange, die *pompiers* trugen Atemmasken.

Navarro hielt sich ein nasses Taschentuch vor den Mund und versuchte, mit der anderen Hand wedelnd den Rauch zu verscheuchen – vergeblich.

»Verdammt, das ist ja eine verfluchte Ruine«, sagte er zu Petit, der neben ihm ging und den Kopf schüttelte, als könne er es nicht glauben.

»Wir müssen uns beeilen«, fuhr Navarro fort, »das Lager ist akut einsturzgefährdet, sagt die Feuerwehr.«

»Hier drüben ist noch mehr Ruß«, sagte Petit und wies auf die rechte Ecke der Halle, wo das Skelett eines Transporters zu sehen war.

»Nur noch ein Gerippe. Hier ist es explodiert.«

Es gab am Heck des Wagens keine Türen mehr, deshalb war der Blick frei: auf das, was von den Kisten und Kanistern übrig geblieben war.

Navarro beugte sich herab, unter das Skelett, besah sich das teilweise eingestürzte Dach des Lagerhauses und die zerfetzten Balken.

»Wie sieht das für dich aus?«

»Wie ’ne fette Explosion.«

»Ja, schon klar. Aber was ist hier explodiert? Das war schließlich kein Silvesterknaller.«

»Was weiß ich … TNT?«

»Nein. Das hier sieht zu chaotisch aus. Zu unsauber. Das

war ANFO. Das ballert richtig. Und wenn ich mich hier so umsehe, dann war das extrem viel ANFO.«

»Ja, das sind etliche Kisten.«

»Vielleicht drei-, vierhundert Kilo. Damit kannst du unten in der Stadt den halben Hafen wegballern. Was wollten die?«, fragte Navarro und gab sich nachdenklich, indem er sich am Kopf kratzte.

»Wir werden sie nicht mehr fragen können«, gab Petit zurück. »Der Gerichtsmediziner sagt, es ist gut möglich, dass wir die drei Typen hier drinnen nie identifizieren. Von denen ist kaum etwas übrig. Jetzt will er sich die Zähne ansehen.«

»Was ist mit dem, der vor der Tür lag?«

»Er hat durch die Explosion und das herumfliegende Holz auch Feuer gefangen. Ist aber nicht komplett verkohlt, wie die anderen. Da besteht Hoffnung, dass wir rauskriegen, wer er war. Stinkt fürchterlich, die Leiche.«

Petit rümpfte die Nase.

Deshalb hatte Navarro vorhin auch einen großen Bogen um das weiße Tuch gemacht. Er hasste diesen Gestank von verbranntem Fleisch.

War jetzt ja auch nicht wahnsinnig schwer zu erahnen, wer da unter der weißen Plane lag. Hier, in dieser Straße, wo Navarro beinahe jeden Bewohner kannte. Irgendeinen der Kanaken würde es schon erwischt haben. Wenn er sich auch so dämlich anstellte.

»Zum Glück haben wir den Präfekten überzeugt, über die ganze Aktion Stillschweigen zu bewahren«, sagte Navarro, und Petit nickte.

»Dank deines hartnäckigen Einsatzes«, sagte der Jüngere und grinste seinen Vorgesetzten über die Trümmer hinweg an.

»Gut. Ich hau mich wieder hin«, sagte Navarro und stieg

durch die Trümmer – dort wo früher das Tor war – wieder nach draußen, um beinahe manisch die frische Luft einzuatmen.

»Meinst du, das war es?«

Petit guckte zweifelnd.

»Was meinst du?«

»Dass nun nichts mehr geplant ist?«

»Du meinst, dass die …«, er wies auf den Leichensack vor der Tür, der eben von Trägern in einen Metallsarg gelegt wurde, »… noch 'ne Aktion in petto haben? Ich glaube nicht. Das hier drinnen war alles, was die hatten. War ja auch genug Sprengstoff. Was auch immer die vorhatten – sie haben es selbst in Schutt und Asche gelegt. Oder eben mit der Hilfe unserer Freunde von Europol. Sei's drum. Gehen wir schlafen.«

SPÄTER ABEND DES 13. JULI 2018

SMS von +33 7 292730291

Was war denn bei euch los? Ey, ihr kriegt es nicht mal hin, das Zeug gut zu verstecken. Verdammte Idioten. Fuck up. Aber ihr seid sicher. Wir fahnden nicht. Für uns ist die Sache durch. Plan B morgen. Ich bin in der Nähe. Falls die Bullenschlampe auftaucht, kümmere ich mich.

ZOË

FRÜHER MORGEN DES 14. JULI 2018

Telefonat auf +33 8 8102 5622

Sie wählte die Nummer, die Karim in den letzten Tagen laut der Anruferliste am häufigsten gewählt hatte. Eine warme Stimme meldete sich. Sie klang hellwach, selbst zu dieser nächtlichen Stunde.

»*Salam aleikum.*«
»*Salam.*«
»Wer ist da …?«
»Das wollte ich gerade Sie fragen.«

Ende des Gesprächs

Zoë hatte ihn mehrfach getroffen. Früher hatte sie sogar Geschäfte mit ihm gemacht. Doch seit er die linke Hand von Al-Hamsi war, hatte sie die Bekanntschaft beendet.

Doch die Stimme, seine warme, einschmeichelnde Stimme, die hätte sie unter Tausenden erkannt.

Diarra Sakho, der Imam der Moschee von *La Castellane,* hatte nicht mit ihr sprechen wollen.

ISAAKSON

14. JULI 2018
BRASSERIE LE MARSEILLAIS,
AVENUE DU PRADO, MARSEILLE

Schwertfisch, frischer Schwertfisch«, rief der kleine bärtige Algerier vor der Tür und zeigte den Passanten den langen silbrig glänzenden Fisch, der auf seinem Tisch lag. Auf einem Bett auf Eis.

Vor seinen weit aufgerissenen Augen das lange Schwert, das beinahe einen Meter in den Markt hineinragte.

Isaakson war dieses Spektakel fremd. All die Marktstände auf dem Marché du Prado, die eng an eng standen und unter der Last der Fische, Früchte, Gewürze beinahe zusammenbrachen. Das Stimmgewirr, Französisch, Italienisch, Arabisch, Russisch, all die Händler, weiße, schwarze, die durcheinanderschrien, sich übereinander lustig machten, immer noch bessere Angebote abgaben, wenn einer der Flaneure stehen blieb, um sich die Langusten genauer anzusehen. Und dann der Dreck auf der Straße, die ausgeweideten Fische, deren Reste achtlos in den Rinnstein geworfen wurden.

In Stockholm war das anders. Es war so viel geordneter, sauberer, stiller. Und in seiner Heimat ganz im Norden konnte man vom Boden essen.

Doch als er Zaras Gesicht sah, musste er lächeln. Wie sie mit einem verzauberten Ausdruck auf dem Gesicht in die Marktstraße sah, den Rufen und Gesprächen lauschte und ganz versonnen war. Sie hatte nichts gesagt, seitdem sie vor einer halben Stunde in dem Café angekommen waren. Hatte still ihren Cappuccino getrunken und ein Schinken-Käse-Omelett förmlich verschlungen.

Sie schien diese Atmosphäre zu lieben. Diesen Duft und die Geräusche des Südens.

Auch das fiel ihm an ihr zum ersten Mal auf.

Er betrachtete seine mullumhüllten Arme.

Die Fahrt vom Lagerhaus in die Stadt hatten sie kein Wort gewechselt. Zara hatte ihn notdürftig verbunden, als sie wieder im Hotel angekommen waren.

Durch die Wucht und den Feuerball waren die Haare auf seinen Armen und die oberste Hautschicht schlicht weggeschmurgelt worden. Es tat höllisch weh, doch sie hatte mit prüfendem Blick festgestellt, dass er nicht ins Krankenhaus musste.

Sie hatte durch eine herumfliegende Scherbe eine kleine Wunde am Kopf bekommen, die sie abgeklebt hatten. Nun schmückte ein riesiges Pflaster ihre Stirn.

Dann hatten sie in der Stille der Nacht wieder miteinander geschlafen, drängender diesmal, härter, noch wilder.

Sie waren einer Katastrophe entgangen, sie hätten sterben können – und es schien, Zara wollte ihr Überleben unbedingt feiern.

Nachdem sie gleichzeitig gekommen waren, hatte es nicht einmal eine Minute gedauert, bis beide eingeschlafen waren.

Bei ihm war es ein tiefer, traumloser Schlaf gewesen, doch er hatte bemerkt, wie Zara im Morgengrauen im Zimmer umhergetigert war, er hatte das Leuchten des Laptopdisplays gesehen, sie hatte einmal mit irgendwem telefoniert, dann war sie wieder zu ihm ins Bett gekrochen.

Erst um elf waren sie aufgestanden, und nun saßen sie hier draußen vor der Brasserie und frühstückten.

Nun gut, der Schwede frühstückte nicht.

Er hatte sich direkt ein *tartare frites* und ein eiskaltes Bier bestellt – nach diesem nächtlichen Albtraum hatte er Hunger wie ein Löwe.

Zara hatte nicht mal die Augen verdreht.

Als er fertig gegessen hatte, hielt er die Stille nicht mehr aus.

»Was war das gestern?«, fragte er und konnte selbst kaum glauben, dass er es so lange ausgehalten hatte, das Massaker im Lagerhaus nicht anzusprechen.

Sie zuckte zusammen und verharrte mit ihrem Blick noch für einen Moment auf der Marktszenerie. Dann wandte sie sich ihm zu.

»Das war Kunstdünger vermischt mit Diesel in Kanistern. Genannt ANFO. Breivik hat es in Norwegen verwendet, damals, als das halbe Regierungsviertel in die Luft flog.«

Isaakson rollte mit den Augen. »Danke für die explosive Expertise. Ich weiß sehr wohl, was ANFO ist. Aber was war da los? Warum hast du …«

»Warum ich den verdammten Mistkerl das Zeug habe vernichten lassen?«

»Zum Beispiel … wobei das nur eine von vielen Fragen ist.«

»Isaakson, ich weiß nicht, ob du schon gemerkt hast, dass wir überhaupt nicht wissen, wem wir trauen können und wem nicht. Ich konnte nicht zulassen, dass noch mal irgendwer dieses Zeug in die Hände bekommt. Selbst bei den Bullen stimmt doch was nicht. Oder wie erklärst du dir, dass Lamine einfach so aus einem Bullenwagen hat abhauen können? Nein, ich wollte nicht riskieren, dass auch noch 500 Kilo ANFO einfach so verschwinden und bei denen landen, die damit womöglich ein Riesending anstellen wollen.«

»Zara? Ich hab dich noch nie entschlüsselt. Jetzt, wo wir …«, er schaute verlegen zu Boden, »…etwas intimer miteinander sind, kann ich es ja sagen. Aber in den letzten Monaten hab ich zumindest immer irgendetwas von dem verstanden, was du tust. Diesmal allerdings verstehe ich überhaupt nichts. Ich verstehe nicht, wie wir mitten in eine Ballerei hineingeraten konnten. Und ich verstehe absolut nicht, was das alles mit Aïcha zu tun hat. Wegen der wir ja eigentlich hier sind.«

Der Kellner in dem strahlend weißen Hemd sprang herbei, als Zara ihm zuwinkte.

»Bringen Sie mir auch eines«, sagte sie und wies auf Isaaksons halb leeres Bierglas.

Als es vor ihr stand, brach sie ihr Schweigen. »Es ist ein Irrtum.«

»Was ist ein Irrtum? Mann, Zara, jetzt rede endlich.«

Isaakson war wirklich wütend.

»Dass es vorbei ist. Das ist ein Irrtum. Es ist nicht vorbei. Mir hat mein Informant gesagt, hier ginge etwas Großes ab. Etwas, in dem die Familie von Aïcha mit drinsteckt. Und zwar *big time*. Ich glaube beim besten Willen nicht, dass wir mit einer Explosion und vier Toten bereits ein ganzes Terrornetz ausgehoben haben. Madame Bellaiche hat dieses Wort gesagt: *Isle.*«

»Insel«, übersetzte Isaakson.

»Merci, mon cher«, antwortete Zara grinsend, sodass er schon wieder verlegen wurde.

Mein Gott, was war denn hier nur los? Neben dieser Frau fühlte er sich wie ein kleiner Junge.

»Was hat sie damit gemeint?«

»Dass mit dem ANFO wohl irgendeine Insel in die Luft gejagt werden sollte. Oder etwas auf einer Insel.«

»Aber das ANFO ist weg.«

»Kann sein. Kann aber auch nicht sein. Oder es war nicht nur das ANFO, was sie einsetzen wollten. Wir können uns nicht sicher sein.«

»Was meinst du?«

»Hab ich doch gerade gesagt: Da stecken mehr Männer drin. Und sie hat noch etwas gesagt, Madame Bellaiche, meine ich: 16.«

»Eine Postleitzahl?«

»Glaube ich nicht. Warum sollte sie sich eine Postleitzahl merken? 16 ist die Ordnungsnummer der *Charente,* bei La Rochelle. Die hat überhaupt nichts hiermit zu tun. Nein.«

»Und was dann?«

»Ein Datum? Eine Uhrzeit?«

»Ein Datum, der 16. Das wäre übermorgen. Dann hätten wir noch Zeit.«

»Wenn sie die Sache nicht vorziehen.«

»Wenn es eine Uhrzeit ist, könnte es an jedem Tag sein. Und überall.«

Er sah auf seine Taucherarmbanduhr.

»Jetzt ist es 12 Uhr 30. Wenn es heute ist, bleibt uns nicht mehr viel Zeit. Wenn wir noch ein Boot für eine Insel auftreiben müssen …«

Zara nahm einen großen Schluck von dem kalten Bier, das in Isaaksons Kopf jedenfalls für keine Erleuchtung gesorgt hatte. Dann zündete sie sich eine Zigarette an.

Der Schwede fuhr fort: »Früher hätte ich geschossen. Du hättest mich davon abgehalten, um die Männer zu befragen.«

»Was meinst du?«

»Gestern hast du geschossen. Jetzt können wir niemanden mehr fragen.«

»Stimmt. Aber du weißt, dass niemand geantwortet hätte. Ich frage keine Terroristen. Weil sie nie antworten. Sie sind entweder zu kaltblütig oder zu dumm, als dass sie reden. Sie ziehen den Tod vor.«

Sie warf die Zigarette auf das Trottoir und trat heftig darauf ein, als würde sie ein Insekt töten.

»Entschuldige mich für einen Moment. Ich muss aufs Klo.«

ZOË

14. JULI 2018

Telefonat auf +49 159 23 23 147

»Ich hätte gedacht, du meldest dich früher.«
»Tja, ich kam ganz gut voran. Auch ohne dich.«
»Das habe ich gesehen.«
»Was meinst du?«
»Mal den Fernseher angemacht? Dein Feuerwerk ist in allen Nachrichten. Es ist, als hättest du eine halbe Stadt auslöschen wollen.«
»Dabei hat's nur ein paar fundamentalistische Arschlöcher getroffen. Nicht schade drum.«
»Du hast den Sprengstoff gefunden.«
»Tut mir leid, ich hab gestern Abend keine Lust mehr auf Fernsehzerstreuung gehabt. Wo bist du? Es hallt so, als wärst du auf dem Bahnhof …«
»Ist eine sehr große Wohnung. Wir in Berlin haben alle sehr große Wohnungen.«
Zoë überlegte. Merkwürdig, bei Zara im Hintergrund klang es gar nicht so, als wäre sie in ihrer Wohnung. Aber ihre Schwester würde sie nicht anlügen. Zara konnte nicht lügen. Niemals.
»Egal. Ich komme nicht weiter.«
»Es ist nicht vorbei.«
»Das weiß ich. Aber ich weiß nicht, was nicht vorbei ist.«
»Sie werden ausweichen. Du hast ein Nest ausgehoben.

Aber die Bienen haben noch ein größeres Nest. In dem die Königin sitzt.«

»Ich würde die Bastarde nicht Königin nennen.«

»Du mochtest meine Metaphern schon als Kind nicht.«

»Ich wusste gar nicht, was eine Metapher ist.«

Zara schwieg am anderen Ende für einen Moment. Sie war wieder die ältere Schwester.

»Wo werden sie zuschlagen?«

»In jedem Fall werden sie schnell zuschlagen. Du hast sie aufgescheucht, und sie haben Schiss, dass du noch mehr von ihnen in die Luft jagst. Habt ihr Hinweise?«

»Madame Bellaiche hat etwas von Isle geflüstert, bevor sie starb.«

»Die Arme. Isle, Isle …«

»Was hat eine Insel mit dem ganzen Mist zu tun? Ich verstehe es nicht.«

»Ich denke mal nach. Warte kurz. Sag mir: Was ist mit den Kollegen in Marseille?«

»Was soll mit denen sein?«

»Sind Sie euch auf der Spur? Wissen sie, dass ihr es wart, die das Feuerwerk angerichtet haben?«

»So, wie die in der Cité vernetzt sind, werden sie es sicher wissen. Es gab genügend Späher, die uns gesehen haben.«

»Du musst gut aufpassen. Beim nächsten Schritt. Navarro ist … Er sucht dich.«

»Ich weiß. Traust du ihm?«

»Hmm …«

»Zara?«

»Ja, warte kurz.«

Die Stille am anderen Ende war drückend. Sicher drei oder vier Minuten lang. An Zoë gingen immer wieder Menschen vorbei, die auf die Toilette wollten. Sie beobachtete, wie Isaakson draußen auf der Terrasse ein neues Bier trank.

Nach einer Zeit, die Zoë endlos vorkam, begann Zara zu sprechen.

»Ihr habt die Beweise und Aussagen nicht genügend gecheckt. Ich werde mit Isaakson ein ernstes Wort reden müssen.«

»Red nicht mit mir, als wäre ich ein Kleinkind.«

»Tu ich das?«

Zoë stöhnte genervt. »Also, was meinst du?«

»Glaubst du, euer Besuch in Cavaillon war reiner Zufall? Oder dass das Auto des Kandidaten direkt vor der Moschee geparkt hat, kurz nach Aïchas Tod?«

»Zara, halt mir keine Vorträge, sondern sag mir, was los ist.«

»Es geht nicht um eine Insel. Es geht um Isle-sur-la-Sorgue. Die Stadt zwischen Avignon und Cavaillon.«

»Was soll da sein? In Isle-sur-la-Sorgue?«

Natürlich kannte sie die Stadt. Ein Touristenziel, das auch das Venedig der Provence genannt wurde. Sie wäre nie drauf gekommen.

»Ich habe eben nachgeschaut. Da ist heute ein großes Sommerfest anlässlich des Nationalfeiertages. Der Höhepunkt ist in drei Stunden auf dem Dorfplatz. Ihr müsst euch beeilen.«

»Verdammt, *quatorze juillet,* der 14. Juli. Warum bin ich nicht selbst darauf gekommen?«

»Passt auf euch auf.«

Ende der Verbindung

Zoë rannte nach draußen zur Terrasse.

»Isaakson, komm.«

»Was ist los?«

»Hast du genug Munition?«

Isaakson sah zu ihr auf, als wollte er sagen: Oh nein. Nicht schon wieder.

PETIT

14. JULI 2018
HÔTEL DE POLICE,
2, RUE ANTOINE BECKER, MARSEILLE

Lieutenant Petit legte den Hörer auf und stützte den Kopf in die Hände. Dann griff er zum Hörer.

»Leitstelle? Schicken Sie mir drei Mann hoch. Von den Harten. Vielleicht Guillemin, Conte und diesen jungen Rugbyspieler, diesen Arnaud. Die sollen sich schwer bewaffnen. Mit allem Tamtam. Verstanden? Nein, das ist kein Scherz. In fünf Minuten fahren wir.«

Er legte auf. Schaute auf die Uhr. Nahm wieder ab und wählte.

Am anderen Ende klingelte es. Und klingelte.

Nach Sekunden ging die Mailbox ran.

Nur ein Piep.

Sein Chef war echt kein Mann großer Worte.

»Commissaire Navarro, wo sind Sie? Es ist dringend. Wir haben einen Einsatz. Na gut, Sie sind nicht hier. Wir fahren los. Rufen Sie mich an, wenn Sie mehr wissen wollen.«

ISAAKSON

14. JULI 2018
ISLE-SUR-LA-SORGUE, PROVENCE,
GRENZE ZUM LUBERON

Zara hatte nicht ein einziges Mal den Fuß vom Gas genommen. An der Schranke der Mautstation von Bollène hatte der Schwede die Augen fest zugekniffen, und trotzdem war es ihm so vorgekommen, als spüre er, wie die sich zögernd öffnende Schranke der Schnellfahrspur noch die Windschutzscheibe berührte.

Der Tacho hatte die ganze Fahrt über nicht weniger als 180 Stundenkilometer angezeigt.

Isaakson hatte, als es über die Landstraßen in Richtung Nationalpark *Luberon* ging, mit Rui in Den Haag telefoniert.

»Wo ist Zara?«, hatte der Portugiese gefragt.

»Sie fährt.«

»Sie telefoniert immer, während sie fährt«, hatte Rui geantwortet.

Doch Zara hatte den Kopf geschüttelt.

»Wir brauchen Leute.«

»Wo?«

»In Isle-sur-la-Sorgue, zwanzig Minuten östlich von Avignon.«

»Kenn ich. Wann?«

»Gleich.«

»Ich hab ein Team in Paris. Mit dem Hubschrauber sind das anderthalb Stunden. Reicht das?«

Er blickte zu Zara.

Sie zuckte mit den Schultern, während sie zwei lange Lkws überholte und es gerade so schaffte, vor einem herannahenden Sprinter wieder einzuscheren.

»Schwer zu sagen.«

»Okay. Ich schick sie in jedem Fall los. Was ist mit der lokalen Polizei?«

Isaakson dachte an den Bullen in Cavaillon.

»Nicht sicher.«

Isaakson hörte, wie Rui grummelte.

»Okay. Ich kenn den *RAID*-Chef in Lyon gut. Ich ruf ihn an. Die müssten in 45 Minuten da sein. Früher wird's nichts.«

»Gut. Danke.«

Er hatte keine Ahnung, woher der Portugiese seine Selbstsicherheit und Effizienz nahm. Es war ihm aber auch egal. Rui war ja nicht umsonst Chef der ersten paneuropäischen Antiterroreinheit geworden. Und er hatte ihnen mit Verstärkung schon manches Mal den Arsch gerettet.

Sie parkten den Kleinwagen an der Hauptstraße, und Isaakson, dem das Städtchen völlig fremd war, verstand, warum es das Venedig der Provence genannt wurde. Entlang der pittoresken Straße mit ihren zahlreichen Antiquitätengeschäften sah er einen großen Kanal, der sich durch die Altstadt zog. Das Wasser war nur knietief, aber glasklar, helle große Steine bedeckten den Grund. Weiter vorn sah er ein altes Wasserrad aus Holz mit riesigen Ausmaßen und zwei kleinere Kanäle, die in den großen mündeten. Die Stadt hatte offenbar viele dieser Flüsse zu bieten.

Die Promenade am Fluss war wunderschön angelegt und restauriert, offenbar war die Stadt das Zentrum des Antiquitätengeschäfts von Frankreich. Kitsch und Krempel überboten sich gegenseitig.

»Wohin gehen wir?«, fragte er und sah, wie Zara ihre Waffe prüfte und sich aus einer kleinen Tasche weitere Magazine in die Hosentasche steckte.

»In die Altstadt. Das scheint mir am wahrscheinlichsten.«

Auch Isaakson prüfte seine Pistole und steckte sie ins Holster.

»Denke ich auch. Ich hoffe, dass sich die Jungs aus Lyon beeilen.«

»Alles in Ordnung, Isaakson?«

Er sah auf und fühlte sich ertappt.

»Wieso?«

»Es wäre okay, wenn du nach dem Stress vergangene Nacht nicht schon wieder Bock auf 'ne fette Ballerei hast. Meine Lust hält sich auch in eng überschaubaren Grenzen.«

Er blickte sie an und lächelte. »Augen auf bei der Berufswahl. Im Ernst: Danke, dass du fragst. Alles gut.«

»Wie geht's dem Arm?«

»Brennt …«

Sie stiegen aus und gingen durch die enge Gasse in Richtung der Kirche von *Notre-Dame des Anges*.

Auf dem malerischen Platz saßen die Menschen im *Café de France* unter den ausladenden Platanen und genossen den letzten Kaffee oder den ersten Rosé des Tages. Ihnen gegenüber vor der Kirche war eine Bühne aufgebaut, auf der eine Gruppe provenzalisches Liedgut zum Besten gab. Der Applaus war spärlich.

Isaakson betrachtete Zara, deren Blick immer wieder auf die Kirchenuhr fiel. Fünf vor vier.

Der Schwede sah sich um, mit dem Blick des lange geschulten Polizeibeamten: Nichts, aber auch gar nichts war hier ungewöhnlich.

Es stand kein Lieferwagen herum, keine düsteren Gestalten in irgendeiner Ecke des Platzes, keine merkwürdige Stille.

Die Zikaden sangen in den Bäumen, die Passanten flanierten, der Kellner im *Café de France* stritt sich mit deutschen Touristen, und dahinten standen sogar zwei Beamte der *Police Municipale* locker plaudernd im Schatten, die Hände in den Taschen.

Es war schlichtweg der provenzalische Traum.

In der Ferne glaubte Isaakson sogar, den leise plätschernden Kanal zu hören, der sich durch die Stadt zog, dessen Namen er aber schon wieder vergessen hatte.

Zara zog Isaakson mit sich, ein Stück weiter, zu den Menschen, die nahe vor der Bühne standen und mitsangen, offenbar war die Gruppe hier nicht gänzlich unbekannt.

»Bereit?«

Ihre Stimme klang ernst, besorgt, auf alles vorbereitet.

»Glaubst du, hier passiert was?«

Sie antwortete nicht.

Er griff automatisch an seine Hosennaht.

Verdammt, Zara hatte bisher immer recht behalten.

ZOË

14. JULI 2018
PLACE DE LIBERTÉ,
ISLE-SUR-LA-SORGUE

Was für gruselige Musik.
Was für ein schöner Platz.

Sie hätte gern den kompletten Innenstadtbereich evakuiert. Aber aufgrund welchen Verdachts? Und mit welchen Kräften?

Die Männer aus Paris ließen auf sich warten, selbst die aus Lyon waren noch nicht zu sehen. Und die beiden Kasper dort von der Dorfpolizei würden ihnen kaum helfen können.

Sie hatte sich lange nicht mehr so allein gefühlt. Wie gut wäre es, Zara an ihrer Seite zu haben. Wahrscheinlich wusste sie längst, was wann warum passieren würde.

Und deshalb hatte ihre Zwillingsschwester sie hierhergeschickt. Verdammt, sie wollte nicht immer die Marionette …

Ihre Gedanken wurden jäh von quietschenden Reifen unterbrochen. Ein Wagen näherte sich aus Richtung Westen. Man hörte an den Geräuschen, dass er rasend schnell unterwegs sein musste.

Zoë beobachtete die Dorfbullen. Sie lauschten zwar auch, sahen dabei aber entspannt aus.

Das Auto kam näher, keine Frage.

Dann, nach Sekunden, sah sie es neben sich auftauchen, aus einer kleinen Gasse.

Die Band hatte gerade aufgehört, der Wagen preschte auf den Platz.

Als sie sich später an diesen Moment erinnerte, würde sie

sagen, dass es vor allem ungeheuer still war. Es war, als hätten selbst die Zikaden das Zirpen eingestellt, ohne zu wissen, warum.

Sie gab Isaakson einen Stoß, doch er hatte seine Hand längst am Holster. Sie griff in ihren Hosenbund und nahm ihre Beretta heraus.

Der Wagen bremste. Und hielt.

Direkt neben der Bühne.

Sie konnte ins Innere des Autos schauen, ein Renault Mégane, alt und grau.

Auf den Vordersitzen saßen zwei Männer. Der Fahrer: ein Mann mit einem langen Bart, Algerier, Marokkaner, keine Ahnung. Neben ihm ein Schwarzer, den sie von den Fotos der Familie Sissoko sofort erkannte. Der Cousin. Moussa.

Hinten waren die Scheiben getönt.

Dann ging alles blitzschnell. Zoë hatte Sekundenbruchteile zuvor noch zu den beiden Dorfbullen hinübergesehen, die immer noch dastanden und sich nicht regten, sich nur leise berieten, offenbar hegten sie die Absicht, sogleich ein Knöllchen für eine Ordnungswidrigkeit auszustellen.

Vier Türen des Wagens öffneten sich gleichzeitig.

Moussa und der andere Mann stiegen aus, hinten schälten sich zwei weitere Männer aus dem Auto, sie trugen Sturmmasken, einer hielt eine schwarze Fahne in der Hand.

Zoe spürte, dass sie zitterte.

Verdammt, das war nicht geplant.

Sie wollte nicht hier enden …

Denn sie sah in diesem Moment, was der Mann noch in der Hand hielt. Schwarz, stumpf, todbringend.

Ein Sturmgewehr, sie konnte nicht genau erkennen, welche Marke es war, er wackelte damit herum, wahrscheinlich aber eine Kalaschnikow, die kursierten in Marseille wie Spielzeugpistolen.

Der Mann, der auf der anderen Seite ausgestiegen war, sie erkannte unter seiner Maske, dass auch er schwarz war, rief etwas. Es war unverständlich, doch als sie genauer hinhörte, meinte sie, den Ruf zu erkennen: »Allahu akbar«, rief der Mann, und sie erschauerte. Sie hatte davon immer nur in den Abendnachrichten nach einem neuen Terroranschlag gehört – ohne sich vorstellen zu können, dass jemand tatsächlich in einem solchen Moment daran dachte, dergleichen zu rufen.

Als Nächstes hörte Zoë die Schreie.

Wilde spitze Schreie, von Frauen wie von Männern, die anfingen, im *Café de France* von ihren Stühlen aufzuspringen, dabei die Tische umzuwerfen und loszulaufen, entweder hinein ins Café oder weg von der Terrasse, und das alles derart unkoordiniert, dass es aussah, als sei die Chaostheorie in dieser Szene manifestiert.

Genauso war es auch vor der Bühne. Ein junger Mann hätte in seiner Panik fast Isaakson umgestoßen, aber der Schwede fing sich wieder.

Moussa eröffnete das Feuer, er gab Salven von Schüssen ab, dann auch der Mann neben ihm, und schon feuerten alle.

Die Dorfbullen stürzten los, um hinter ihrem Auto in Deckung zu gehen, sie waren leichenblass.

Die maskierten Männer schrien immer weiter.

Dann ging neben Zoë eine Frau zu Boden. Eine blonde junge Frau, die neben ihr auf die steinernen Platten fiel und vor Schmerzen schrie.

Zoë genügte ein Blick, die Hose war innerhalb von Sekunden blutrot, der Schuss war in den Oberschenkel gegangen, nicht lebensgefährlich.

Weiter.

Isaakson und sie liefen zusammen los, in Richtung des Wagens, Deckung suchend hinter den Platanen.

Auf dem Platz herrschte jetzt nackte Panik, geschürt von immer neuen Salven von Schüssen aus den Gewehren, das Schreien der Männer, Moussa, der wütend und fast entrückt den kopflos flüchtenden Menschen zusah, um immer wieder abzudrücken.

Schon wechselte der andere Mann sein Magazin.

Sie sah, wie der Schwede hinter der Platane auf diesen Moment gewartet hatte, zielte und schoss, es gab einen lauten Knall, dann riss es den Mann nach hinten, sein Gesicht ein einziger Schreck, vermischt mit Schmerz, dann brach er zusammen.

»Eins«, rief Isaakson, und Zoë sah, wie die anderen drei Männer kurz innehielten.

Moussa war der Erste, der sich wieder fing und begann, die Terrasse des Cafés ins Visier zu nehmen, noch immer liefen die Leute kreuz und quer durcheinander, ein Kinderwagen stand dort unangerührt, ein merkwürdiges Monument in diesem Schreckensszenario, als irgendwo seitlich über Zoë das Feuer eröffnet wurde.

Sie drehte sich um, suchend. Verdammt, waren es noch mehr Terroristen? Sogar in den Gebäuden des Platzes?

Sie blickte zu einem Fenster oberhalb des *Café de France* und sah zwei vermummte Männer, die mit Schnellfeuergewehren schossen. Sie zielten aber nicht auf die Passanten und Cafégäste, sondern auf die drei verbliebenen Terroristen.

Es geschah wie in Zeitlupe, als sich Zoë wieder umdrehte, eine Salve von Schüssen traf den schwarzen Mann mit der Maske, sein Körper platzte von den vielen Kugeln auf wie eine Wassermelone, das Blut spritzte in alle Richtungen, und keine Sekunde später traf auch den Mann zu seiner Rechten eine Salve, sein Maschinengewehr flog durch die Luft und landete auf dem Boden, einen kurzen Moment, bevor auch sein Besitzer dort aufknallte.

Dann legte sich eine unendliche Stille über den Platz, der nur gestört wurde von dem Piepen in Zoës Ohr nach den sekundenlangen Schüssen.

Es fehlte nur noch … Moussa.

Sie drehte sich, schaute sich um.

Da war er.

Die Männer im Fenster hatten ihn von ihrem Platz aus nicht sehen können.

Er hielt seine Kalaschnikow fest umklammert, in seinen Augen sah sie die Ausweglosigkeit.

Er rannte los, in eine der kleinen Gassen.

»Isaakson, nimm ihnen die Waffen ab …«, rief sie dem Schweden zu, der sich den drei Niedergeschossenen vorsichtig näherte.

»Und pass auf die Jungs an den Fenstern auf.«

Isaakson sah nach oben und zog seinen Ausweis aus der Tasche, hielt ihn hoch und rief laut: »Internationale Polizei. Europol. Nicht mehr schießen.«

Zoë rannte los, Moussa hinterher, folgte ihm in die Gasse, die bis auf sie beide menschenleer vor ihr lag. Sie las Rue Danton.

Er rannte, sprintete, konnte die Waffe kaum festhalten, weil sie ihm um die Beine schlackerte.

Zoë hoffte nur, dass in diesem Augenblick keine Mutter mit ihrem Baby oder irgendein anderer argloser Mensch aus einem der Wohnhäuser kommen würde – sie hätten keine Chance.

Sie rannte Moussa hinterher.

In fünfzig Metern endete die Straße, es ging nur nach links oder rechts.

Sie sah, wie Moussa sich nach links wendete – und augenblicklich wie angewurzelt stehen blieb.

Sie drückte sich an die Mauer, sah, dass gleich hinter der

Häuserecke eines der hölzernen Wasserräder war, für die die Stadt berühmt war.

Warum war Moussa stehen geblieben?

Zoë konnte den Grund nicht erkennen.

Er ließ das Maschinengewehr fallen, sein Gesicht, das sie von der Seite aus erkennen konnte, schwankte zwischen Erstaunen und Angst. Er sprach zu jemandem, den Zoë immer noch nicht sehen konnte.

»Ey, Mann, was …«

Dann gab es einen ohrenbetäubenden Knall.

Moussa wurde zurückgerissen, als sei er ein Spielball im Sturm. Zoë sah das Blut und die weißliche Gehirnmasse, die nach hinten auf die alten Pflastersteine geschleudert wurden, dann schlug der Körper auf den Boden auf. Mit dem Gesicht nach oben – oder dem, was davon übrig geblieben war. Es war nur noch eine blutende Wunde von rohem Fleisch und Gehirnresten.

Der Schütze hatte genau auf den Kopf gezielt.

Die Stille, die folgte, war nur durchbrochen vom Rauschen des Flusses und vom quietschenden Drehgeräusch des Rades.

Zoë wagte sich vorwärts, die Waffe durchgeladen, in alle Ecken zielend.

Als sie um die Ecke lugte, stand er da.

Lachelnd, als habe er auf die gewartet.

Seine Pistole, eine SigSauer 9 Millimeter, hatte er auf ihr Gesicht gerichtet, bereit, jederzeit abzudrücken, so, wie er es dreißig Sekunden zuvor schon einmal getan hatte.

»Lieutenant Petit«, sagte sie und verscheuchte ihre Angst, als handelte es sich um ein Insekt.

Würde es so enden? Hier? Durch die Hand eines Bullen?

»Zara von Hardenberg. Vielleicht. Ich habe auf Sie gewartet.«

»Wieso sagen Sie vielleicht?«

Seine Stimme klang verändert, als er antwortete. Männlicher, durchsetzungsstärker, als wäre durch Navarros Abwesenheit ein neuer Mann aus ihm geworden.

»Na, weil wir ja beide wissen, wer Sie sind. Meine Auftraggeber jedenfalls wissen es.«

»Ihre Auftraggeber. Ich dachte, der Staat ...«

»Ach, mach dich doch nicht lächerlich, du kleine Schlampe. Du weißt doch ganz genau, was hier los ist.«

»Ja. Und Sie wären fast damit durchgekommen.«

»Das können wir immer noch.«

»Aber jetzt sind wir hier.«

»Du bist gleich nicht mehr hier. Und dann wird herauskommen, wen ich da erschossen habe. Dein Kollege kann die Scherben aufsammeln. Denn unser Plan wird nicht an dir scheitern.«

»Du korruptes Bullenschwein.«

»Freut mich auch, deine Bekanntschaft gemacht zu haben. Sag Gute Nacht.«

Zoë schloss die Augen.

Verdammt. Sie wollte nicht ... Nicht hier. Nicht, nachdem sie fünfzehn Jahre in den Diensten der Mafia überlebt hatte. Nicht beim ersten Job auf der beschissenen anderen Seite ...

Es gab einen Knall. Ohrenbetäubend. Wie vorhin.

Doch sie spürte keinen Schmerz.

Sie wunderte sich, dass sie den Knall überhaupt ...

Sie öffnete die Augen. Und sah gerade noch, wie Petit in sich zusammensackte, die Kugel musste ihn von hinten getroffen haben, denn an der Vorderseite seines Körpers war nichts zu sehen.

Dann schlug er auf und gab damit den Blick frei auf Commissaire Navarro, der seine Pistole immer noch auf ihn gerichtet hielt, aus der Mündung kam Rauch.

Sie blickten einander an.

Zoë hatte den Mund leicht geöffnet, Navarro zuckte mit den Schultern.

»Schauen Sie nicht so«, sagte er. »Ich bin auch überrascht. Und ich hätte gern noch weiter zugehört, um mehr über Sie zu erfahren, Mademoiselle. Aber es ging nicht, und ich denke, es ist Ihnen lieber so.«

Zoë nickte.

»Wie in Trance. Wir sehen uns.«

Er drehte sich um und rannte durch die Rue Jean Théophile davon.

In der Ferne hörte Zoë einen Helikopter, der zur Landung ansetzte. Hinter ihr näherten sich Sirenen, während das Wasserrad sich neben ihr und den beiden Leichen knarrend weiterdrehte, als wäre nichts geschehen.

14. JULI 2018
ONLINE-AUSGABE VON »LA PROVENCE«

Terroranschlag in Isle-sur-la-Sorgue – mehrere Schwerverletzte – Scharfschützen der Polizei vereiteln teuflischen Islamistenplan

Von unseren Korrespondenten vor Ort

Isle-sur-la-Sorgue (mit AFP).
Am Nachmittag hat ein islamistischer Terroranschlag die Gemeinde erschüttert.
Ein Kleinwagen fuhr während des Festes zum Nationalfeiertag auf die belebte Place de la Liberté. Die vier Insassen eröffneten sofort das Feuer. Sie benutzten Maschinengewehre.
Mehrere Menschen wurden bei dem Angriff schwer verletzt, eine Frau schwebt noch in Lebensgefahr. Sie wurde mit einem Helikopter ins Krankenhaus nach Avignon geflogen.
Offenbar zufällig hielten sich Angehörige der Police Nationale aus Marseille zum Anschlagszeitpunkt auf der Place de la Liberté auf.
Sie erwiderten heldenhaft das Feuer und töteten zwei der Angreifer, ein dritter überlebte schwer verletzt.
Angaben, wonach der vierte Attentäter auf der Flucht erst einen Polizisten und dann sich selbst richtete, können zur Stunde noch nicht bestätigt werden.

Ebenso fehlt eine Bestätigung dafür, dass auch Kräfte der Antiterrorabteilung von Europol in Isle-sur-la-Sorgue waren.
Die Attentäter sind dem islamistischen Spektrum zuzuordnen, wie aus Polizeikreisen zu erfahren war.
Es handelt sich um je einen Mann aus Mali und dem Senegal sowie zwei Männer aus dem Maghreb.
Gegen alle gibt es *fichés-S*-Vermerke, sie stehen demnach unter Terrorverdacht.

Dieser Artikel wird laufend weiter aktualisiert.

ZOË

14. JULI 2018
SALLE MUNICIPALE,
CAVAILLON

Zoë und Isaakson schoben sich durch die Tür. Die Veranstaltung hatte schon angefangen.

Die Blitze der Fotoapparate zuckten unablässig, während Pierre-Eric Maréchal wild gestikulierte und wie manisch in Bewegung war.

Zoë sah sich um.

Diese Pressekonferenz konnte nicht kurzfristig angesetzt worden sein. Unmöglich.

Vor der Tür standen zwei Satellitenwagen, drinnen waren bestimmt ein Dutzend Kameras aufgebaut, es gab auch bei den Zeitungsjournalisten keinen freien Stuhl mehr. Er musste all das geplant haben. Sie hatte keine andere Erklärung dafür.

Wie zufällig waren heute noch mehr Trikoloren drapiert, auf der hölzernen Bühne der Versammlungshalle standen sicher zehn davon.

Maréchals Stimme dröhnte über ihre Köpfe hinweg. »... Zufall, dass wir uns heute, so kurz vor der Wahl, hier mit der Frage der Inneren Sicherheit beschäftigen wollten – und mit Terror und Zuwanderung. Und dass es nun, so schrecklich dieser Zufall auch ist, einen Beleg dafür gibt, dass wir, die Bewohner der kleinen Städte in der Provence, ebenfalls im Visier des islamistischen Terrors sind. Wir, und besonders unsere Frauen und unsere Kinder. Sie werden noch nicht alles darüber wissen, weil es eine Nachrichtensperre der Behörden gibt – aber ich bin informiert und möchte natürlich auch Sie informieren, liebe Mitbürgerinnen und Mitbürger, liebe Französinnen und Franzosen: Es hat in Isle-sur-la-Sorgue, unserer beschaulichen Nachbargemeinde, die so schlecht regiert ist wie unsere Stadt, vor knapp einer Stunde einen schrecklichen Terroranschlag gegeben. Islamisten haben im Zentrum während des Festes zum Nationalfeiertag wild um sich geschossen. Ich habe noch keinen Überblick darüber gewinnen können, wie viele Opfer zu beklagen sind. Es gibt indessen keinen Zweifel, dass es muslimische Männer waren, die diesen barbarischen Akt an Französinnen und Franzosen verübt haben.«

Isaakson stieß sie von der Seite an. Doch Zoë wandte sich ihm nicht zu. Sie starrte wie gebannt nach vorne zur Bühne, fasziniert von diesem Schauspiel. Und von dem Mann, der neben Maréchal stand und angespannt in die Weite blickte. Der Mann, der nur zu gut wusste, was hier gerade passiert war. Weil er die ganze Scheiße bezahlt hatte.

»Und ich kann aus gut unterrichteten Quellen sagen«, fuhr Maréchal fort, »dass die Explosion in Marseille kein Gasleck war, wie es uns unser braver, aber mutloser Präfekt weismachen wollte, sondern Sprengstoff.«

Ein mächtiges Raunen lief durch den Saal.

»Sprengstoff, der in Isle-sur-la-Sorgue eingesetzt werden sollte, um noch mehr Französinnen und Franzosen zu töten.«

Spitze Schreie, wütende »Maréchal, Maréchal«-Rufe, es war richtig Stimmung in der Bude. Zoë lief es kalt den Rücken hinunter.

»Ich sage euch, liebe Mitbürgerinnen und Mitbürger: Nur dank unserer großartigen Sicherheitskräfte, durch die Polizistinnen und Polizisten aus Marseille, ist heute in unserem

Nachbarort nicht noch Schlimmeres passiert. Und diese Polizistinnen und Polizisten und unsere Soldaten – sie fühlen sich von der Politik in Paris und in Marseille schon längst im Stich gelassen. Sie wollen eine wahre Vertretung. Jemanden, der mit harter Hand regiert und sie nicht im Stich lässt.«

Die »Maréchal, Maréchal«-Rufe schwollen an, es gab auch drei oder vier Männer, die »Todesstrafe«, riefen, was angesichts der bereits toten Terroristen blanker Hohn war.

»Isle-sur-la-Sorgue ist überall: Was dort, keine zwanzig Minuten von hier entfernt, passiert ist, kann auch in Cavaillon geschehen. Oder habt ihr daran Zweifel?«

»*Non*«, riefen die Männer und Frauen wie aus einer Kehle.

»Darum sage ich euch: Mit mir als Bürgermeister und hoffentlich bald als Präfekt, und eines schönen Tages als *Président de la République,* seid ihr sicher. Denn ich werde all diese islamistischen Kriminellen entweder abschieben oder für immer in den Knast stecken, und wer sich dagegen wehrt, wird die Sonne nicht mehr sehen. Nie mehr. Das verspreche ich euch.

Und ich werde die Weichen dafür stellen, dass eure Frauen und Töchter sicher sind. Weil ich die ständige Überfremdung unserer Dörfer und Städte stoppen werde. Frankreich den Franzosen. La Grande Nation. Am Sonntag wählt Pierre-Eric Maréchal.«

Der Jubel war während seiner letzten Worte angeschwollen wie in einem Fußballstadion kurz vor dem Elfmeter. Und dann, als Maréchal geendet hatte, entlud sich die Spannung, die Menschen schrien und umarmten einander, zwei ältere Männer neben Zoë wischten sich die Tränen aus dem Gesicht.

Doch es waren nicht mehr nur die Anhänger von Maréchal, die sie bei der ersten Veranstaltung gesehen hatte. Es waren auch ganz normale Bürger da, die ebenso frenetisch klatschten und zwischendurch besorgt auf ihr Handy starrten, um die neuesten Nachrichten aus dem Nachbarort nicht zu verpassen.

Es wurde Zeit, den Spuk zu beenden.

Gerade wollte Maréchal die Bühne verlassen, näherte sich schon der Hintertür, da hatten es Zoë und Isaakson geschafft, sich einen Weg durch die Menge zu bahnen.

Maréchal sah sie als Erster. Er blieb stehen und versuchte ein Lächeln.

»Oh, die braven Polizisten von Europol. Sie müssen entschuldigen, ich bin fürchterlich im Stress. Können wir ein andermal reden? Nach der Wahl?«

Zoë stand sehr dicht vor ihm. Sein Referent, der in Wahrheit Silas Al-Hamsi war, stand daneben und sah aus, als wisse er nicht so recht, was er tun sollte. Dazwischengehen oder sie ignorieren.

»Maréchal, wir haben zwei Möglichkeiten. Entweder ich verhafte Sie hier öffentlichkeitswirksam vor allen Kameras und schleife Sie über den Fußboden aus dem Saal. Niemand wird Ihnen helfen, weil wir sehr viele Männer draußen haben. Und die haben sehr viele Waffen. Oder Sie steigen einfach in unser Auto. Genau wie du, Silas.«

Maréchal guckte sie an, als habe ihn eine Kugel getroffen. In seinen Augen sah Zoë, wie es in seinem Kopf fieberhaft arbeitete. Silas dagegen hätte sie gerne getötet, sie sah es in seinem Blick.

»Okay, gehen wir«, sagte er nach einer kurzen Weile. »Keine Handschellen«, fügte er hinzu.

Zoë nickte.

Sie verließen den Saal durch den Hinterausgang, gingen durch das Gebäude und standen auf der Straße, die übersät war mit Kampffahrzeugen der Spezialeinheit RAID und mit armeeähnlichen Fahrzeugen von Europol.

»Nehmen Sie diesen Mann mit«, sagte Zoë und übergab Al-Hamsi den vermummten Polizisten.

Maréchal ließen sie in den Corsa steigen.

Als Isaakson den Wagen startete, sagte der Kandidat tonlos: »Sie haben nichts gegen mich in der Hand. Gar nichts. Übermorgen bin ich Bürgermeister.«

Zoë drehte sich nicht mal um.

»Übermorgen sind Sie das Frischfleisch im Knast von Korsika.«

NACHT DES 14. JULI 2018
AUSSAGE DES
PIERRE-ERIC MARÉCHAL

Hiermit lege ich, Pierre-Eric Maréchal, geboren am 14.10.1964, folgendes Geständnis ab:

Ich bekenne mich der Aufwiegelung zu schwersten Straftaten schuldig.

Ich habe eine Terrorzelle angeleitet und ausgerüstet. Diese Zelle hat 500 Kilo ANFO-Sprengstoff hergestellt, den ich bezahlt habe. Zudem habe ich diverse illegale Schusswaffen kaufen lassen.

Ich habe den Terroranschlag in Isle-sur-la-Sorgue in Auftrag gegeben, bei dem vier Menschen zum Teil schwer verletzt wurden.

Ich habe den Mord an Rita Bellaiche in Auftrag gegeben, zur Vertuschung des geplanten Terroranschlags.

Ich habe den Mord an Aïcha Sissoko in Auftrag gegeben, zur Vertuschung des geplanten Terroranschlags.

Die Straftaten habe ich einzig und allein mit dem Ziel begangen, zum Bürgermeister von Cavaillon gewählt zu werden.

gezeichnet Pierre-Eric Maréchal

anwesende Beamte:

Zara von Hardenberg, Europol
Per Isaakson, Europol
Rui Vicente, Chef Antiterroreinheit, Europol

ISAAKSON

15. JULI 2018
HÔTEL MAMA SHELTER,
MARSEILLE

Er machte sich die dritte Dose *1664* aus der Minibar auf. Zara trank nichts. Sie saß auf der Sofaecke und las in ihrem Notizbuch. Sie hatte seit bestimmt einer halben Stunde nicht umgeblättert.

»Hey, Trauerkloß«, sagte der Schwede sanft, »was ist denn los? Wir haben mal wieder die Welt gerettet. Auch wenn ich immer noch nicht recht weiß, wie wir das getan haben.«

Zara sah auf. Erst blickte sie durch ihn hindurch, dann lächelte sie. »Kann sein.«

Es piepte auf dem Laptop. Ein Videoanruf über das verschlüsselte Europol-Kommunikationssystem.

Isaakson sprang auf.

»Es ist Rui. Kommst du?«

Sie zögerte und sagte: »Ich bin irgendwie heiser. Kannst du sprechen?«

Merkwürdig, dachte Isaakson. Sonst ließ sie ihn nicht mal mit Rui übers Wetter sprechen.

Zara und Rui – das war wie eine Symbiose.

Na egal.

Er nahm das Gespräch an.

Der grauhaarige Portugiese blickte sie aus seinen kühl lächelnden, stets ironischen Augen an.

»Guten Morgen, meine wildesten Agenten. Ich habe gerade die Aussage von Maréchal gelesen. Und ich finde es bemerkenswert, wo ich in dieser Nacht, in der ich herrlich in meinem Bett mit Blick auf die Nordsee geschlafen habe, gewesen sein soll. In Marseille war ich schon lange nicht mehr. Aber nun gut, Sie haben da ein sehr bemerkenswertes Geständnis bekommen.«

»Guten Morgen, Commissaire Vicente«, sagte Isaakson schüchtern, »Zara ist ein bisschen erkältet. Deshalb werde ich Ihre Fragen beantworten.«

»Zara«, sagte Rui besorgt und versuchte, an Isaakson vorbei zu seinem Schützling zu schauen. Doch die Kommissarin schaute nur einmal kurz in die Kamera und sagte: »Hi, Rui.«

»Ah, okay, du bist da. Na, dann erzählen Sie mal, Kommissar Isaakson.«

»Von vorne beginnt die Geschichte so tragisch wie bösartig: Auch diesmal ist eine Terrorzelle aus einer Familie heraus entstanden. Drei Familienmitglieder der Sissokos aus dem Senegal haben sich innerhalb kürzester Zeit radikalisiert. Gesteuert wurden sie von ihrem Imam, Diarra Sakho.«

»Der wiederum von Maréchal gesteuert wurde.«

»Genau. Die Kollegen in Südspanien haben eben angerufen. Sie haben den Imam festgesetzt, gerade als er auf ein Schiff nach Marokko steigen wollte. Er ist noch im selben Moment abgehauen, in dem er Zara am Telefon hatte. In der Nacht zuvor.«

»Wir haben ihn. Bravo. Sehr gut.«

»Um die Jungs der Familie Sissoko haben sich andere Männer aus *La Castellane* geschart, zusammen haben sie einen Bombenanschlag mit Waffeneinsatz in Isle-sur-la-Sorgue geplant. Zuerst sollte Lamine Sissoko sich im Lieferwagen als Märtyrer in die Luft sprengen, dann wollten die anderen in die panische Menge schießen. So war der Plan, von dem die Sissokos wussten.«

»Aber es gab noch einen anderen Plan.«

»Genau: Maréchal wollte Bürgermeister werden, indem er die Angst der Menschen buchstäblich entzündete. Aber natürlich wollte er nicht, dass nach einem wahren Blutbad die Wahl verschoben würde. Also hatte er seinen Spitzel bei der Marseiller Polizei.«

»Navarro.«

»Nein, eben nicht. Navarro ist ein Guter. Er war die ganze Zeit auf unserer Seite. Er hatte seinen Lieutenant Petit auch schon auf dem Kieker. Und so war es. Petit ist Nationalist. Zudem ließ er sich von den Al-Hamsi-Brüdern schmieren, glauben wir. Seit Jahren. Maréchal jedenfalls hat Petit alle Koordinaten durchgegeben, wo der Anschlag stattfinden sollte. Petit hat dort mit drei anderen schwer bewaffneten Polizisten gewartet. Er sollte warten, bis Lamine den Sprengstoffwagen geparkt hat, dann sollte er ihn ausschalten. Danach sollte er zulassen, dass die Terroristen ein bisschen um sich schießen, um sie anschließend plattzumachen. So hatte Maréchal beides: Er hatte die Angst auf seiner Seite. Und konnte zudem den mutigen Polizisten danken, die immer zur Stelle sind.«

»Doppelt perfide.«

»Genau. Dadurch, dass der Sprengstoffwagen nicht mehr existierte, kam Plan B zur Geltung. Und der war bis auf die Explosion haargenau gleich. Die Schießerei, die Polizisten auf der Lauer, die die Araber plattmachen.«

»Und was ist mit Petit geschehen?«

Isaakson zuckte mit den Schultern. Er hatte Zara auch danach gefragt. Sie hatte gesagt, sie wisse es nicht. Sie habe die beiden tot aufgefunden. Er drehte sich wieder kurz zu ihr um, sie saß versunken da, las in ihrem roten Notizbuch, beinahe in Trance. Isaakson wandte sich erneut dem Monitor zu.

»Offenbar hat er sich sein eigenes Grab geschaufelt. Er hat

Moussa verfolgt, und der hat zuerst schießen können. Dann hat er sich selbst erschossen.«

»Aber die Kugel, die Petit getötet hat, war keine aus einer Kalaschnikow, steht in der Akte der Marseiller Kollegen. Hatte Moussa noch eine normale Pistole dabei?«

»Ich weiß es nicht, Chef.«

»Nun gut. Auch egal. Was ist mit den Al-Hamsis?«

Isaakson schnalzte mit der Zunge. »Sie sind keine Terroristen. Wir denken, dass sie die ganze Aktion hauptsächlich deshalb mitgemacht haben, damit die Polizei im Süden sich künftig noch mehr um Terrorbekämpfung kümmert und die Al-Hamsis bei ihren Drogengeschäften in Ruhe lässt. Wir konnten jedenfalls niemandem von ihnen etwas nachweisen. Gut, wir haben den Imam, der die linke Hand von Shokran Al-Hamsi war. Aber er wird niemals gegen ihn aussagen. Und der andere Zwilling, Silas, der Berater von Maréchal, hat komplett ausgepackt und den Politiker schwer belastet. Er selbst habe von nichts gewusst. Er hatte natürlich die passenden Dokumente für seine Aussagen. Alle E-Mails fein säuberlich ausgedruckt. Und alle sind nur von Maréchal.«

»Das haben sie klug gemacht, die Al-Hamsis. Und Maréchal hat Ihnen alles gestanden?«

»Ja«, murmelte Isaakson.

»Kommissar?«

»Wollen Sie das wirklich wissen?«

Rui lächelte.

»Nein, eigentlich nicht. Hält das Geständnis vor Gericht stand?«

»Ich weiß nicht. Zara war eine Stunde allein mit Maréchal, das müssen Sie also mit Zara besprechen, wenn Sie wieder bei Stimme ist.«

Ihre blonden Haare schoben sich von hinten in die Kamera, und sie nickte.

»Gut. Und wie wurden die beiden Frauen zu Opfern? Die Lehrerin und das kleine Mädchen?«

»Aïcha, die Schwester und Cousine der beiden Terroristen, hatte von dem Plan Wind bekommen, weil sie ihren Bruder und ihren Cousin belauscht hatte. Sie offenbarte sich ihrem Vater. Doch der unternahm nichts. Als nichts geschah, hat sie auch noch ihrer Lehrerin gegenüber Andeutungen gemacht, Madame Bellaiche.«

»Also hat Lamine Madame Bellaiche ermordet. Hat er auch seine eigene Schwester …?«

»So sieht es wohl aus. Offenbar hat der Vater seine eigene Tochter an ihren Bruder verraten.«

Isaakson hörte ein Stöhnen hinter sich, aber er drehte sich erst um, als die Tür ins Schloss fiel.

Zara war weg.

»Eine furchtbare Sache. Diese Tiere. Was ist denn los, Isaakson? Hinter Ihnen?«

»Ach, nichts, Chef, Zara ist wohl nur los zur Apotheke.«

ZARA

15. JULI 2018,
HÔTEL MAMA SHELTER,
MARSEILLE

Also doch die Lederjacke.

Sie hatte gegenüber im Café gesessen und gewartet, seit einer guten Stunde. Ihre Vorahnung war richtig gewesen, so hektisch, wie Zoë aus dem Hotel geprescht und davongefahren war. Zara hatte gar nicht versucht, sie einzuholen. Sie hätte Zeit, genug Zeit, um rauszukriegen, was das Finale sein würde.

Sie zog die Lederjacke an und betrat das Hotel, in dem sie selbst nur so kurz gewesen war.

Der Portier nickte ihr zu, sie nahm den Fahrstuhl und fuhr nach oben.

Sekunden nach ihrem Klopfen öffnete Isaakson und strahlte sie an.

»Mann, du warst ja weg wie der Wind. Hab mir Sorgen gemacht. Alles okay?«

»Ja, alles gut«, antwortete sie verblüfft. Er hatte mit ihr noch nie so offen gesprochen. »Ich hab was vergessen.«

Sie ging hinein und sah sich um.

Das Zimmer war so unaufgeräumt, wie es Isaakson ähnlich sah.

»Das mit Rui ist gut gelaufen, oder?«, bemerkte er.

Rui. Zara plagte ihr schlechtes Gewissen. Die ständige Lügerei. Aber sie hatte keine Wahl gehabt.

»Ja, Den Haag kann wirklich zufrieden sein. Keine zivilen

Opfer. Nur der arme Kollege aus Marseille. Und viele tote Täter.«

»Du sagst es.«

Ihr Blick fiel auf das Sofa. Da lag es. Zoë hatte es liegen lassen.

Zara nahm ihr rotes Notizbuch und drückte es kurz an sich. Sie hielt es nach unten und machte eine Schüttelbewegung. So öffnete sich die Seite, die zuletzt benutzt worden war.

Sie las auf der Seite. Und schluckte.

In diesem Moment umarmte Isaakson sie von hinten, umklammerte ihre Hüfte, umfasste ihren Bauch, sie spürte seine Hitze und seine muskulöse Gestalt.

»So, Fall gelöst und wir können dort weiterma–«

Sie drehte sich in seinen Armen ganz langsam um, er stand vor ihr, sein Gesicht nun nah an ihrem. Er unterbrach seinen Satz, doch bevor er sie küssen konnte, griff sie in seinen Hosenbund, riss seine Waffe heraus und sagte im Weggehen: »Tu das nie wieder.«

Dann ging sie auf den Hotelflur, spürte seine Blicke im Rücken und musste sich im Fahrstuhl an die kalte Wand lehnen, so sehr hatte sie seine Berührung erschreckt.

ZARA

SEITE 77 AUS DEM ROTEN NOTIZBUCH

Ich habe ihn gesehen und weiß, dass er die Schlüsselrolle spielt. Wie so oft in diesen Familien.
Ich beobachte ihn, am Morgen nach dem Überfall auf uns. Isaakson = Hospital. Er steht vorm kiosque in Castellane und spricht mit seinem Sohn und seinem Neffen. Er ist anders als mit uns. Viel barscher, herrisch, ein Boss. Er hat sie im Griff. Z.

Ich habe seine Akte kommen lassen: vorbestraft wegen Körperverletzung, Erpressung. Nicht bewiesen werden konnte der Vorwurf der Gewalt in der Familie. Das Amt hatte Zeugen aus dem Block befragt, die gesehen hatten, wie seine Frau immer wieder blutend aus der Wohnung kam, nach heftigen Streits, jahrelang. Die Frau hat es immer bestritten, jede Untersuchung abgelehnt.
Bei Aïcha wurde jede schulmedizinische Untersuchung verweigert.

Wenn der Imam der Kopf der Zelle ist, ist Aïchas Vater das Blut, das sie durchströmt. Z.

ZOË

15. JULI 2018
POINTE DU FIGUIER,
12 KILOMETER ÖSTLICH VON MARSEILLE

Er hatte sich bis hierhin gewehrt, mit Händen und Füßen, vom Hochhaus in den Fahrstuhl, nachdem sie die Tür zur Wohnung eingetreten hatte. Vom Fahrstuhl zur Haustür und von dort zum Auto, wo niemand zugesehen hatte, weil selbst die schlimmsten Krawallmacher noch immer vor dem Fernseher saßen und die neuen Nachrichten aus Isle-sur-la-Sorgue ansahen. Im Auto hatte er geschrien und getobt und gebettelt und gefleht.

Doch nun, auf den letzten Metern, hatte er aufgegeben, so schien es, sein Widerstand war gebrochen, er ließ sich von Zoë wahlweise an den Haaren oder den Armen weiterziehen, immer hinter ihr her, über die harten Steine. Schon war Blut an seinem grauen Umhang, weil die Haut von dem scharfkantigen Untergrund verletzt war.

Er sagte kein Wort mehr, stöhnte nur, und auch sie stöhnte von der Anstrengung. Der Weg vom letzten Parkplatz, wo es wegen der steilen Felsen nicht mehr weiterging, bis hierher war weit. Und die Sonne über ihnen brannte erbarmungslos.

Dass sie fast da war, wusste sie, als sie das Meer rauschen hörte.

Und dann lag es unter ihnen, blau und glitzernd und funkelnd, als hätte es all die Katastrophen der letzten Tage gar nicht gegeben. All die menschlichen Abgründe.

Sie war hergekommen, weil hier alles angefangen hatte. Auch wenn es nicht mit ihr angefangen hatte.

Sie war noch nie hier gewesen.

Aber ihre Schwester.

Und die hatte ihr in ihrem roten Notizbuch all ihre Gedanken hinterlassen.

Zoë war hergekommen, um den letzten menschlichen Abgrund an diesem Ort auszulöschen.

Vielleicht den schlimmsten menschlichen Abgrund.

Sie hob ihn ein letztes Mal auf die Beine und der alte Mann machte wirklich noch ein paar Schritte, dann brach er zusammen, fiel auf die Knie und ließ sich nach vorne kippen.

»Steh auf«, sagte sie, und ihre Stimme war kalt, sie hätte sie an guten Tagen selbst nicht erkannt.

»Ich kann nicht ...«, antwortete der alte Mann.

»Doch«, rief sie und ging die zwei Schritte zu ihm, zerrte ihn hoch und ließ ihn sich hinknien, auf den heißen Steinen, das Gesicht von der Sonne abgewandt.

So stand sie da, er vor ihr auf dem Boden, wie er sie ansah, das Gesicht zwischen Wut und Einsehen.

»Rede ...«, fuhr sie ihn an.

»Was ...?«, fragte er.

»Du weißt es ...«

»Ich habe damit nichts zu tun. Es sind doch alle tot. Alle meine Jungs, Lamine, Moussa. Und ihr habt doch bestimmt auch meinen Bruder, den Hüter Allahs, den habt ihr doch auch ...«

»Du sollst reden.«

Seine Verzweiflung steigerte sich im gleichen Maße wie sein Unverständnis.

»Aber ich habe doch gar nichts gemacht. Sie haben den Sprengstoff besorgt. Und ihr habt das alles kaputt gemacht. Das ist jedenfalls, was die Leute sagen. Dabei hat dieser

Staat«, seine Stimme wandelte sich, wurde lauter, unruhiger, fanatischer, »es doch verdient, wenn er sich keinen Deut um uns schert in unseren miesen Wohnungen, in diesen miesen Schulen, wenn er unseren Kindern …«

Sie schlug ihm ins Gesicht, so fest, dass er umfiel.

»Wage es nicht, von deinen Kindern zu sprechen«, sagte sie.

Er sprach weiter, auf dem Boden liegend, während er versuchte, sich wieder aufzurichten.

»Aber ihr scheißt auf sie alle. Ihr Bullen, uns seht ihr nur als Problem an, als Terrorverdächtige. Ihr schert euch nicht um unsere Nöte. Und ihr selbst seid die Schlimmsten. Ihr nehmt Geld von den Ärmsten, ihr geht nicht in eure Kirche, ihr seid …«

Er spuckte aus, eine Mischung aus Blut und Rotze kam aus seinem Mund und blieb auf dem Felsen hängen.

Endlich kniete er wieder aufrecht.

»Hier ist sie gestorben«, sagte Zoë.

»Wer?«

»Das weißt du.«

Eine Pause, in der er sie wütend anstarrte.

»Ja.«

»Und?«

»Die Familie kann man nicht verraten.«

Sie schlug wieder zu, diesmal mit der Faust. Sie hörte, wie seine Nase brach, sich die Knochen verschoben und er wieder auf den Boden hinschlug.

»Sie war deine Familie.«

»Sie hätte meine Jungs verraten. Lamine und Moussa. Sie hätte ihre verqueren Vorstellungen vor die Familie gestellt. Sie hat es sogar schon getan. Bei dieser verdammten Lehrerin, soll sie in der Hölle schmoren.«

»Und dafür musste Lamine sie …«

»Er wollte gar nicht. Er hat mich immer wieder angeschaut, als ich ihm erzählt habe, dass sie mir seinen Plan offenbart hatte. Dass sie ihn verraten hatte. Er hat gesagt, er könne doch nicht seine Schwester ermorden. Aber ich hab gesagt, es sei kein Mord. Sie habe die Ehre der Familie beschmutzt, mit dem Schlimmsten: mit Verrat.«

»Sie sind krank.«

»Nein, Sie alle, Sie alle sind krank. Die ganze Welt, in der wir leben. Diese Beliebigkeit, diese Hektik, diese Abkehr von allem, was Regeln und Moral und Respekt ist. Dieser Irrglauben, Mann und Frau seien gleich. Ihr seid alle …«

»Wissen Sie, wie sie starb?«

»Mit dem Messer. Durch Lamines Messer. Mein altes Messer. Mein guter Junge, der jetzt im Paradies ist, während Aïcha im Fegefeuer …«

»Ich denke, es ist genug.«

»Es ist …«

»Sie haben mir etwas von einem Traum erzählt. Erinnern Sie sich? Beim ersten Mal, als wir uns trafen? Der Mord mit der Machete.«

»Ich erinnere mich«, stammelte er.

»Warum haben Sie das gemacht, wenn Sie doch wussten, wie sie umkam?«

»Ich habe darüber nachgedacht, wie ich es tun würde. Wie ich sie bestrafen würde. Die Machete wäre die Waffe meiner Wahl …«

»Sie hatten die Chance, sich im Angesicht des Todes zu entschuldigen, zu bereuen oder irgendwie zu zeigen, dass Sie Ihren Irrweg einsehen«, sagte Zoë kalt. »Dann hätte ich Ihr Leiden abgekürzt und Sie einfach erschossen. Aber so …«

Sie schaute ihn an, dann griff sie in ihren großen Rucksack und entnahm ihm eine ellenlange Machete, die in der Sonne blitzte. Der Griff war aus edlem Kupfer, die Kanten waren scharf wie mit Diamanten geschliffen.

Der alte Mann, der es wieder auf die Knie geschafft hatte, stutzte.

»Sie …«

»Sie werden sterben, wie Sie Ihre Tochter umgebracht hätten. Ihr Kopf wird nicht mehr auf Ihrem Körper sitzen. Und Ihr Gott wird – wenn er so klug ist, wie alle sagen – dafür sorgen, dass Sie dort schmoren, wo es für alle Zeiten dunkel und wo nur Verderben ist.«

Sie trat näher an ihn heran und sah, wie er zusammenzuckte. Sein Blick sah nur noch die Machete, die Klinge, die Zoë über seinen Kopf hinwegführte, dass sie hinter seinem Nacken zu liegen kam.

»Möchten Sie etwas sagen?«, fragte sie.

Der Mann antwortete nicht, er murmelte nur einen leisen Monolog, die Augen geschlossen, er zitterte vor Angst, trotz der Wärme, die hier oben herrschte.

Zoë holte aus.

Nahm Maß mit bitterer Miene.

Ein Schuss fiel.

Ohrenbetäubend, so laut, dass es einen Hall gab und der Schuss von den Felswänden mehrfach zurückgeworfen wurde.

Die Kugel traf den alten Mann in den Hinterkopf, und er fiel nach vorne auf sein Gesicht.

Zoë drehte sich um. Und ging auf die Knie. Sie legte die Hände vors Gesicht und begann zu weinen.

Zara ließ die rauchende Waffe sinken, trat neben sie, half ihr auf und schloss sie in die Arme.

NAVARRO

17. JULI 2018
BAR PICON,
MARSEILLE

Seine Hand zitterte, als er die vierte Zigarette in dieser halben Stunde entzündete.

Es war eine der wenigen Bars, in denen noch geraucht werden durfte. Besonders viele Bullen nutzten das.

Doch heute war nicht viel los. Die meisten Kollegen mussten die CRS bei der Terrorabwehr unterstützen, der Rest musste immer noch Berichte schreiben. Die Nummer in Isle-sur-la-Sorgue hatte viel Staub aufgewirbelt.

Gott sei Dank.

Er hatte keinen Bock auf dummes Geplauder. Und er war ja schließlich in Isle-sur-la-Sorgue auch nicht dabei gewesen. Seine Krankmeldung war eine Stunde vor dem Anschlag auf dem Revier eingegangen. Niemand hatte ihn komisch angeguckt.

Petit. Der Bastard. Der Narr.

Er hatte immer geglaubt, der Typ stehe allzu sehr auf der richtigen Seite. Dabei hatte er so weit auf der falschen Seite gestanden, wie Navarro es selbst nie gewagt hätte.

Wie viel er wohl kassiert hatte?

Er hatte in den Jahrzehnten in Marseille gelernt, zu spüren, wenn die Kloake nah war. Petit war gut gewesen. Er hatte sein doppeltes Spiel lange durchgehalten. Navarro hatte es erst vor vier Tagen entdeckt. Irgendwo hatte eine undichte Stelle sein müssen. Nah bei ihm.

Als Petit dann in der Lagerhalle, inmitten all dieser Ungereimtheiten, sofort zugestimmt hatte, die Ermittlungen zu beenden, da hatte er es gewusst.

Er hatte sofort sein Telefon anzapfen lassen und alles mitgehört.

So war die Kugel in den Kopf kein Zufall, sondern ein Plan gewesen.

So, wie es Verräter verdienten.

Navarro sah nicht auf, als sich die Tür öffnete.

Erst, als Silas Al-Hamsi neben ihm saß, erkannte er ihn.

Er griff unter seine Jacke.

»Ach, Commissaire, lassen Sie das doch«, sagte der jüngere Al-Hamsi-Zwilling mit unverhohlenem Hohn. »Was wollen wir denn spielen? Eine Blitzverhaftung mit ungewissem Ausgang? Oder wollen Sie mich abknallen? Hier?«

Navarro griff zu seinem Pastisglas.

»Was wollen Sie?«

»Nicht was. Wen. Jemanden, den Sie schon längst hätten haben können. Sie standen ihr doch gegenüber – in der kleinen Stadt, in der Sie neulich Ihren Kollegen erschossen haben.«

Navarro verzog keine Miene.

»Wen meinen Sie?«

»Sie wissen es. Aber es interessiert mich nicht, ob Sie es zugeben oder dämlich weiterlügen. Mich interessiert, warum Sie die Fürstin der Unterwelt am Leben gelassen haben.«

Er hatte es gewusst. Verdammt, was war hier los?

»Die Fürstin der Unterwelt. Hören Sie doch mit diesem Phantom auf. Sie haben ja da förmlich einen Tick. Da war niemand. Keine Fürstin. Es war nur eine Polizistin, die ihren Job …«

»Gut, Commissaire, wir hätten die Sache mit einem ausgiebigen Dauerauftrag auf Ihr Konto klären können. Aber wenn Sie unser Geld nicht brauchen, dann machen wir es so.«

Der junge Ägypter legte zwei Fotos vor Navarro auf den Tresen.

»3, Rue des Sèvres in Paris.«

Der Polizist zuckte zusammen, wieder griff seine Hand in die Jacke, und er bemühte sich aufzustehen, hatte aber dem Pastis schon zu reichlich zugesprochen.

»Nicht dran denken, Navarro. Meine Männer sind schon dort, vor Ihrem Haus. Wenn ich mich nicht in fünf Minuten melde, haben Ihre Liebsten kein Gesicht mehr.«

Zusammen betrachteten sie die Fotos. Die Frau, die Navarro so sehr geliebt hatte, die Tochter, die er über alles liebte. Sie waren weg. Gegangen, vor dreieinhalb Jahren. Nach Paris. Weil er nie da war. Weil er einmal zu besoffen gewesen war. Einfach, weil er ein blöder Vollidiot war, der sein Liebstes verloren hatte.

Er könnte, er würde sie niemals …

»Was wollen Sie?«

»Wir wollen die Fürstin. Tot. Und, wenn Sie erlauben …« Er warf fünf Euro auf den Tresen. «…wir verstehen auch die Welt nicht mehr. Was ist da los mit Europol, dass sie eine Verbrecherin anstellen? Aber ehrlich gesagt: Es interessiert weder meinen Bruder noch mich. Wir wollen die Angelegenheit nur geklärt haben. Das sollte auch in Ihrem Interesse sein, jetzt, wo wir wissen, was Ihnen, lieber Commissaire, so wichtig ist. Sie haben vier Wochen. Dann fahren wir wieder nach Paris. Schönen Abend.«

Er stand auf und ging. Navarro lief eine einzelne Träne über die Wange, als er das Foto seiner Tochter näher betrachtete, die ihre Mutter an der Hand hielt.

18. JULI 2018
ZEITUNGSBERICHT AUS »LE MONDE«

Rätselhafte Todesserie nach den Provence-Anschlägen

Von Justizreporter Jacques Cheminée

Marseille.

Man könnte schreiben: Viele böse Männer haben in den letzten Tagen ihre gerechte Strafe erhalten.

Aber so funktioniert Justiz nicht.

Deshalb ist das eine Angelegenheit, für die sowohl der Präfekt des Départements Bouches-du-Rhône als auch der Justizminister in Paris ihren Hut nehmen könnten, sollte es einen Untersuchungsausschuss geben, welchen die Opposition fordert.

Das Tragische: Viele Antworten werden nun nicht mehr gegeben. Es wird nicht mehr abschließend zu klären sein, wie die Terrorzelle von Marseille an so viel Sprengstoff vom Typ ANFO kam, wie dieser Sprengstoff unter mysteriösen Umständen zerstört wurde und wie die Schützen von Isle-sur-la-Sorgue an ihre Waffen kamen. Ebenso unklar ist, wer sie an die Polizei verriet.

Der neue Leiter der Police Nationale in Marseille, Commissaire Navarro, sagte dazu, man habe gewisse Quellen gehabt, sei aber nicht in der Lage, Dinge offenzule-

gen. Er bedauerte, dass sein bester Polizist, Lieutenant Petit, bei der Aktion getötet worden sei.
Nur zwei Tage nach der Tat starb der Imam der Moschee von *La Castellane,* der offensichtlich an der Terrorzelle beteiligt war, unter ungeklärten Umständen in Untersuchungshaft im Gefängnis von Marseille. Aus unbestätigten Quellen hieß es, er habe sich an seinen Zellengittern erhängt.
Gestern dann kam die Eilmeldung aus Borgo auf Korsika. Im dortigen Gefängnis wurde Pierre-Eric Maréchal ermordet. Der ehemalige Parteichef der Partei »La Grande Nation«, der mit dem Terroranschlag in Isle-sur-la-Sorgue seine Chancen zur Wahl als Hardliner der Inneren Sicherheit verbessern wollte, starb im Duschraum der Haftanstalt. Ein Mithäftling soll ihn mit einem Messer angegriffen und ihm unzählige Stichwunden zugefügt haben. Wie das Messer in das von der Mafia unterwanderte Gefängnis kam, ist unklar.
In der Nacht wurde zudem die Leiche des Vaters von Aïcha Sissoko in den Calanques gefunden – dort, wo auch das junge Mädchen getötet worden war. Warum es sterben musste, ist immer noch ungeklärt. Ein Zusammenhang mit den Terroranschlägen kann aber nicht ausgeschlossen werden, da zwei seiner Verwandten Angehörige der Terrorzelle waren.
Der Tod des Vaters, der erschossen wurde, trat offenbar schon vor zwei Tagen ein, sagten Gerichtsmediziner dieser Zeitung. Vor einigen Stunden erreichte uns eine Pressemitteilung von Europol aus den Niederlanden.
Dort heißt es, der Vater sei von einer Angehörigen von Europol, die nicht namentlich genannt werden kann, in Notwehr erschossen worden. Weitere Angaben wurden nicht gemacht.

Mehr Fragen als Antworten, mehr Tote als Zeugen – eine Aufklärung der Affäre, die Marseille und Frankreich in den Grundfesten erschüttert, ist in weite Ferne gerückt.

ZARA & ZOË

18. JULI 2018
GELATERIA FANTASTICA,
VENTIMIGLIA, ITALIEN

Zoë blickte unverwandt zum Strand und leckte an ihrem Eis. Sizilianische Pistazie und französische Schokolade. Zara hatte eine Tasse Espresso neben sich auf die Mauer gestellt, die den Kiesstrand von der Straße trennte.

Nur ein paar Schäfchenwolken zierten den hohen Himmel, der die Touristen in Scharen an den Strand zog. Das heitere Kinderschreien mischte sich mit dem Singsang der Unterhaltungen betagter Italienerinnen in bunten Campingstühlen und dem Sonnencremegeruch, der über dem Lido lag.

Die beiden Schwestern besahen sich die Rituale der Hochsaison.

»Es ist ein merkwürdiger Ort, findest du nicht?«, fragte Zara.

»Wieso? Ich mag ihn.«

»Er wirkt so provisorisch. Als wären all die Häuser in dieser Straße Kulissen.«

Zoë kniff die Augen zusammen.

»Mir sind die bunten Kulissen in Ventimiglia lieber als die hässliche Wirklichkeit in Marseille.«

»Stimmt auch wieder.« Und nach einer Weile: »Bleibst du hier?«

»Wo soll ich denn hin? Ich hab hier den Strand, das Meer und das beste Eis der Welt. Und meine Geschäfte sind dennoch so nah.«

Zara schaute rasch weg. »Ich will nichts darüber wissen. Doch, eigentlich schon, eins nur: Bist du sicher, dass du noch Geschäfte hast? Nach all dem aufgewirbelten Staub?«

Zoë lachte. »Klar. Mehr denn je. Die Al-Hamsis sind am Arsch. Mein Boss wird seinen Umsatz verdoppeln.«

»Ich hab doch gesagt, dass ich nichts davon wissen will.«

»Dann frag nicht.«

»Sollen wir dich schützen?«

Zoë lachte wieder, diesmal lauter, fröhlicher, als habe Zara eine ganz und gar lächerliche Frage gestellt.

»Wie denn? Willst du mir Isaakson vor die Tür stellen? Moment mal. Eigentlich keine schlechte Idee.«

Zara hatte sich schon die ganze Zeit gefragt, ob etwas zwischen den beiden gelaufen war. Sie hatte nicht nachgefragt. Nicht Zoë. Und erst recht nicht den Schweden.

»Ich kann etwas an den Akten drehen. Wir können alle deine Fotos löschen. Oder dich in ein Kronzeugenprogramm nehmen.«

»Oh, Schwesterherz. Das erste illegale Vorgehen in deinem Leben – und du würdest es für mich tun. Das ehrt mich, ehrlich. Aber bei deinem ersten Vorschlag glaubst du an die Ehrlichkeit der französischen Bürokratie. Und Kronzeugin? Da wäre ich doppelt so schnell tot wie ohne Kronzeugenprogramm. Nein, ich bleibe ganz entspannt hier und mache weiter wie bisher. Und du?«

In diesem Augenblick pfiff jemand hinter ihnen.

Zoë drehte sich als Erste um und erkannte den jungen Carabiniere von neulich, der aus dem Fenster seines Alfa Romeos herausgepfiffen hatte, nun aber ausstieg und seine Mütze aufsetzte.

»Wenn das mal nicht Julie ist«, sagte er in diesem umständlichen Französisch, das den Italienern so nahe an der Grenze eigen ist.

Sie griff wie automatisch an ihren Hosenbund, um zu checken, ob die Waffe da war. Aber nein, sie lag oben, in ihrer Wohnung. Verdammt.

Zara betrachtete den Polizisten mit kalter Miene.

»Gianluca«, sagte Zoë und lächelte verführerisch. Nur ihre Schwester würde das leichte Zittern in ihrer Stimme bemerken.

»Sie haben einen Zwilling?«, fragte er und musterte Zara von oben bis unten.

»Das ist meine Schwester, Jolanda …«

»Das ist ja … Darf ich mich vorstellen? Gianluca Forestina, Carabiniere aus Ventimiglia. Ich hatte das Vergnügen, Ihre Schwester neulich in der Cafébar kennenzulernen. Pendeln Sie auch zwischen Italien und Frankreich, *signorina?*«

»Ich bin nur auf der Durchreise«, gab Zara knapp zurück. »Und, wenn Sie verzeihen, wir haben gerade eine sehr persönliche Unterhaltung.«

Gianluca betrachtete sie eine Spur zu lange für Zoës Geschmack, dann nahm er seine schwarze Mütze ab und deutete eine Verbeugung an. »Natürlich, entschuldigen Sie, *scusi,* Julie, wir sehen uns, ja?«

»*Certo,* sicher, Gianluca, bis dahin. Ciao.«

Zoë und Zara sahen ihm nach, wie er in sein Auto stieg, sie nachdenklich betrachtete und erst mit einiger Verzögerung den Motor anließ und losfuhr.

Beide wendeten ihren Blick wieder dem Meer zu.

»Du kannst nicht hierbleiben.«

»Was? Wieso denn das nicht? Du hast doch gerade noch was ganz anderes …«

»Es ist gerade erst passiert. Es ist mir wie in den Bauch gefahren.«

»Was denn?«

Zara wartete einen Augenblick, um dem Wort noch mehr Bedeutung zu verleihen.

»Angst.«

»Was?«

»Das war es, was eben in mich gefahren ist: Angst.«

Zoë leckte noch mal nachdenklich an ihrem Eis.

»Du hattest eine Eingebung? Wegen mir?«

»Als der junge Polizist hier auftauchte, war es auf einmal ganz klar: Du bist nicht sicher … nicht hier.«

»Du hast schon recht. Ich glaube auch, dass Gianluca etwas mit mir machen will. Vielleicht kommen auch Handschellen dabei vor. Aber eine Verhaftung ist es ganz bestimmt nicht.«

»Nein, das ist es nicht.«

»Aber was ist es dann?«

»Das kann ich dir nicht sagen. Etwas wird passieren.«

Zoë betrachtete das bunte Treiben am Strand.

»Ich weiß, dass du immer recht hast.« Wieder schwieg sie und sagte nach einer Weile: »Schade. Ich hatte mich an diesen Ort gerade gewöhnt.«

»Du gehst?«

»Wenn du es sagst? Klar. Ich hab doch keine Todessehnsucht.«

Zara atmete erleichtert auf. »Wenn du etwas brauchst, Geld oder Hilfe, eine Wohnung, sag mir Bescheid.«

Zoë grinste.

»Die ältere Schwester. Danke. Du willst ja nichts von meinem Leben wissen, deshalb kann ich dir nicht erzählen, dass ich weder Hilfe noch Geld brauche.«

Zoë aß die Waffel auf.

»Wie gehen wir in Zukunft miteinander um?«

»Ich will dich nicht wieder verlieren.«

»Ich kenne dich immer noch nicht, Zara. Aber irgendwie

ist es anders als damals. Wirst du wieder anrufen, wenn du Hilfe brauchst?«

»Die Welt ist verrückt. Es wird sich nicht vermeiden lassen.«

Zoë sah ihr in die Augen.

»Gut so.«

Sie wirkte zufrieden.

»Aber jetzt tauch erst mal ab. Das Erdbeben wird Marseille eine Weile beschäftigen.«

»Mach ich. Kann ich noch was fragen?«

»Klar.«

»War das dein erster Toter?«

»Der Erste, den ich getötet habe?«

»Hmm …«

Zara blickte starr zum Meer.

»Ja. Das war er.«

»Für mich …«

»Ich kann nicht in deinen Kategorien denken, Zoë. Ich kann nicht sagen: Der alte Sissoko hat seine Tochter verraten. Er hat sie damit für diese schreckliche Tat freigegeben, und das ist, als hätte er sie selbst getötet. So ist es doch, wie du denkst, oder? Und wahrscheinlich spielt da noch so eine krude Vatersache mit rein, weil unser Papa immer so toll zu dir war.«

»Und zu dir.«

»Ja, schon gut, Zoë. Jedenfalls sind das nicht die Kategorien, in denen ich denke.«

»Du hast ihn trotzdem erschossen.«

»Weil du sonst im Gefängnis sitzen würdest. Du hast ihn vor Zeugen aus dem Haus gezerrt, bist quer durch die Stadt an sämtlichen Überwachungskameras vorbeigerast, und dann tötest du ihn mit einer Machete. Die französische Polizei ist zwar keine Elitetruppe, aber da wären sie wohl schon drauf gekommen, dass ich es nicht gewesen sein kann. Und wenn bei uns beiden mal jemand genauer nachforscht, dann kommt er drauf. Und das kann ich nicht zulassen.«

»Aber du meinst doch eigentlich, dass ich ins Gefängnis gehöre ...«

»Für alles, was du getan hast, vielleicht. Aber nicht, wenn ich dich um Hilfe gebeten habe. Niemals.«

Zoë schwieg und hörte der Ruhe zu, die nur vom fernen Meeresrauschen begleitet wurde.

»Dann bis bald, Zara.«

»Bis dann.«

Sie standen auf.

»Zoë?«

»Ja?«

Die sechs Minuten Ältere legte der Jüngeren den Arm um die Schultern.

»Danke.«

Hinter der Häuserecke, auf der anderen Straßenseite, völlig unbemerkt von den Zwillingen, beobachtete ein einsamer Mann rauchend die Szenerie.

Navarro warf seine Zigarette weg und schüttelte lange und ausdauernd den Kopf. Dann drehte er sich um und ging.

MERCI BEAUCOUP

Dieses Buch zu schreiben war eine so rasante und wunderbare Erfahrung, weil es der Süden ist, der mich belebt, und weil ich aus dem Vollen schöpfen durfte, dank so vieler wunderbarer Menschen. Aber nacheinander:

Gerry war irgendwann mein allererster Leser, anno dunnemal, wie wir in Berlin sagen. Danke dafür, dass Du in Deiner unnachahmlichen Art Kritik geübt hast und das Lob dann aber nicht ganz so lange auf sich warten ließ wie beim Billard. Es ist doll, Dich zum Freund zu haben.

Christophe Obert, Adrian Arnold, Christophe Astruc, Stephane Bhiri, Marie Urbain, Afnan Taha-Steele, Jon Steele, Marc Semaan, Jean-Pierre Jost – wir haben den Süden gerockt, ihn erfahren, erlebt, verkostet. Dieses Buch ist – neben unseren Reisen und Reportagen – das Ergebnis.

Danke denen bei RTL und n-tv, die mich geschickt haben, erst nach Paris zum Wohnen, Leben, Berichten, und dann immer wieder in die Regionen, zum Den-Franzosen-aufs-Maul Schauen, im Besonderen Gerhard Kohlenbach, Martin Schulte, Christian Berger, Thomas Assmann, Carsten Mierke, Volker Albers, Nadja Kriewald, Thorsten Berger, Verena Vogel, Ruth und Burkard Wennemar, Mario Turic und Marcel Piwolinski.

Danke denen bei RTL und n-tv, die mich im deutschen Politikalltag immer mal wieder von Frankreich träumen und erzählen lassen, im Besonderen Jutta Bielig, Martina Arend, Angela Behrendt, Susanne Ungrad, Svenja Kleinschmidt, Vivian Upmann, Raoul Rubin, Tom Müller, Thomas Schulz.

Danke an Julia Kleeschulte und Birgit Hanke für die Möglichkeit, einfach zuzulassen, dass das Leben ein besonders glückliches wird.

Danke an Rebekka Göpfert, die mich fliegen lässt und wieder landen – und an Michaela Kenklies, die so viel Liebe und Begeisterung hat für das, was sie tut, genau wie die vielen anderen guten Geister bei Droemer Knaur.

Danke an die Teams vom Café Liebling, Schloss Elmau und von Schloss Hohenhaus – ob am Helmi, im Schnee oder im Grün, an der schönsten Kreuzung Berlins, in Bayern oder Hessen – bei Euch schreibe ich am schnellsten (vulgo am besten).

Danke Thomas, Deine Freundschaft gereicht mir zur Ehre.

Danke an meine Familie, für Inspiration, Frankreichliebe, Erdung und Heimat.

Danke an Romy Straßenburg, für Paris, Berlin und das Gefühl, sich auch in der Ferne verdammt nah zu sein.

Danke an Jasmin, mein Zwilling, so gleich und so verschieden – must be love.

Berlin, Elmau, Hohenhaus, Ventimiglia, Herbst 2018

»*Winslow in Bestform*« Der Spiegel

DON WINSLOW
CORRUPTION

THRILLER

Denny Malone, Detective des NYPD, und seine Elitetruppe tun alles, um in den Straßen von Manhattan für Ordnung zu sorgen, auch wenn das bedeutet, sich über das Gesetz hinwegzusetzen. Beim größten Einsatz gegen den Heroinhandel in der Geschichte New Yorks aber behalten sie mehrere Millionen Dollar und Drogen für sich. Warum auch nicht? Immerhin bestehlen sie damit nur die bösen Jungs. Doch dann gerät Malone zwischen die Fronten und steht vor der quälenden Aufgabe, sich zwischen dem Gesetz, seinen Kollegen, seiner Familie und der Frau, die er liebt, zu entscheiden.

Auf jahrelangen Recherchen basierend, ist *Corruption* der große Roman unserer Zeit über Loyalität und Verrat, Schuld und Verstrickung und den hohen Preis, den »Recht und Ordnung« einfordern. Ein Meisterwerk des internationalen Bestseller-Autors Don Winslow – fulminant, gewaltig und schockierend.

»Don Winslows ›Corruption‹ ist faszinierend, ein echter Wurf. Stellen Sie sich ›Der Pate‹ vor, aber mit Cops. So gut ist es.«
Stephen King

DROEMER

Ein turbulenter Krimi um einen angeblichen Matisse und der 4. Fall für die provenzalische Kommissarin Isabelle Bonnet

PIERRE MARTIN

MADAME LE COMMISSAIRE UND DAS GEHEIMNISVOLLE BILD

EIN PROVENCE-KRIMI

Im Dörfchen Fragolin in der Provence herrscht Urlaubsstimmung, Kommissarin Isabelle Bonnet genießt das süße Nichtstun und das eine oder andere Glas Rosé zur lauen Abendstunde. Ein Besuch in einer Galerie, zu der sie den Kunstsammler Rouven Mardrinac begleitet, könnte das Sahnehäubchen auf der Aprikosen-Tarte sein. Doch Rouven brüskiert den Galeriebesitzer schon nach wenigen Minuten mit der Behauptung, der stolz zur Schau gestellte Matisse sei eine Fälschung. Ein eilig herbeigerufener Sachverständiger macht eine schockierende Entdeckung: Unter der Oberfläche des Bildes verbirgt sich ein verzweifelter Hilferuf – und schon befindet sich Madame le Commissaire in ihrem nächsten Fall …

KNAUR